sel noir KRIMI

DOPPELBLIND

Lou Becks erster Fall

salis

Nicole Bachmann
DOPPELBLIND
Lou Becks erster Fall

Salis Verlag AG, Zürich
www.salisverlag.com
info@salisverlag.com

Lektorat Marion Elmer, Zürich
Korrektorat Esther Suter, Zürich
Illustration & Gestaltung Jerzovskaja.com, Zürich
Satz Heide Peper-Ludwig, Freiburg
Gesamtherstellung CPI - Clausen & Bosse, Leck

1. Auflage 2008

ISBN 978-3-905801-20-0
Printed in Germany

1 *Montag · 3. August · 6.30 Uhr · 23,7 °C*

Ich hatte mein Fahrradschloss zu Hause vergessen.

Ich hasse es, wenn ich Dinge verliere oder vergesse. Ich bin nicht abergläubisch, aber ein schlechtes Zeichen ist ein schlechtes Zeichen. Am liebsten wäre ich gleich wieder nach Hause gegangen.

Es war Montagmorgen, erst halb sieben, und doch spürte ich bereits die kommende Hitze des Sommertags. Ich stand vor dem Veloparkplatz der Klinik Walmont, einem Privatspital im Westen von Bern, gegründet 1832 als Frauenheilanstalt von Henriette de Diesbach Torny. Nachdenklich musterte ich das mächtige siebenstöckige Gebäude, in dessen Glaswänden sich die Morgensonne spiegelte. Irgendwo musste es doch da drin ein Plätzchen geben, wo ich mein Fahrrad bis am Abend sicher unterbringen konnte.

Von außen zeigte das Walmont nur seine glatte, glänzende Fassade. In seinem Innern wurde vor Schmerz gestöhnt, aus Angst und Freude geweint, geboren und gestorben. Manchmal wurde jemandem buchstäblich ein neues Leben geschenkt, manchmal bestand die Kunst darin, einem Patienten zu helfen, sich mit dem Unabwendbaren abzufinden.

Dem Architekten war ein Gebäude gelungen, das weder kalt noch leblos wirkte. Das kupferfarbene Glas reflektierte die jeweilige Stimmung des Himmels aufs Lebhafteste. In dieser frühen Morgenstunde schien das Walmont von einer Goldschicht überzogen zu sein. Ich arbeitete nun schon seit Jahren im Walmont, aber dieser Anblick faszinierte mich immer wieder aufs Neue.

Schließlich entschied ich mich, mein Fahrrad in einer wenig benutzten Ecke des Untergeschosses zu verstecken. Ich betrat das Gebäude durch den Hintereingang und nahm den Bettenlift runter ins U3. Vorsichtig sah ich mich um. Keine Menschenseele.

Eigentlich durfte diese Etage ohne dienstliche Anweisung gar nicht betreten werden. Rasch ging ich am Trakt der Aufbewahrungs- und Leichenhalle vorbei und öffnete die schwere Schutztüre, die zum Archiv führt.
Tiefe Schwärze gähnte mir entgegen und ich tastete hastig nach dem Lichtschalter. Die Luft war angenehm kühl, roch aber intensiv nach feuchtem Beton, Moder und ganz schwach nach einem Gewürz, das ich nicht benennen konnte. Eine Neonröhre begann unruhig zu flackern. Außer dem Taka-taka-tak der Lampe war hier unten nichts zu hören. Die unverputzten Betonwände zeigten erstaunlich deutliche Spuren des Zerfalls, alles war von dickem Staub bedeckt. Altes Gerümpel lag im Gang herum wie Strandgut.
Da war ein großer Abfallsack, der seinen Inhalt – ausrangiertes Spielzeug und Plüschtiere – erbrochen hatte; ein veraltetes Ultraschallgerät, uralte eiserne Bettgestelle, ein Poster einer Gesundheitskonferenz von 1972 mit dem Slogan: ‹Die Zukunft gestalten: jetzt!›. Weiter hinten sah ich einen meterhohen Turm aus Kartonschachteln. Im Licht der Neonröhre warfen die Gegenstände riesige Schatten an die Wände.
Taka-taka-tak.
Dieses Ding könnte jeden Moment seinen Geist aufgeben.
Augenblicklich befiel mich diese riesige, kindliche Angst, unangefochten von allen Erfahrungen und rationalem Denken, dass in dieser Dunkelheit das Böse lauerte. Ich spürte ein Prickeln zwischen den Schulterblättern und drehte mich rasch um. Nichts.
Hastig verstaute ich mein Fahrrad hinter dem alten Ultraschallgerät und machte, dass ich rauskam.

***

Als ich im Erdgeschoss die Oberwelt des Walmont betrat, hätte der Kontrast nicht größer sein können. Boden, Wände und Decke strahlten im Hochglanzweiß eines teuren Prospekts. Der Innenarchitekt hatte eine sterile, cleane Welt geschaffen, die nur von wohldefinierten Farbklecksen in Form von Sitzecken und

Empfangsnischen in intensivem Himbeerrot durchbrochen wurde. Damit sollte eine Aura von Exklusivität, Wellness und Hightech-Medizin geschaffen werden. Für mich hatte das Innere des Walmont die Aura einer Vanilleglace mit Himbeersauce. Genau das Richtige für heiße Sommertage.

Leider hatte man, nachdem der Neubau fertig eingerichtet war, feststellen müssen, dass der Hauptgang auf jedem der sieben Stockwerke genau 1,5 Zentimeter zu schmal war, um zwei Spitalbetten aneinander vorbeizuschieben. Einigen Leuten hatte bei dieser Neuigkeit fast das Herz gestockt. Nun, man hatte auch für dieses Problem eine praktische Lösung gefunden: Mussten sich zwei Spitalbetten kreuzen, dann wurde eines der Betten für einen Moment in das nächstliegende Krankenzimmer geschoben. Immerhin hatten die Patienten auf diese Weise Gelegenheit, sich kennen zu lernen.

Nach einigen Beinahe-Zusammenstößen gab es nun sogar eine Vorfahrtsregel im Walmont. Wer von West nach Ost unterwegs war, hatte Vortritt. Außer wenn es sich beim Ost-West-Transport um einen Notfall handelte.

Im Lift traf ich Nadine, eine Krankenschwester der Chirurgie, die ich im vergangenen Jahr in einem Yogakurs kennen gelernt hatte. «Das war wohl eine anstrengende Nacht», meinte sie augenzwinkernd. Am Sonntag war ich mehr als drei Stunden an der Lorrainebrücke herumgeklettert und hatte danach kaum noch Kraft gehabt, um nach Hause zu kommen. Seit Jahren stritt ich mich mit dem Marder um die Kolonie der Mauersegler unter dem Brückenbogen. Jetzt hatte ich mir eine geniale neue Schikane ausgedacht: einen Bewegungsmelder, der *Radio Infoline* einschaltete. Marder mochten diesen Sender nicht. Das war aber auch der einzige Punkt, in dem wir einer Meinung waren.

Nach der stundenlangen Kletterei an der 180 Meter langen Brücke über die Aare und Fummelei mit der Bohrmaschine schmerzten meine Arm- und Wadenmuskeln so stark, dass ich in der Nacht kaum hatte schlafen können.

Ich wurde langsam zu alt für solche Geschichten.

Nadine wartete immer noch auf eine Antwort und ich grinste

etwas unsicher zurück. Ich war mir nicht sicher, ob sie sich einen gutmütigen Witz erlaubte oder mich verspottete.
Was mein Liebesleben betrifft, bin ich sehr empfindlich. Die peinliche Wahrheit ist, dass ich meine schlaflosen Nächte in aller Regel nicht mit einem Mann, sondern mit einer guten Flasche Rotwein und meinem Swarovski-Fernrohr verbringe.
In diesen Nächten, in denen mich der Schlaf ängstigt, habe ich mir angewöhnt, den Himmel nach durchziehenden Vögeln abzusuchen, deren Silhouetten sich vor dem Mond abzeichnen. Nach der Hälfte der Flasche verringert sich freilich die Bedeutung des Bestimmens und Zählens der Vögel und ich überlasse mich einer melancholischen Verbundenheit mit diesen Wesen, die da einsam durch die Nacht ziehen.
Und mit meinem Vater, dem Sternenfahrer.

***

Als ich im siebten Stock den Lift verließ, war ich zunächst erstaunt, dann verärgert: Jemand hatte alle Türen der Forschungsabteilung geschlossen. Als ich die Türe zu meinem Büro öffnete, kam mir ein Schwall heißer, abgestandener Luft entgegen. Irgendein Spinner hatte zusätzlich auch noch alle Fenster geschlossen, was jetzt im Hochsommer einem tätlichen Angriff gleichkam. Ich ging von Raum zu Raum, ließ die Sonnenblenden runter, öffnete Türen und Fenster, was aber nicht viel nützte, da es draußen bereits zu heiß war.
In den nächsten Stunden arbeitete ich die Post durch, die sich in den letzten Tagen angesammelt hatte. Darunter war eine Postkarte, auf der Tim und Struppi in Mondanzügen zu sehen waren. Ich lächelte, als ich an den Absender dachte, dessen Name ich gar nicht erst lesen musste. Mein Freund Gian-Antonio Cavegn. Einer der Besten in der Statistikwelt und ganz sicher der Schrägste von allen. Er war in Paris an der internationalen Messe ‹Le monde d'Hergé›.
Niemand lenkte mich ab und ich kam mit meiner Arbeit zügig voran. Alle Welt schien in den Ferien zu sein.

Neugierig öffnete ich eine E-Mail, die unser Direktor, Roland Merian, Samstagnacht um 22.10 Uhr versandt hatte: Er erinnerte mich daran, dass der alle zwei Jahre fällige Mortalitätsbericht über die Todesrate im Walmont noch nicht bei ihm eingetroffen sei. Das hatte ich eigentlich bereits im Juni erledigen wollen, dann aber verschwitzt. Peinlich.
Dieser Auftrag war Teil eines internationalen WHO-Projekts über die Qualität der Spitalversorgung in Europa, den USA, Kanada und Japan. Die dafür notwendige Auswertung über Anzahl und Ursachen der Todesfälle, die sich in den Spitälern ereigneten, war von der Methodik her einfach. Schwieriger war es hingegen – wie immer in der Epidemiologie –, die Resultate so darzustellen, dass auch statistische Laien keine falschen Schlüsse zogen.
Vor kurzem hatte ein Zürcher Politiker Alarm geschlagen, weil die Todesrate der Schweizer aufgrund von Herzkrankheiten 2,5-mal höher sei als jene von Immigranten aus dem Balkan. Gesünder seien sie, weil wir Schweizer uns für sie zu Tode schufteten, so die unvermeidliche Folgerung der SVP. Als ich der Sache nachging, hatte ich festgestellt, dass irgendwelche Idioten aus einer Hochschule eine nicht altersstandardisierte Todesrate publiziert hatten. Was die Autoren zu erwähnen vergessen hatten, war die Tatsache, dass das Risiko, an einer Herzkrankheit zu sterben, erst im Alter ansteigt. Die in der Schweiz lebenden Migranten aus dem Balkan waren aber im Schnitt deutlich jünger als die Schweizer. Und außerdem gingen viele Ausländer wieder nach Hause, wenn sie krank wurden. Et voilà: Schon hatte die Presse eine wunderbare Schlagzeile und eine fehlerhafte Dateninterpretation, die man nie mehr aus den Köpfen der Leute wegbrachte.
Ich startete meine Statistiksoftware, musste zunächst noch einige Änderungen am Format der Rohdaten vornehmen und gab dann den Befehl, die Mortalitätsanalyse durchzuführen.

***

Ich werde oft gefragt, wie ich mich als Frau den ganzen Tag mit Zahlen beschäftigen kann. Was das mit dem Geschlecht eines

Menschen zu tun hat, ist mir allerdings schleierhaft. Ich habe im Hauptfach ursprünglich Psychologie studiert und meine ehemaligen Studienkollegen streiten sich mit Drogensüchtigen herum, deuten Träume oder coachen für gutes Geld überforderte Manager. Mich aber hat die kühle Logik der Zahlenwelt bereits im zweiten Studiensemester fasziniert.

Epidemiologie ist wie Goldsuchen: Zu Beginn vermutet man lediglich, wo es ein Vorkommen haben könnte, trifft auf einen Haufen Dreck, dann siebt man Tonnen von uninteressantem Gestein und Sand und stößt irgendwann auf ein Goldkorn. Mit Können, Ausdauer und Glück entdeckt man vielleicht sogar eine Goldader. Neben dem rein rationalen wissenschaftlichen Handwerk hat Epidemiologie oft auch Parallelen zur Detektivarbeit. Manchmal hilft auch reine Intuition bei der Lösung eines vertrackten Problems.

***

Ein dezentes ‹Bling› meines Rechners machte mich darauf aufmerksam, dass der erste Teil der Mortalitätsanalyse abgeschlossen war. Ich druckte die zwölf Seiten mit Tabellen und statistischen Kennwerten aus und setzte mich an meinen Arbeitstisch.

Wie immer würde ich zunächst die Rohdaten durchsehen, eine einfache Auszählung der Todesfälle und erst in einem zweiten Schritt die erforderlichen Standardisierungen durchführen. Diese waren notwendig, um Spitäler, die einen unterschiedlichen Patienten-Mix hatten, miteinander vergleichen zu können. Da gab es vielleicht eine Klinik, die sich auf Sportchirurgie konzentrierte und vor allem Knieoperationen an 25-Jährigen durchführte, und daneben ein Spital mit einem geriatrischen Kompetenzzentrum, das sich auf Hüftoperationen und schwer erkrankte Menschen spezialisiert hatte, die im Schnitt über 75 Jahre alt waren. Für einen korrekten und fairen Vergleich musste bei der Todesrate der Altersunterschied berücksichtigt und das statistische Modell entsprechend angepasst werden.

Eine halbe Stunde später hatte ich die Fachbereiche Chirurgie,

Kinderchirurgie, Psychiatrie und Geburtshilfe kontrolliert und konzentrierte mich auf die Tabelle der Inneren Medizin. Ich schüttelte den Kopf, um die Müdigkeit zu vertreiben. Irgendetwas stimmte nicht: Gemäß meinen Ergebnissen waren im letzten Jahr in der Inneren Medizin des Walmont viel zu viele Patienten gestorben.

Entweder hatte ich einen Fehler in meinen Daten oder es stimmte etwas mit der Berechnung nicht. Sicher konnte ich das aber erst nach der Standardisierung der Daten sagen. Ich markierte die entsprechende Stelle in meiner Syntax und gab den Befehl zum Start der Analyse. Während der Rechner arbeitete, massierte ich nervös meinen rechten Unterarmmuskel, der immer noch von der Kletterei schmerzte.

‹Bling.›

Ich starrte auf den Bildschirm.

Das Resultat war so eindeutig wie unerwünscht: Durch die Standardisierung wurde das Ergebnis nicht besser, sondern schlechter für das Walmont. Geradezu verheerend: Wir hatten eine mehr als doppelt so hohe Sterblichkeit in der Inneren Medizin als in anderen Spitälern im In- und Ausland beobachtet worden war. Die Differenz war statistisch signifikant, eine rein zufällige Verursachung dieses Unterschieds war äußerst unwahrscheinlich.

Wenn diese Tabelle in die falschen Hände geriete, wäre dies eine Katastrophe für unser Spital. Ich sah schon die Schlagzeile vor mir: ‹Killer-Spital in Bern!›

Hastig ging ich die Ergebnisse für die Orthopädie durch: Auch hier musste ein Fehler in den Daten sein. Mist!

Die Sterblichkeit in der Orthopädie lag bei 8,6 Prozent. Normal wären knapp 3 Prozent.

Ich betrachtete wieder die Rohdatentabelle mit der Auszählung der Todesfälle. Im letzten Jahr waren in der Inneren Medizin und der Orthopädie 39 Patienten gestorben. Gemäß den internationalen Referenzwerten wären aber nur etwa 14 Todesfälle zu erwarten gewesen. Mit anderen Worten: Im Walmont waren 25 Menschen zu viel gestorben!

***

Ich schätzte die Temperatur in meinem Büro in der Zwischenzeit auf über 35 Grad. Warum musste so etwas ausgerechnet heute passieren? Ich stöhnte und wischte mir den Schweiß von der Stirne. In meinem überhitzten, müden Kopf vermengten sich wirre Gedanken, Hypothesen und übertriebene Horrorszenarien.

Die logischste Erklärung war ein Fehler in den Daten. Kein Grund zur Panik. Es kam schon mal vor, dass ein neuer Arzt, der keine Ahnung von der Kodierung hatte, bei der Variable Austrittsgrund für alle Patienten eine (5) ‹Austritt durch Tod› anstelle einer (1) ‹Austritt, geheilt› kodierte. Dennoch bedeutete dieses Resultat Zusatzarbeit für mich, schließlich musste ich nun den verflixten Fehler finden, der mein Plausibilisierungssystem unterlaufen hatte. Das war mein Job.

Gemäß Notfallprotokoll für Ereignisse, welche die Sicherheit der Patienten des Walmont betrafen, sollte unverzüglich die Direktion informiert werden.

Ich beschloss, keinen unnötigen Aufruhr zu verursachen, schrieb lediglich ein kurzes Memo an den Direktor, beschrieb das Ergebnis, äußerte aber keinerlei Spekulationen über die Ursachen und versprach weitere Informationen, sobald ich mehr wusste. Ich verschloss den Brief, schrieb ‹Vertraulich› und ‹Direktor Roland Merian› darauf und gab den Umschlag in die interne Post. So war der brisante Inhalt vor neugierigen Augen geschützt. Unser Direktor hatte glücklicherweise eine sehr breite Ausbildung genossen und wusste sogar einiges über die Methodik statistischer Analysen.

Merian weiß schon, wie er mit dieser Information umgehen muss, dachte ich.

***

Zum Mittagessen traf ich mich mit meiner Freundin Helga Sommer, die den Hebammendienst leitete, im Café des Walmontparks. Wir erwischten den letzten freien Tisch direkt neben dem kleinen, kunstvoll angelegten Teich und setzten uns erfreut.

Helga war 47, eine hochgewachsene stattliche Frau, ehemalige Spitzenschwimmerin, was man ihr immer noch ansah, mit üppigen goldblonden Haaren und einem kantigen Gesicht. Heute wirkte sie ungewohnt zerstreut und bekümmert. Bleich sah sie auch aus.

«Du siehst aber nicht sehr erholt aus nach deinen Ferien. Ist etwas nicht in Ordnung?», fragte ich sie.

Helga seufzte.

«War leider nichts mit der Toskana. Wir sind nach drei Tagen wieder nach Hause gefahren. Dabei liebe ich die Region doch über alles.»

«Aber warum denn? Was war los?»

«Wir hatten das afrikanische Licht! Paul ging es furchtbar schlecht. Er war zwei Tage nicht mehr ansprechbar und –»

«Was soll denn das heißen?»

«Es ist wegen dieser verdammten Klimaerwärmung. Es wandert immer weiter gegen Norden. Das ist doch einfach unglaublich. Eine Katastrophe, und niemanden kümmert es.»

«Ich verstehe kein Wort, Helga. Habt ihr etwa einen afrikanischen Grippevirus erwischt?»

«Licht, du Banause. Ich spreche von Licht, lumière, light, fiat lux, was auch immer. Das berühmte Licht der Toskana! Paul vermutet, dass es jetzt etwa auf der Höhe von Genua zu finden ist. Und in der Toskana ist nur noch das harte afrikanische Licht. Die Farben sind weg!»

Ich schüttelte ungläubig den Kopf.

«Und deshalb musstet ihr eure Ferien abbrechen?»

«Du kennst doch Paul!»

Das tat ich allerdings. Paul war ein begnadeter Künstler und eine unmögliche Nervensäge.

Ein plötzliches Schmunzeln entspannte Helgas Gesichtszüge. «Siehst du den Typen dort? Weißer Kittel, blonde Haare, runde Babyaugen im Milchgesicht?» Mit dem Kinn zeigte sie unauffällig in Richtung des letzten Tisches auf dieser Seite des Teichs, an dem vier junge Ärzte saßen, noch etwas unsicher in ihren offensichtlich fabrikneuen Arztkitteln.

«Der hat mir heute Morgen zu erklären versucht, wie man eine Geburt leitet.»

«Oh, oh. Ich wundere mich, dass er noch an einem Stück ist!»

«Er wusste nicht einmal, wozu ein Hörrohr dient», meinte sie empört. «Und als eine der Frauen bei einer Presswehe aufgeschrieen hat, wollte der Trottel sofort einen Kaiserschnitt machen.»

Helga war Mitte der achtziger Jahre nach Tadschikistan aufgebrochen, in ihrem Koffer ein wichtig aussehendes Diplom der WHO, das sie als Hebamme mit speziellen Kenntnissen auswies, und in ihrem Herzen die Sehnsucht nach dem Zauber des Orients. Als sie in Duschanbe ankam, war kalter Spätherbst, die meisten Straßen unpassierbar wegen sintflutartiger Regenfälle, ihre Unterkunft in einem Betonbunker grässlichster sowjetischer Machart und die Offiziellen desinteressiert an ihrer Person und ihrem Hilfsprojekt. Man hatte ihr ein engagiertes interdisziplinäres Geburtshilfeteam versprochen und sie traf auf einen einzigen Arzt. Einen gänzlich versoffenen Iren, angeblich ein diplomierter Gynäkologe, der es nicht mal schaffte, sich Helgas Namen zu merken. Die tadschikischen Babys hatten – wie überall auf der Welt – ihre eigene Sichtweise der Dinge und waren nicht bereit, ihre Geburt bis zur Klärung dieser internationalen Hilfswerkmisere hinauszuschieben. Also packte Helga ihren Koffer und machte sich auf ins Pamirtal.

Trotz ihrer monatlichen Anträge um Unterstützung dauerte es ganze zwei Jahre, bis endlich ein wortkarger, aber immerhin sehr kompetenter italienischer Arzt in ihre Region entsandt wurde. Bis zu diesem Zeitpunkt war Helga vollkommen auf sich allein gestellt gewesen und hatte nur ihr Hörrohr als technisches Hilfsmittel, um den Frauen auch bei den kompliziertesten Geburten zu helfen. Damals hatte sie gelernt, sich auf sich selbst zu verlassen und Verantwortung zu übernehmen.

Es war ein offenes Geheimnis, dass jedem neuen Assistenzarzt, der sich aufgrund seines Medizinstudiums den Hebammen unserer Geburtsabteilung irrtümlicherweise überlegen fühlte, zunächst der Kopf zurechtgerückt wurde. Bis er dann bereit war, von den erfahrenen Hebammen zu lernen, was bei einer Geburt zu tun war. Die Geburtsabteilung war wohl der einzige Ort im Walmont, wo Interdisziplinarität nicht nur ein wohlklingender Begriff im Leitbild war, sondern auch gelebt wurde. Und das war Helgas Verdienst.

Ich bewunderte Helga für ihr Engagement, beneidete sie manchmal um ihre Gradlinigkeit und Klarheit in schwierigen Entscheidungen und ärgerte mich oft über ihre Sturheit.

Ich hörte der Fortsetzung der Geschichte mit halbem Ohr zu, während ich eine große Libelle beobachtete, die knapp über die Oberfläche des Teichs surrte. Ihr Körper glänzte in einem metallisch blau-grünen Farbton, die riesigen Facettenaugen leuchteten goldfarben.

Als das große Insekt plötzlich von einem Schilfrohr aufflog, traf sich mein Blick mit den Augen eines Mannes, der mir auf der anderen Seite des Teiches direkt gegenübersaß und offenbar ebenfalls die Libelle beobachtet hatte. Er lächelte und nickte mir höflich zu. Ich erkannte Laval, einen der Oberärzte der Geriatrie. Etwas erstaunt grüßte ich zurück. Laval arbeitete seit rund drei Jahren im Walmont, aber ich hatte bisher kaum mit ihm zu tun gehabt und noch nie ein persönliches Wort mit ihm gewechselt. Er war wohl etwa gleich alt wie ich, wirkte mit seinen frühzeitig ergrauten Haaren aber älter. Mir fiel auf, dass er seinen weißen Arztkittel zum Mittagessen ausgezogen hatte und quasi in Zivil gekleidet war. Ein schlichtes T-Shirt in einem satten Gelb.

Sein Gesicht war zu wenig ebenmäßig und zu hager, um schön zu sein. Fast könnte man meinen, Laval habe indianische Gesichtszüge, dachte ich. Für einen Mitteleuropäer hatte er auffallend dunkle Augen, die durch seine silberfarbene, eckige Brille zusätzlich betont wurden.

Mein Herz setzte einen Schlag aus, als unsere Blicke sich erneut trafen. Schnell wandte ich mich ab.

«He, Lou, hörst du mir überhaupt zu?», meldete sich Helga gerade in diesem Moment etwas verärgert.

«Sorry, ich habe gerade über ein Problem bei meiner Arbeit nachgedacht», sagte ich nicht ganz der Wahrheit entsprechend. «Was ist denn los?»

«Wir haben im letzten Jahr zu viele Patienten verloren.»
«Verloren? Du meinst abgewandert zum Unispital?»
«Nein. Mit verloren meine ich gestorben.»
«Machst du Witze?»
Ich seufzte. «Nein. Aber reg dich nicht auf, Helga. Es handelt sich mit großer Wahrscheinlichkeit um einen reinen Datenfehler. Eigentlich darf ich dir gar nichts davon erzählen.»
«Warum machst du es dann?»
«Weil ich wissen will, ob du vielleicht eine Erklärung dafür hast, dass wir letztes Jahr außergewöhnlich viele Todesfälle hatten.»
«Also bist du doch nicht so sicher, dass es sich um einen Datenfehler handelt», erkannte Helga scharfsinnig und setzte sich interessiert auf.
«Nun sag schon, Helga. Hast du irgendwas gehört, dass wir im letzten Jahr irgendeine Epidemie im Walmont hatten …, einen Ausbruch eines Spitalvirus oder was weiß ich …, vielleicht einen Arzt, der so schlecht operierte, dass er Patienten verloren hat?»
Während meiner letzten Worte starrte Helga mit einer Mischung aus Ärger und Erstaunen auf eine Gestalt hinter meinem Rücken.
«Frau Beck, entschuldigen Sie, wenn ich Sie unterbreche.»
Ich fuhr erschreckt zu der unbekannten Stimme herum. Und sah Laval vor mir.
«Ah, schon wieder!»
Etwas verwirrt nahm ich einen neuen Anlauf und gab meiner Stimme einen festen, professionellen Klang:
«Doktor Laval, was kann ich für Sie tun?»
Gleichzeitig überlegte ich rasch, wie viel Laval wohl mitgehört haben konnte.
«Doktor Beck», ahmte er mich mit eindeutig belustigter Stimme nach und verneigte sich leicht dabei. «Ich wollte Sie fragen, ob Sie diese Woche einmal Zeit für mich hätten. Ich habe ein methodisches Problem mit meinem Forschungsantrag an die NH.»
«Enha?», fragte Helga nach.
«Ach ja, Abkürzungen sind wohl eine Berufskrankheit, entschuldigen Sie, ich meine die Nationale Herzstiftung.»

Er sah mich abwartend an.
«Selbstverständlich. Ich weiß allerdings nicht, ob ich Ihnen dabei behilflich sein kann.»
«Passt es Ihnen am Mittwochabend um acht Uhr? Ich würde Sie als Gegenleistung gerne zum Essen einladen. In den ‹Kingfisher›, wenn es Ihnen recht ist?»
Ich fühlte mich völlig überrumpelt und wusste gleichzeitig keinen guten Grund, um die Einladung auszuschlagen.
«Haben Sie vielleicht schon etwas vor an diesem Abend?», fragte er, da ich ihm noch immer keine Antwort gegeben hatte.
«Ich glaube nicht. Ich meine … Nein, ich habe noch nichts vor.»
«Also ist das abgemacht. Ich freue mich.»
Zum Abschied nickte er zuerst Helga, dann mir mit einem ironischen Lächeln zu – «Frau Oberin, Frau Doktor» – drehte sich um und schlängelte sich gewandt zwischen den Tischen hindurch.

***

«Was sollte denn das?» fragte mich Helga erstaunt.
Ich zuckte mit den Achseln.
«Wie lange hat er schon dagestanden und unserem Gespräch zugehört?», fragte ich sie.
«Ich bin mir nicht sicher.»
«Das mit dem Forschungsantrag kommt mir aber wie ein Vorwand vor. Da würde er sich besser an Raio, unseren Herzspezialisten, wenden.»
Helga sah mich prüfend an.
«Laval ist anscheinend ein guter Arzt», sagte sie dann mit einem deutlichen «aber» im Tonfall.
«Aber?», fragte ich also.
«Er ist ein Einzelgänger, ein richtiger Sonderling. Zu arrogant, um sich mit uns abzugeben. Hast du ihn jemals an einem Betriebsfest gesehen?»
Da ich diese Anlässe selbst nur mit Mühe und viel Alkohol überstand, sprach dieses Argument nicht unbedingt gegen ihn.
«Und er weiß genau, wie attraktiv er ist», fuhr Helga fort.

Ich zuckte ungerührt mit den Schultern.
«Ich habe das Glitzern in deinen Augen gesehen, Lou.»
«Ach, lass mich doch in Ruhe, Helga!»
«Laval ist nicht der Richtige für dich, das kann ich dir jedenfalls heute schon sagen.»
«Woher willst du denn das wissen. Du kennst ihn doch kaum», gab ich verärgert zurück.
«Meine Intuition sagt mir, dass er irgendetwas zu verbergen hat. Außerdem ist er ein zynischer Kerl. Nimm dich also in Acht.»
«Ich bin die Vorsicht in Person.»
Helga schüttelte den Kopf, aber lächelte dabei. Sie glaubte mir kein Wort, obwohl es mir vollkommen ernst war. Eines der wenigen Missverständnisse zwischen uns: Sie hielt mich für einen mutigen, draufgängerischen Menschen.
«Ich bin froh, dass Max bald wieder da ist. Dann kann ich mein Datenproblem mit ihm besprechen.»
«Du bist doch längst so gut wie er. Und außerdem hat dein Chef keine Ahnung davon, was im Walmont vor sich geht. Er ist doch fast nie da.»
«Das stimmt nicht, Helga.»
«Du bist zu loyal, Lou. Seit einem Jahr war Max doch kaum mehr im Büro, du machst die ganze Arbeit und er darf immer noch den Chef spielen.»
Das war ein alter Streit zwischen uns.
«Wie ist das nun: Verbringt ihr eure nächsten Ferien in Genua?», fragte ich, um sie abzulenken.
«Machst du dich über uns lustig, Lou Beck?»
Manchmal frage ich mich tatsächlich, wie es möglich ist, dass diese Ehe und diese Liebe schon so lange und so gut funktioniert. Helga ist ein ruhiger, überlegter Typ. Wenn es darauf ankommt, hat jedes ihrer Worte Präzision und Gewicht. Paul ist das genaue Gegenteil: launisch und hypernervös. Seine abrupten Assoziationssprünge und boshaften Sprüche machen jede Konversation zu einem Survivaltrip. Im Gegensatz dazu strahlen seine Landschaftsbilder eine beinahe hypnotische Ruhe und Heiterkeit aus.

Ich mag Paul und Helga sehr. Aber an schlechten Tagen kann ich ihre allen Stürmen trotzende Zweisamkeit kaum ertragen.

***

Am späteren Nachmittag war die Temperatur in meinem Büro unerträglich geworden. Seit Tagen wehte in Bern die warme Bise, ein zum Glück äußerst seltenes Phänomen, das anscheinend mit der meteorologischen Lage in Zentralrussland zusammenhing. Normalerweise war die Bise ein Wind aus Nordosten, eine beißend kalte Plage. Wenn sich aber im Sommer in Zentralrussland heiße Kontinentalluft staute, fühlte sich dieser Wind plötzlich so an, als hätte dort drüben jemand einen gigantischen Föhn aufgestellt und direkt auf Bern gerichtet.
Im Sommer vor sechs Jahren hatte die warme Bise ganze zwölf Tage gedauert und im Walmont zu einem Massenandrang in der Notaufnahme geführt. Allerdings hegten die Ärzte den Verdacht, dass der Ansturm auch mit der exzellenten Klimaanlage des Notfallsektors zu tun gehabt hatte. Einige Patienten hatten sich im Warteraum beinahe häuslich eingerichtet und zeigten sich verdächtig geduldig, obwohl sie stundenlang auf die Untersuchung warten mussten.
Kurz vor fünf machte ich Schluss. Die Suche nach dem Datenfehler musste bis morgen warten, wenn mein Büro wieder eine Temperatur hatte, die klares Denken erlaubte. Bevor ich ging, heftete ich einige neongelbe Post-it-Kleber mit dem Vermerk ‹Bitte NICHT schließen!› an die Fenster und die Türe meines Büros.
Als ich im U3 erneut die schwere Türe öffnete, die auf den Gang zum Archiv führte, fröstelte ich. Hier unten war es sicher fünfzehn Grad kälter als in meinem aufgeheizten Büro. Die Neonröhre zögerte lange, raffte sich dann aber doch noch zu einem kraftlosen Flackern auf.
Rasch ging ich nach hinten. Mein Fahrrad stand noch am selben Platz und hatte bereits etwas Staub angesetzt. So weit so gut.
Auf dem Rückweg fiel mir auf, dass die Türe zum Archiv einen

Spalt breit geöffnet war. Ein Lichtschimmer drang nach draußen. Ich stellte mein Rad ab, öffnete die Türe vorsichtig etwas weiter und spähte hinein. Ich hatte noch nie Gelegenheit gehabt, mich hier unten umzusehen. Aus Gründen des Datenschutzes besaßen nur wenige Mitarbeitende des Walmont einen Schlüssel zum Archiv. So viel ich wusste, war hier auch der zentrale Datenserver mit allen Sicherheitsbackups der Patientendaten untergebracht.

«Hallo? Hallo … ist da jemand?»

Keine Antwort. Merkwürdig. Hatte vielleicht jemand vergessen, das Licht zu löschen und abzuschließen?

Ich konnte der Versuchung nicht widerstehen und betrat den vorderen Archivraum, der etwa 15 mal 20 Meter maß. Auf der ganzen Fläche waren Regale, die vom Boden bis zur Decke vollgepackt waren mit alten Büchern, Zeitschriften, Archivboxen und Kartonkisten. Die Luft hier verströmte den alles durchdringenden Mief von Papierbergen, die seit Jahrzehnten ungelesen waren.

Da lag es also vor mir: das Gedächtnis des Walmont. Akkurat gestapelt befanden sich hier die Kranken- und Leidensgeschichten von Menschen, an die sich schon lange niemand mehr erinnerte. Neugierig sah ich mich um. Auf einer der Kartonkisten stand in altmodischen verschnörkelten Schriftzügen: ‹Heilanstalt zu Walmont, 1907–1912›. Es juckte mich in den Fingern, die Kiste auszupacken und in den alten Krankengeschichten herumzustöbern. Ob damals Tuberkulosekranke im Walmont behandelt worden waren?

Immer noch hörte ich keinen Laut. Irgendetwas stimmte aber nicht. Und dann roch ich noch etwas anderes als Papier und Staub: Da war wieder dieser würzige Duft von heute morgen. Was war das nur … Es erinnerte mich an Weihnachten … Kerzen in einer kleinen Kirche … Eine Duftnote, die definitiv nicht in den Kellerraum passte.

In diesem Moment fiel mein Blick auf eine große Kartonschachtel mit einem altbekannten Schriftzug: Atari. Magisch angezogen ging ich darauf zu. Hatte da tatsächlich jemand einen alten Atari aufbewahrt? Ich lächelte erfreut, als ich das Signet auf der Front-

seite erkannte: Es war ein Atari SE. Mein allererster Computer!
Der Deckel der Schachtel war bereits geöffnet und ich wollte nur schnell einen Blick auf diesen Urgroßvater der heutigen Rechner werfen, da seufzte ich enttäuscht auf. Mit rotem Filzer war quer über die Schachtel der Vermerk angebracht: ‹Forschungsdaten des unbekannten Studenten, 1982›.
In diesem Moment meinte ich, ein leises Schnaufen zu hören. Angespannt lauschte ich: nichts.
Aber irgendjemand war hier, davon war ich mittlerweile überzeugt. Ich hielt den Atem an und spürte, wie sich meine Nackenhärchen aufstellten. Ich hörte nichts und dennoch …
Nur raus hier, dachte ich. Dann machte ich noch genau zwei Schritte.

***

Der Schlag streifte meine Schläfe und krachte dann mit voller Wucht auf meine rechte Schulter. Ein greller Schmerz explodierte in meinem Körper und ich ging zu Boden wie ein gefällter Baum. Ich hörte ein dumpfes Klatschen, als ich mit dem Kinn voran auf dem Beton aufschlug, spürte aber schon nichts mehr.
Als ich wieder zu mir kam, war ich allein. Lag am Boden, platt und hilflos wie ein Käfer auf dem Rücken.
Mein Herz wummerte. Nichts wie weg hier!
Ich versuchte aufzustehen. Ein greller Schmerz strahlte in Arm, Nacken und Kopf aus. Ich schluchzte auf und es wurde mir schlagartig kotzübel.
Benommen starrte ich an die Betondecke. Mein Kinn brannte, und als ich es betastete, war Blut an meiner Hand. Ich versuchte, mein Bein zu strecken. Das Knie war ebenfalls aufgeschlagen und blutig. Es tat weh, aber das Gelenk funktionierte.
Neben mir am Boden lag ein altmodischer Infusionsständer. Massiver und viel schwerer gebaut als die heutigen Modelle. Kein Wunder fühlte ich mich so mies. Mit dem schweren Ding hätte mich dieser Wahnsinnige töten können …
Wie in Zeitlupe drehte ich mich seitlich und stemmte mich in

eine kniende Position hoch. Das Archiv drehte sich vor meinen Augen und mir wurde wieder übel.
Einatmen, ausatmen, langsam jetzt.
Eine Ewigkeit später zog ich mich am nächststehenden Gestell hoch und ging mit unsicheren Schritten zur Türe, die gottlob unverschlossen war. Im Gang stand immer noch mein Velo, als wäre in der Zwischenzeit nichts passiert.
Langsam humpelte ich den Gang entlang. Mein Fahrrad diente mir als Gehhilfe und gab mir absurderweise das Gefühl, nicht ganz allein zu sein.
Zum Schmerz kam nun auch noch die körperliche Reaktion auf den Schock. Meine Beine schlotterten mit jedem Schritt mehr. Die verdammte Schutztüre schien in der Zwischenzeit tonnenschwer geworden zu sein. Aber die Angst trieb mich an. Endlich erreichte ich den Ausgang des U3, wo ein Wandtelefon angebracht war, und wählte die Nummer 79 50.
«Geburtsabteilung, Sommer», meldete sich Helga.
«Hier ist Lou. Du musst sofort kommen.»
«Hallo? Lou? Bist du das, Lou? Ich höre dich kaum.»
Das lag daran, dass ich flüsterte. Ich riss mich zusammen und sprach etwas lauter. «Ich bins. Ich brauche Hilfe.»
«Ich bin in einer Besprechung. Warte mal … in einer halben Stunde könnte –»
«Nein, nein! Jetzt sofort! Ich bin unten im U3.»
Offensichtlich erkannte Helga die Dringlichkeit in meiner Stimme, denn sie sagte nur «Ich komme» und knallte den Hörer auf.
Ich ließ mich langsam zu Boden sinken, lehnte mich an die Wand und wartete.
Nach einer Weile, die mir wie eine Ewigkeit vorkam, hörte ich die raschen, energischen Schritte meiner Freundin.
«Lou! Mein Gott! Wie siehst du aus? Was ist passiert?»
Helga kniete sich vor mich auf den Boden und sah mich erschrocken an.
«Ich bin K.o. geschlagen worden.»
Auf der Stelle verwandelte sich Helga von der Freundin zur abgebrühten Nothelferin. Ruhig, sachlich, professionell.

«Kopfverletzung?»
«Nein. Die Schulter. Hier. Aber mein Nacken hat was abgekriegt. Und das Knie. Rechts.»
Helga untersuchte mich vorsichtig. Trotzdem schrie ich vor Schmerz auf, als sie meinen Kopf sanft nach links und rechts bewegte. Nach oben ging gar nicht, nach unten nur wenig.
«Schau mir in die Augen. Gut. Nach links, nach rechts.»
Sie fummelte an meinen Ohren herum. «Kein Blut, gut.»
Die Betasterei und das leise Murmeln hatten eine entspannende Wirkung. Irgendwann sagte Helga mit ruhiger Stimme: «Kinn und Knie sind harmlos. Muss nichts genäht werden. Die Schulter hat eine üble Prellung, das wird eine ganze Weile weh tun. Sorgen machen mir nur die Halswirbel. Vielleicht hast du ein leichtes Schleudertrauma. Nichts Lebensbedrohliches, aber du musst dich natürlich röntgen lassen.»
«Verdammte Scheiße!»
Helga setzte sich im Schneidersitz vor mich hin.
«Wer war das, Lou? Welches Schwein hat dich angegriffen? War das etwa einer unserer Ärzte? Hattest du Krach mit Holger?»
«Keine Ahnung … Ich habe nicht die geringste Ahnung, wer das war … oder warum er das getan hat.»
Plötzlich hatte ich Tränen in den Augen. «Ich weiß nicht, warum das passiert ist. Ich habe niemandem etwas getan … Ich habe keine Ahnung, wer eine solche Wut auf mich haben könnte.»
Ich hatte diesen weinerlichen Ton bei mir noch nie leiden können. Ärgerlich wischte ich meine Tränen weg.
«Typische Opferreaktion: Du suchst die Schuld bei dir.»
«Verdammter Psychologenmist! Es muss doch einen Grund dafür geben. So etwas passiert doch nicht einfach so.»
«Ich bin nur die Hebamme, du bist hier die Psychologin.»
Wir starrten uns an. Das war wieder einer dieser Momente, in denen wir uns stritten, ohne zu wissen warum.
«Du musst eine Anzeige machen. Ist es hier passiert?», fragte mich Helga.
«Im Archiv.»

«Was machst du eigentlich hier unten?»
«Die Türe war offen.»
«Was soll das heißen: die Türe war offen?»
Nun, da Helga bei mir war, ließ meine Angst langsam nach. Dafür spürte ich den Schmerz mit seiner ganzen Wucht. Welle für Welle pflügte er durch meinen Körper, brachte mich zum Keuchen und trieb mir den Schweiß auf die Stirne.
«Kannst du mir ein starkes Schmerzmittel organisieren?», fragte ich.
«Du musst auf die Notfallstation. Und in der Zwischenzeit rufe ich die Polizei.»
«Und in zwei Stunden weiß das ganze Walmont, was passiert ist? Nein … Ich will nach Hause.»
«Du spinnst, Lou, das kann ich nicht zulassen. Du hast einen Schock. Und du musst die Polizei einschalten.»
«Nein.»
«Warum denn nicht um Himmels Willen? Du musst den Täter unbedingt anzeigen. Wer weiß, vielleicht bringt er noch jemanden um!»
«Schrei nicht so laut! Ich habe schreckliche Kopfschmerzen. Ich will einfach nur nach Hause. Und außerdem können sie den Typen gar nicht erwischen, da ich ihn nicht erkannt habe.»
Ich war zu müde zum Streiten. Alles tat mir weh. Ich wollte nach Hause in mein Bett.
«Also gut …, aber du kannst nicht allein hier unten bleiben. Du wartest bei der Westpforte und ich hole dir was.»
Eine halbe Stunde später war ich notdürftig verarztet, von Blutspuren gesäubert und auf dem Heimweg. Helga hatte eine kühlende Salbe, ein Cold-Pack und eine Packung starker Schmerztabletten gebracht. Dann hatte sie mir noch eine Spritze verpasst.
«Gegen die Schmerzen. Das wirkt am schnellsten», hatte sie gemeint und missbilligend die Lippen zusammengepresst.
«Du spinnst», hatte sie nochmals wiederholt, als ich stöhnend vor Schmerzen aufs Velo stieg.

Helga hatte völlig recht. Aber ich brauchte in diesem Moment das Gefühl, dass ich mich von diesem Sauhund nicht in die Knie hatte zwingen lassen.

***

Der Weg nach Hause war eine einzige Qual. Nachdem der erste Schock etwas abgeklungen war, nahmen die Schmerzen mit jeder Minute zu. Mein Fahrrad schien tonnenschwer und die leichte Steigung zu meinem Wohnquartier erinnerte mich an meine schlimmsten Bergtouren. Endlich konnte ich die Wohnungstüre hinter mir schließen und mich auf mein Sofa sinken lassen. Ich rollte mich zu einer Kugel zusammen und schloss meine Augen, während sich meine Kehle verengte und ein trockenes Schluchzen aufstieg. Langsam klangen die Schmerzen etwas ab und ich fühlte mich komisch wattig – Helgas Spritze begann zu wirken.

Irgendwann durchzuckte mich der Gedanke, dass dieser Irre mir vielleicht gefolgt war. Stöhnend erhob ich mich nochmals, um die Wohnungstüre abzuschließen. Das tat ich normalerweise nie. Weder wenn ich wegging und schon gar nicht, wenn ich zu Hause war. Ich musste den Schlüssel also zunächst suchen, dann fiel er mir zweimal aus den erbärmlich zitternden Händen und ich bückte mich fluchend vor Schmerzen.

Wenn Helga mich so sehen würde! Sie hielt mich für einen überaus mutigen Menschen, seit sie einmal zugeschaut hatte, wie ich mit meinem Bike eine Downhill-Strecke runtergebrettert war. Mit Mut hatte das weniger zu tun als mit jahrelanger Erfahrung. Helga hingegen hatte wirklich Mut. Sie konnte sich vor einen Saal voller Menschen stellen und aus dem Stegreif irgendeine Rede halten. Und das ohne zitternde Stimme oder nasse Hände. Ich fühlte mich schon Tage zuvor nervös, wenn ich an einem Geschäftsempfang teilnehmen musste. War der gefürchtete Moment dann da, herrschte in meinem Hirn anstelle von geistreichem Smalltalk nur eine vollkommene Leere, um die mich jeder buddhistische Meister beneidet hätte.

Als meine Wohnungstüre endlich abgeschlossen war, kamen mir meine großen Fenster wie eine Einladung vor. Ich hatte nicht mal Vorhänge. Ich liebte es, wenn meine Wohnung lichtdurchflutet war. Und ich wollte das Abendrot, die Wolkenformationen und die Vögel sehen können. Und außerdem verfolgte ich seit Jahren gespannt den offenen Machtkampf zwischen meinem Nachbarn Imhof und seiner eigenwilligen Dackeldame Momo.
Ungeschickt öffnete ich die Fenster, zerrte an den eingerosteten Haltern, bis sie knirschend den Widerstand aufgaben, und schloss erleichtert die Jalousien. So. Niemand würde hier lautlos einbrechen können.
Ich fühlte mich so weit beruhigt, dass ich Hunger verspürte. Ich machte mir ein Brot und ging dann zu Bett. Dort versuchte ich eine Stellung zu finden, in der weder meine Schulter noch mein Knie weh taten.
Helga hatte recht, ich hätte wirklich die Polizei anrufen und eine Anzeige machen sollen. Ich wusste selbst nicht genau, weshalb mir das so zuwider war. Klar war mir nur, dass ich Ruhe brauchte. Und da war natürlich noch der Punkt, dass ich wieder einmal meine Nase in Dinge gesteckt hatte, die mich nichts angingen. Ich hätte das Archiv gar nicht erst betreten dürfen.
Andererseits hatte mich ein Unbekannter beinahe umgebracht! Und ich wusste immer noch nicht, wer und weshalb. Musste ich mich von nun an im Walmont bedroht fühlen? Oder hatte ich einfach Pech gehabt? Zur falschen Zeit am falschen Ort? Aber warum?
Zwei Stunden später gab ich meinen Schlafversuch auf, hievte mich vorsichtig aus dem Bett, schluckte zwei weitere Schmerztabletten und las einmal mehr in der Biografie von Pau Casals, dem beherzten katalanischen Cellisten, der sich im Zweiten Weltkrieg gegen den Faschismus gestellt hatte.
Ein Buch, das mich noch in jeder Krise getröstet hatte.

2 *Dienstag · 4. August · 6.35 Uhr · 24,2 °C.*

Es war kein gutes Erwachen an diesem Morgen danach. Mein Nacken war steif und schmerzte bei der geringsten Bewegung. Den Kopf nach oben zu heben, war unmöglich geworden. Rechte Schulter und Oberarm hatten sich in der Nacht zu einem satten Dunkelblau verfärbt, mit grüngelben Ausläufern bis zum Ellenbogen. Entzückend.

Ich überlegte mir, mich für ein paar Tage krankzumelden und zu Hause einzuigeln. Aber je länger ich wartete, wieder ins Walmont zu gehen, umso größer würde die Angst werden. Dieses Schwein hatte mich verletzt und eingeschüchtert. Aber er würde mich nicht davon abhalten, meiner Arbeit nachzugehen.

Zu Fuß zu gehen war keine überzeugende Alternative, so setzte ich mich mit zusammengebissenen Zähnen auf mein Fahrrad. Trotz der frühen Stunde war es schon über 25 Grad heiß und mein T-Shirt klebte bereits an meinem Rücken. Auf dem Weg in mein Büro machte ich einen Umweg über die Cafeteria im ersten Stock und holte mir einen doppelten Espresso. Ich hatte teuflische Kopfschmerzen und hoffte, sie mit einer Koffeindosis kurieren zu können.

Als ich mit der Tasse in der Hand zum Lift schlurfte, traf ich Claudio Ceccarelli, der mit einer Bohrmaschine bewaffnet aus der Küche kam: «Buongiorno, cara mia. Was ist denn mit dir los?» Er zeigte auf mein aufgeschlagenes Kinn. «Bist du etwa beim Biken gestürzt?»

«Buongiorno Claudio. Nichts Tragisches.» Ich versuchte, eine unbeschwerte Miene aufzusetzen. «Wieviele Meter hast du letzte Woche gemacht?»

Er lachte. Unseren Wettstreit um gefahrene Höhenmeter hatte bisher immer er gewonnen. Trotz seiner 59 Jahre fuhr Ceccarelli auf seinem Hightech-Rennrad immer noch gute 500 Kilometer pro Woche. Mit dem vollen, schwarzen Haar, seinem durchtrainierten, drahtigen Körper und seinen südländischen Gesichtszügen sah er ohnehin viel jünger und immer noch sehr attraktiv aus. Seit ich hier arbeitete, flirtete er mit mir, was wohl auch damit zu tun hatte, dass ich eine der wenigen Frauen war, zu denen er nicht hochschauen musste. In seinem übergroßen Overall wirkte er noch kleiner und schmächtiger. Die wachen Augen immer unter einer ausgebleichten ‹Dächlikappe› der Schweizerischen Kreditanstalt versteckt, hatte er es zur Meisterschaft gebracht, für leicht beschränkt gehalten zu werden.

Die meisten Angestellten des Walmont fielen auf seine Tarnung herein und das nutzte er skrupellos für seine Zwecke. Er war im Walmont seit Jahrzehnten als Hilfsarbeiter im Reparatur- und Hausdienst angestellt, was seiner Intelligenz in keiner Weise gerecht wurde.

«Auf keinen Fall! Sitzungen, Mitarbeitergespräche, Planungskonzepte, nein danke. Ich will in Ruhe werken», hatte er mir geantwortet, als ich ihn mal fragte, ob er sich nicht um eine höhere Stelle bewerben wolle.

Wie Ceccarelli es geschafft hatte, mehr als zehn Jahre heimlich eine perfekt ausgerüstete Fahrradwerkstatt als Nebenerwerb im Keller des Walmont zu betreiben, ohne dass es je einem Vorgesetzten aufgefallen wäre, war mir dennoch ein Rätsel. Das ging so lange gut, bis Sutter vor zwei Jahren neuer Verwaltungsdirektor wurde und die Nutzungsflächen des Walmont minuziös erfassen ließ.

«Bist du nicht doch krank, Lou?», fragte er und betrachtete besorgt mein Gesicht.

«Nur Kopfschmerzen. Geht sicher bald vorbei.» Ich verabschiedete mich und machte mich vorsichtig auf den Weg zum Lift.

Ich fluchte leise vor mich hin, als sich die Lifttüre auf meinem Stockwerk öffnete und ich auf eine Wand heißer, abgestandener Luft traf. Auch das noch! Wieder waren alle Fenster geschlossen worden. Als ich mein Büro betrat, wäre ich am liebsten gleich wieder nach Hause gegangen. Die Hitze war unerträglich. Das Putzpersonal hatte meinen Merkzetteln offensichtlich keinerlei Aufmerksamkeit geschenkt und gestern Abend beide Fenster geschlossen, so dass der Raum sich über Nacht kein bisschen abgekühlt hatte. Entweder war die betreffende Person blind oder der deutschen Sprache nicht mächtig. Stöhnend setzte ich mich an meinen Schreibtisch und begann mit der Arbeit. Aber schon nach wenigen Minuten starrte ich nur noch auf meinen Bildschirm. Ich hatte meinen Arbeitstisch so gestellt, dass ich mit einer kleinen Kopfdrehung zum Fenster rausschauen konnte und einen grandiosen Blick über unseren Park und weite Teile von Bern hatte. Das hieß aber auch, dass ich meinen Rücken der Türe zuwandte. Und das machte mich an diesem Morgen zum ersten Mal nervös.

Ich hörte das leise Summen des Aufzugs, die Lifttüre öffnete sich auf unserem Stockwerk und Schritte näherten sich. Schnell drehte ich meinen Bürostuhl und starrte auf den Gang hinaus.

Helga. Erleichtert atmete ich auf.

«Wie geht es dir?», fragte sie, während sie die Türe hinter sich schloss.

«Ehrlich gesagt, nicht wirklich gut. Es gibt kaum eine Stelle an meinem Körper, die nicht weh tut. Und dann … habe ich eine blödsinnige Angst. Sogar hier in meinem eigenen Büro fühle ich mich bedroht, obwohl das eigentlich lächerlich ist. Hier wird mich der Täter ja wohl kaum angreifen.»

Mein Versuch zu lachen, scheiterte kläglich.

«Das ist eine normale Reaktion. Schließlich bist du Opfer einer Gewalttat.»

«Opfer …» Ich schüttelte den Kopf und bereute es sofort. Ein scharfer Schmerz schoss vom Nacken über die Schulterblätter in den Rücken hinunter.

«Ich weiß, dass du das nicht gerne hörst, Lou. Passt ja nicht zu deinem Selbstbild. Du bist mutig und tatkräftig, nicht?», Helgas Stimme tönte grimmig.

«Du weißt, dass das nicht stimmt. Aber mir gehts einfach beschissen, wenn ich mich als Opfer fühle.»

«Geht allen so.»
Ich hatte genug von ihren lakonischen Kommentaren: «Ist das alles? Ich muss wieder arbeiten.»
«Hast du die Polizei angerufen?»
Ich verzog das Gesicht.
«Das heißt wohl nein.» Helgas Stimme wurde lauter und bekam eine bedrohliche Strenge. «Hast du schon mal darüber nachgedacht, dass wir vielleicht einen Irren im Walmont haben, der Frauen nachstellt? Vielleicht bringt er die Nächste um?»
«Ich mag damit nicht zur Polizei gehen. Sie haben mich doch mal in dieser Mülldeponie beim Gryphenseeli festgenommen und stundenlang ausgefragt.»
Aber du hast doch damals einen Umweltskandal aufgedeckt!»
«Du übertreibst. Das war der Verdienst der Gruppe für Umweltschutz Köniz. Sie haben mich lediglich um Hilfe gebeten, weil ich gut klettern kann. Seither bin ich der Kantonspolizei als Störenfried bekannt. Ich will nicht, dass bekannt wird, dass ich im Archiv war.»
«Aber was sollen wir denn nun tun?»
Dieses «wir» hatte etwas unerwartet Tröstliches. Helga ärgerte sich oft über mich. Aber sie hätte mich nie im Stich gelassen.
«Ich versuche herauszufinden, wer überhaupt Zugang zum Archiv hat. Vielleicht bin ich jemandem in die Quere gekommen, der nicht wollte, dass man ihn dort sieht …»
«Sei aber vorsichtig, Lou. Falls es sich nicht um einen Irren handelt …»
Sie sprach es nicht aus, aber es war klar, dass sie vermutete, der Angriff könnte sich wiederholen. Ich schauderte. Als Helga gegangen war, fühlte ich mich sehr allein.
Eine halbe Stunde später hörte ich das Brummen eines Staubsaugers. Ich eilte auf den Gang. Mit dem Rücken zu mir stand da eine sehr kleine, magere Frau, die mit aufreizender Langsamkeit den Staubsauger mal nach rechts mal nach links schwenkte. Ihre grauen Haare waren im Nacken locker zusammengebunden und reichten fast bis zur Taille. Das grell-orange ärmellose T-Shirt mit Kapuze und die über den Knien abgeschnittenen

Jeans entsprachen auch nicht gerade dem üblichen Kleidungsstil des Putzpersonals.
«Hallo!», versuchte ich den Lärm des Staubsaugers zu übertönen.
Keine Reaktion.
«He, ich rede mit Ihnen!»
Sie kam mit kleinen schlurfenden Rückwärtsschritten langsam näher. Da tippte ich ihr auf die rechte Schulter. Die Reaktion war spektakulär. Sie ließ den Staubsauger fallen, drehte sich blitzartig um die eigene Achse und erhob kampfbereit ihre sehnigen Arme.

***

So stand sie mir gegenüber – einen Fuß nach vorne gestellt, die Knie leicht gebeugt, die Fäuste geballt – und starrte mich mit zusammengekniffenen Augen an. Ihr Gesicht sah asiatisch aus, flach und ziemlich rund, mit goldbraunem Teint. Und die Frau war extrem wütend, was sich einen Moment später in einem Schwall von Schimpfwörtern äußerte. Der Ton war eindeutig. Den Inhalt konnte ich glücklicherweise nicht verstehen.
Ich machte instinktiv einen großen Schritt nach hinten, hob meine Hände auf Brusthöhe, Handflächen nach vorne und versuchte, ein möglichst zerknirschtes Gesicht aufzusetzen.
«Es tut mir leid, ich wollte Sie nicht erschrecken. Aber sie haben mich wegen des Lärms nicht gehört.»
«I do work here! Sie mich nicht so schrecken», zischte sie mich, immer noch erbost, an.
Langsam wurde ich auch wütend. Was glaubte sie eigentlich, wer sie war? Die Einzige im Haus, die arbeitete? Schließlich war sie für die verdammte Hitze in meinem Büro verantwortlich. Die frühere Putzfrau hatte nie solchen Mist gemacht.
«Waren Sie das, die gestern Abend mein Fenster geschlossen hat?», fragte ich sie mit einer Stimme, in die ich meine ganze Autorität zu legen versuchte.
Sie starrte mich böse an, ohne eine Antwort zu geben. Ich starr-

te zurück und hatte den Eindruck, noch nie eine so seltsame Putzfrau erlebt zu haben.
«Ich habe Sie etwas gefragt.»
«Das Vorschrift. I have to», gab sie mir endlich zur Antwort.
«Wissen Sie eigentlich, wie heiß und stickig es jetzt in meinem Zimmer ist? Ich habe überall Zettel aufgehängt, dass man das Fenster nicht schließen darf. Können Sie nicht lesen?»
«Heat? My goodness! There is no heat in Switzerland!», gab sie zurück. «Und ich wohl lesen. Ich lesen an Ihr Büro, Sie Bürofrau, nicht Doktor. Ich keine Befehle nehmen.»
Und damit musterte sie mich verächtlich von unten bis oben, drehte sich zu ihrem Staubsauger um und marschierte davon. Ich sah ihr sprachlos nach.
Wer bei dieser Auseinandersetzung gewonnen hatte, war wohl eindeutig. Mist.
Hinter mir hörte ich ein leises Kichern, das mir nur allzu bekannt vorkam. Nicht auch das noch!
Es war Charlène, die Sekretärin der Gynäkologie, die mit einem Stapel Papier in den Armen vor mir stand.
«Wenn du jetzt anfängst zu lachen, klebe ich dir eine.»
«Ach komm, das war doch urkomisch. Du Bürofrau, nicht Doktor! Fast wie: ich Tarzan, du Jane! Und dann dieser Blick», und damit fing sie wirklich an zu lachen.
«Sehr witzig, ha, ha.»
«Weißt du was, Frau Doktor Beck? Wenn du dir zu nobel bist, deinen Doktortitel an der Bürotüre anschreiben zu lassen wie jeder andere hier im Spital, dann bist du selbst schuld, meine Liebe.»
Ich ging wütend in mein heißes Büro zurück, ließ mich auf einen Stuhl fallen und schloss erschöpft die Augen. Was für eine Szene!
Ein nervöses Kichern stieg in mir auf. Blöd war nur, dass ausgerechnet Charlène uns beobachtet hatte. Charlène Kramer-Brandt sah aus wie eine der Elbenköniginnen aus *Herr der Ringe,* war aber ein richtiger Giftzahn. Die meiste Zeit des Tages verbrachte sie mit Klatschen. Leider.

Um 11.10 Uhr piepste mein elektronischer Kalender. Ich klickte mich erstaunt ins Outlook, die elektronische Agenda, da ich mich nicht erinnern konnte, heute eine Besprechung zu haben.
11.15 Uhr Empfang von Prof. Levy. Raum 12A
12.00 – 13.30 Uhr Mittagessen mit Prof. Levy
war da eingetragen. Oh nein! Ich fühlte mich zerschlagen und ängstlich und hatte nicht die geringste Lust auf Smalltalk mit dem Kader des Spitals. Ich schaute erschrocken an mir herunter. Der Hitze und meiner Verfassung entsprechend trug ich bequeme alte Sachen: meine ausgebleichte dunkelrote Lieblingshose, dazu ein blaues T-Shirt mit halblangen Ärmeln, um den grässlichen Bluterguss zu verdecken, und orange Flip-Flops mit Blümchen zwischen den Zehen. Nicht gerade passend für einen formellen Anlass!
Die Einladung zum feierlichen Empfang von Professor Levy hatte ich irgendwann im Mai erhalten und völlig vergessen. Direktor Merian hatte mir damals eine persönliche Einladung gesandt und mich dringend gebeten teilzunehmen. Professor Levy war offensichtlich ein renommierter Professor der Medizin aus Boston. Außerdem kannte er Merian und auch meinen Chef Max LeBlond von gemeinsamen Projekten bei der WHO.
Nun gut, dachte ich mir, ich werde mich unauffällig unter die Menge mischen, kurz am ‹Apéro› teilnehmen und mich dann so schnell wie möglich wieder verziehen.
Eine grobe Fehleinschätzung, wie sich bald herausstellen sollte. Als ich die Türe zu Raum 12A vorsichtig einen Spalt öffnete, um die Lage zu sondieren, hätte ich sie am liebsten gleich wieder zugeknallt. Aber der Blick von Alexander F. Sutter, Verwaltungsdirektor und Vize des Walmont, hatte mich bereits erfasst. Nachdem er meinen Aufzug stirnrunzelnd gemustert hatte, winkte er mich mit einer herrischen Geste in den Raum. Es gab kein Zurück mehr. Mit brennenden Wangen trat ich ein. Anwesend war nur eine Handvoll Personen, vor allem Chefärzte und Kaderpersonal der Verwaltung. Alles Männer. Alle überaus korrekt in dunklen Anzügen. Merde!
Ich schnappte mir ein Glas Mineralwasser und versteckte mich

eilig hinter den breiten Rücken von zwei Chefärzten, die heftig über die laufende Revision des Krankenversicherungsgesetzes diskutierten. Neben Sutter, der in Abwesenheit von Direktor Merian die Spitaldirektion vertrat, stand ein kleines, dürres Männchen mit einem Kranz weißer Haare und einer schweren, altmodischen Hornbrille. Im Gegensatz zu allen anderen Männern im Raum war er leger gekleidet. Er trug eine ausgebleichte Jeans, ein zerknittertes kariertes Hemd und eine Strickjacke, die vom jahrelangen Gebrauch ausgebeulte Taschen aufwies und deren linke Seite etwas länger war als die rechte. Das musste wohl der berühmte Levy sein.

Im Gegensatz dazu wirkte der 41-jährige Sutter wie ein riesiger breiter Klotz. Unser Vize war mittelgroß, hatte aber einen massigen, muskulösen Körper. Der Kopf schien zu klein geraten für den dicken Hals und die fleischigen Schultern. Aus der Walmonter Gerüchteküche wusste ich, dass er seit Jahren verbissen mit schweren Hanteln trainierte. Er wirkte immer etwas bedrohlich auf mich, sogar in den seltenen Momenten, in denen er sich freundlich gab.

Sutter hatte sich anscheinend vorgenommen, alle Anwesenden vorzustellen, und das Männchen schüttelte Hände und lauschte den Erklärungen des Vizedirektors mit schläfrigen Augen. Der Arme schien noch voll im Jetlag zu sein. Irgendwann nickte mir Sutter auffordernd zu, und so ging ich widerstrebend auf die zwei zu.

«Professor Levy, das ist Frau Beck aus unserer Forschungsabteilung», stellte er mich vor.

Wir schüttelten uns die Hände, und ich wollte mich eben erleichtert zurückziehen, als Levy mich am Arm packte und mich durch die dicken Brillengläser anstarrte.

«Doctor Louisa Beck? Haben Sie nicht 2001 diesen Artikel über den Ausbruch einer E.coli-Epidemie im *AJE* veröffentlicht?», fragte er mich.

***

AJE war das *American Journal of Epidemiology*, eine vielgelesene Fachzeitschrift. Ich war trotzdem perplex, dass Levy eine meiner Forschungsarbeiten kannte.

«Ja, das stimmt.»

Levys Gesicht fing an zu strahlen. «Was für eine interessante Publikation! Ich habe mich immer gefragt, wie Sie herausgefunden haben, dass die Kontamination mit E.coli von einem Gemüseanbau stammte.»

Vor sechs Jahren war in der Region Bern eine Epidemie von Gehirnhautentzündung bei Kleinkindern ausgebrochen, eine äußerst gefährliche Erkrankung, die oft zu geistiger Behinderung oder sogar zum Tod führte. Meine ehemaligen Arbeitskollegen vom Kantonsarztamt versuchten verzweifelt, so schnell wie möglich die Ursache dafür zu finden und hatten mich um Unterstützung gebeten. Ein erster Anhaltspunkt war der Wohnort der kleinen Patienten: Sie kamen alle aus der Region Schwarzenburg, Schwarzwasser, Sensegraben. Als Erreger konnte ein E.coli-Bakterienstamm identifiziert werden. Als Infektionsquellen kamen am ehesten Rinder, Rohmilch, infizierte Menschen oder das Trinkwasser in Frage.

Schon bald vermutete ich, dass der Krankheitserreger irgendwie mit Gemüse zu tun hatte. Die Eltern waren ebenfalls infiziert, hatten aber lediglich etwas Durchfall. Alle Betroffenen hatten Salat, Früchte und Gemüse auf dem Wochenmarkt der lokalen Bauern gekauft. Durch die Angaben der Eltern konnte ich das kritische geografische Gebiet eingrenzen und dann bei drei Gemüsebauern Wasserproben nehmen: alle negativ. Ein vierter Gemüsebauer verweigerte uns den Zutritt mit der Begründung, sein Betrieb sei ISO-zertifiziert und deshalb einwandfrei. Die rechtlichen Abklärungen waren kompliziert, die Zeit lief uns davon. Also robbte ich in einer kalten Herbstnacht durch ein Rübenfeld, überstieg einen drei Meter hohen Zaun, machte einen großen Bogen um einen mächtigen Rottweiler, der an seiner Kette tobte, und nahm illegalerweise Wasserproben. Und war dabei vor Angst und Kälte fast gestorben.

«Das ist eine lange Geschichte», antwortete ich ausweichend.

«Ich habe viele Fragen an Sie. Was für ein Glück, Sie hier anzutreffen.»
Da meldete sich Sutter wieder mit einem etwas angestrengten Lächeln: «Leider ist der Chef der Forschungsabteilung, Professor LeBlond, nicht anwesend …»
«Das ist kein Problem. Doktor Beck wird mich beim Mittagessen unterhalten», unterbrach ihn Levy höflich, aber bestimmt, fasste mich am Ellenbogen und zog mich Richtung Türe. Damit war das entschieden und Sutters Vorstellungsrunde vorzeitig abgeschlossen. Ich musste mir ein Lächeln verkneifen, als ich das verbissene Gesicht unseres Vizes sah.
Zu Ehren unseres Gastes hatte man das ‹Säli› unseres Klinikrestaurants reservieren lassen. Das viergängige Menü war viel zu üppig, und ich ließ mit schlechtem Gewissen die Hälfte stehen.
Levy war ein spannender Gesprächspartner, überaus intelligent, kritisch und humorvoll. Er stellte mir eine Menge erstaunlich detaillierter Fragen zu meinen Forschungsarbeiten der letzten Jahre. Mit Erstaunen merkte ich, dass meine Kopfschmerzen verschwunden waren.
Sutter versuchte mehrere Male, sich einzubringen und das Gespräch endlich auf unser neues Controllingsystem zu lenken, auf das er so stolz war. Aber Levy klemmte ihn jedesmal ziemlich unhöflich ab. Er war anscheinend nicht besonders an verwaltungswissenschaftlichen Fragen interessiert und entweder zu alt oder zu selbstsicher, um wenigstens höflichkeitshalber so zu tun. Der Mann wurde mir immer sympathischer.
Sutter war allerdings eine solche Behandlung nicht gewohnt. Unter seiner gut kontrollierten Fassade zeigten sich erste zornige Verwerfungen, während er sich scheinbar interessiert mit einem Radiologen über Anlagebuchhaltung unterhielt.
«Ich habe schon lange nichts mehr von Max gehört, geht es ihm gut?», fragte Levy mich schließlich beim Dessert.
«Er arbeitet sehr viel für ein Projekt in Afrika.»
«Ach ja, sein Hightech-Spital im Tschad.»
«In Burkina Faso, wenn ich mich nicht täusche.»

Levy starrte mich mit hochgezogenen Augenbrauen erstaunt an. «Burkina Faso? Sind Sie sicher?»

«Was ist falsch an Burkina Faso?»

Levy lehnte sich in seinem Stuhl zurück, schüttelte den Kopf und sagte eine ganze Weile nichts. Irgendetwas hatte ihm die Sprache verschlagen.

«Wo in Burkina Faso? Wissen Sie das?», wollte er dann wissen, während er sich voller Spannung wieder nach vorne beugte.

«Yatunga heißt es, glaube ich.»

«Yatenga! Also doch!», rief er erstaunt aus. «Wer hätte das gedacht … er ist also doch zurückgekehrt …», fuhr er dann leiser fort.

Ich konnte mich nicht länger beherrschen. «Weshalb zurückgekehrt? Hat er denn früher dort gelebt?»

«Das ist lange her …»

«Max hat mir nie etwas davon erzählt.»

«Dann werde ich das auch nicht tun. Er hat lange gebraucht, um das Geschehene zu bewältigen. Falls er nicht darüber reden mag, will ich das respektieren.»

«Oh nein, so können Sie mich nicht sitzenlassen, nach all diesen Andeutungen. Ich will wissen, was an dieser Rückkehr so speziell ist.»

Levy lachte und bestellte sich bereits den vierten Espresso. Offensichtlich konnte er literweise Kaffee trinken. Er rührte nachdenklich in seinem Tässchen und ich ließ ihm Zeit. Endlich schaute er auf und sein Blick kam von weit her, wohl aus einer anderen Zeit.

«Max hat in Yatenga eine schreckliche Tragödie erlebt und ist fast daran zerbrochen. Hat er Ihnen jemals erzählt, dass er verheiratet war?»

«Nein, kein Wort!»

«Fragen Sie ihn. Vielleicht kann er jetzt darüber sprechen.»

Ich drängte Levy noch einmal, mir mehr zu erzählen. Aber er ließ sich nicht erweichen.

«Max hat mir versprochen, sein Kapitel über Armut und Gesundheit in unserem Lehrbuch zu überarbeiten», wechselte er

das Thema. «Ich warte seit zwei Jahren darauf, und der Verleger wird langsam ungeduldig.»
Das Warten auf Publikationen, die Max versprochen hatte, war mir nicht neu. Irgendwo im Chaos seines Büros lagen seit Monaten drei beinahe fertig geschriebene Fachartikel, die ich mit Max zusammen erarbeitet hatte.
«Schade, dass Sie Max nicht treffen konnten. Er wird in den nächsten Tagen zurückerwartet.»
«Ich nehme an, Ihnen ist bekannt, dass er seit Jahren nichts mehr publiziert hat», sagte Levy in leicht anklagendem Ton.
«Anscheinend setzt er sich intensiv mit einem völlig neuen Gesundheitsmodell auseinander. Aber er will noch nicht damit herausrücken. Sie kennen ihn ja.»
Levy starrte mich ungläubig an, und ich fühlte mich nicht ganz wohl in meiner Haut. In Tat und Wahrheit hatte ich seit mehr als einem Jahr keine neuen Arbeiten mehr von Max gesehen. Er brütete irgendetwas aus, aber ich hatte keine Ahnung, worum es ging. Seine Forschung konnte sich ebenso gut mit der Märchenerzählung im Mittleren Orient des 12. Jahrhunderts befassen. Wieder einmal machte sich mein schlechtes Gewissen bemerkbar, weil ich seit Monaten nicht ein einziges Mal richtig mit meinem Chef gesprochen hatte und mich nicht dafür interessierte, wie er mit seinen Projekten vorankam.
Max war ein hervorragender Wissenschaftler und der beste Lehrer, den ich mir hatte wünschen können. Er hatte mir nach Abschluss meines Studiums das eigentliche ‹Handwerk› der Epidemiologie beigebracht. Leider war er aber auch ein Chaot, hatte keinerlei Flair für Organisationsfragen und litt immer wieder unter Depressionen, welche die Projekte unserer Forschungsabteilung während Wochen, ja Monaten blockierten. Mittlerweile war ich fast froh, wenn er nicht da war. Seit Max sich so stark zurücknahm, kamen wir mit unserer Arbeit deutlich schneller voran.
Levy war ein aufmerksamer Beobachter.
«Sie machen sich ebenfalls Sorgen um ihn, hm?»
Ich nickte, etwas verlegen darüber, dass meine Gedanken so offen dalagen.

«Ich werde ihn in den nächsten Tagen einmal anrufen und schauen, ob ich etwas über seine Pläne erfahren kann.»
Bei der offiziellen Verabschiedung unseres Gasts im Foyer hatte Sutter sich wieder vollkommen in der Hand und hielt eine knappe und würdige Ansprache. Er machte solche Sachen wirklich sehr gut. Aber ich hatte unseren Vizedirektor schon zu oft bei unseren endlosen Geschäftskontrollsitzungen beobachtet, um die Zeichen seiner Wut nicht zu erkennen: Seine Kiefermuskeln waren angespannt, als ob er sich seit Stunden in irgendetwas verbissen hätte.
Höflich schüttelten sich alle die Hände und waren froh, wegzukommen. Sutter drückte mir die Hand so heftig, dass ich laut aufstöhnte. Es schien, als ob ich mir mit dieser Begegnung einen Freund in Boston, aber auch einen Feind im Walmont geschaffen hätte.

***

Zurück im Büro machte ich mich mit neuem Mut auf die systematische Suche nach dem Datenfehler. Die Arbeit würde mich von meiner Angst ablenken. Zuerst musste ich überprüfen, ob in unseren Rohdaten einzelne Behandlungsfälle doppelt erfasst worden waren. Vielleicht waren ja die vielen Todesfälle im letzten Jahr darauf zurückzuführen, dass per Zufall ausgerechnet die Todesfälle mehrfach erfasst worden waren. Es wäre nicht das erste Mal, dass Murphy's Law zu solch unwahrscheinlichen Ergebnissen führte.
Um mögliche inkorrekte Doppelzählungen aufzuspüren, benutzte ich den sogenannten Verbindungscode. Der Verbindungscode war eine fantastische Sache. Angenommen Patient Peter S. wurde nach einem Autounfall zuerst als Notfall zwei Tage im Universitätsspital behandelt und dann in eine Privatklinik in der Nähe seines Wohnorts verlegt. Einige Monate später musste Herr S. in einer Augenklinik wegen seines grauen Stars operiert werden. Aus Gründen des Datenschutzes mussten die Patientendaten so erfasst werden, dass niemand erkennen konnte, um

wen es sich bei diesem Patienten handelte. Alle drei Spitäler gaben ihrem Patienten anstelle des Namens einen anonymen Code mit genau zwanzig Zeichen, zusammengesetzt aus Zahlen und Buchstaben; im Universitätsspital zum Beispiel 12E49284 KKWWSREFI308; im Privatspital A540VZ1EE1953998VBS2 und so weiter. Ende Jahr wurden die gesammelten Daten aller Schweizer Spitäler vom Bundesamt für Statistik zusammengesetzt, zu einer gigantischen Datei mit etwa einer Million Patientenrecords drin. Ein geniales Programm konnte dann erkennen, dass die drei verschiedenen Einträge des Peter S. alle zu einer einzigen Person gehörten. Das musste funktionieren ohne dass irgendjemand erkennen durfte, wer Herr S. wirklich war. Der Algorithmus zur Bildung des Verbindungscodes war vom kryptologischen Dienst des Schweizer Militärs entwickelt worden – die wohl mit Abstand sinnvollste Aktivität dieses Gremiums in den letzten Jahrzehnten.

Leider brachte meine Analyse des Verbindungscodes keinen einzigen Hinweis darauf, dass in unserer Patientendatei eine Person doppelt gezählt worden war. Auch diese Suche endete also in einer Sackgasse.

Mit statistischen Verfahren kam ich nicht mehr weiter. Ich musste mich nun wohl oder übel genauer mit den einzelnen Todesfällen befassen und nachsehen, ob mir bei den einzelnen Krankengeschichten der Patienten irgendetwas Merkwürdiges auffiel, was den Datenfehler erklären konnte.

Morgen würde ich mir die elektronisch erfassten Austrittsberichte vom Zentralrechner des Walmont herunterladen oder versuchen, die vollständigen Krankengeschichten aus dem Archiv zu bekommen. Aber nun hatte ich etwas Besseres vor als in Daten herumzuwühlen oder alte Patientendossiers durchzulesen.

***

Ich fuhr, so schnell es meine Schmerzen und die Hitze erlaubten, in Richtung Berner Altstadt. Als mein Fahrrad über das

Kopfsteinpflaster der Marktgasse holperte, protestierte mein Nacken wieder heftig. Beim Zytgloggenturm musste ich mich zwischen phlegmatischen Touristengruppen hindurchschlängeln, welche die Kramgasse wieder einmal nahezu verstopften. Sie schienen von der Hitze wie gelähmt zu sein.
Wenn ich nicht gerade von einer Horde Touristen umkreist bin, fühle ich mich wohl in der Altstadt. Vor allem den untersten Teil, wo es noch Schuhmacher, skurrile Antiquitätengeschäfte und Lebensmittel-‹Lädeli› gibt, mag ich sehr. Die Gassen und Lauben atmen Geschichte. Ich finde es beruhigend zu wissen, dass hier schon seit Jahrhunderten um Parkplätze gestritten oder über die Qualität der Berner Rosen diskutiert wurde. Das sind übrigens Äpfel, nicht Blumen. Eine Stadt ohne historischen Kern ist für mich nichts mehr als eine Ansammlung von Gebäuden. Es fehlt die Seele.
Aber nicht alles, was alt ist, ist auch schön. Das Tröten des automatischen Musikspiels am Zytgloggenturm finde ich beispielsweise grässlich. Wenn ich daran denke, dass die Berner während 400 Jahren dem klaren Klang des Stadttrompeters hatten lauschen dürfen, der zuoberst im Turm seinen Arbeitsplatz hatte. Um 1770 wurde die Stelle aus Spargründen abgeschafft und der Trompeter durch diese Trötmaschine ersetzt.
Immerhin hatten sich die Stadtberner bei der Zeitangabe nicht lumpen lassen, die im Mittelalter als Symbol der Eigenständigkeit einer Stadt eine wichtige, auch politische Bedeutung hatte. Der Zytgloggenturm war ausgestattet mit einem Chronometer mit Datumsangabe, einer astronomischen Uhr, einem sogenannten Planisphärium, und einem Zeiger, auf dem man die Wendekreise der Planeten, die Horizont- und Dämmerungslinie ablesen konnte. Die meisten dieser Funktionen waren bereits Mitte des 15. Jahrhunderts konstruiert worden. Etwa hundert Jahre später kam dann das Figurenspiel hinzu, das die Touristen aus unerfindlichen Gründen bis in die Gegenwart faszinierte.
Mal links, mal rechts ausweichend fuhr ich durch die Menschenmenge hindurch, dann die untere Altstadt hinunter, um

bei der Nydeggkirche nach rechts in das Mattenquartier einzubiegen. Bereits konnte ich den unverkennbaren moosig-algenartigen Geruch des Flusses riechen und spürte einen verheißungsvollen kühlen Luftstrom. Mein Ziel war das Marzili, das große Freibad an der Aare. Die ganze Stadt schien sich hierhin geflüchtet zu haben. Eine unglaubliche Menge von Velos mit und ohne Kindersitz, Mopeds und Rollern war kreuz und quer entlang der Mauerumfriedung abgestellt.

Nachdem ich mir einen Platz zwischen Tausenden von Badetüchern, Liegestühlen, Schwimmenten und aufblasbaren Delfinen ergattert hatte, ging ich barfuß stromaufwärts der Aare entlang.

Ich war Teil einer Völkerwanderung: Alte, Junge, Kinder, Familien, Teenager, alle in Badeanzügen und barfuß waren auf ihrem Weg stromaufwärts, um sich danach im kühlenden Nass wieder zurück zum Marzilibad treiben zu lassen.

Meine Blutergüsse an Schulter und Knie zogen neugierige Blicke auf sich, die ich ignorierte, so gut es ging. Der Asphalt war so heiß, dass man sich an den schattenlosen Stellen fast die Fußsohlen verbrannte, was zu einem mehr oder weniger sportlichen Traben der Badegäste führte. Bei der Schönau angekommen kühlte ich meinen glühenden Körper schnell im Brunnen ab, kletterte danach vorsichtig auf das Geländer des Stegs und sprang todesmutig ins Wasser. Das Gefährliche an diesem Manöver war nicht etwa die Höhe der Brücke, sondern das Risiko, exakt auf einem der anderen Aareschwimmer zu landen, von denen es im Wasser nur so wimmelte.

Endlich umschloss mich der Fluss mit seiner kühlen, schmerzlindernden Nässe, riss mich mit sich, so dass ich nach Luft schnappen musste, als ich wieder auftauchte. Dann lachte ich erleichtert auf, drehte mich auf den Rücken und blickte zum wolkenlosen Himmel hinauf.

Ich fühlte mich wieder ganz und heil. Nach einer Weile holte ich tief Luft, tauchte ab, breitete Arme und Beine aus und ließ mich von der Strömung mittreiben. Unter Wasser konnte ich das Rumpeln des Geschiebes hören. Ich öffnete die Augen.

Das Flussbett befand sich nur etwa einen halben Meter unter mir, und große und kleine Steine in allen Farbschattierungen sausten an mir vorbei.
Es fühlt sich an wie Fliegen im All, dachte ich.

3 *Mittwoch · 5. August · 7.30 Uhr · 23,8 °C.*

Nach einer unruhigen Nacht schreckte ich benommen aus einem Traum, der so intensiv gewesen war, dass er mich nicht mehr losließ und mich mit seinen unheilvollen Bildern noch während Stunden bedrängte: Ich befand mich allein in einer unendlich weiten Einöde. Die Erde unter meinen Füßen vibrierte und ein grollendes Donnern füllte meine Ohren. Zunächst ganz langsam und dann immer schneller kam eine dunkle Wand, breit wie der Horizont, auf mich zu. Meine Angst steigerte sich ins Unermessliche, als ich sah, dass es sich um eine riesige Herde von Pferden handelte, die toll geworden waren. Nichts würde sie aufhalten können. Der Boden zitterte immer stärker und ich begann zu laufen, obwohl ich wusste, dass es völlig sinnlos war. Genau in dem Moment, in dem sie mich erreichten und mich unter Tausenden von Hufen zu zermalmen drohten, wachte ich auf. Mit offenen Augen saß ich in meinem Bett und hörte immer noch den Trommelwirbel der Pferdehufe. Erleichtert realisierte ich endlich, dass es mein rasender Pulsschlag war, der mir in den Ohren dröhnte.

Nach der Dusche gönnte ich mir den Luxus, mich von Kopf bis Fuß mit der Wildrosenmilch einzucremen, die mir Reba, die Exfrau meines Bruders, letzte Weihnachten geschenkt hatte. Durch den Duft fühlte ich mich seltsam getröstet und beschützt.

Die Velofahrt zum Walmont war eine schmerzhafte und mühsame Angelegenheit. Mein Nacken war nun völlig versteift, so dass mein Gesichtsfeld stark eingeschränkt war.

Als ich den Patientenempfang passierte, sprach mich Seiler an, der Leiter ‹Material und Ressourcen›. Er war zuständig für die Raumpflege, den internen Kurierdienst, die Hausdruckerei sowie für den Einkauf und den Unterhalt unserer Büroeinrichtun-

gen, wozu leider nicht nur die Möbel gehörten, sondern auch unsere Hard- und Software. Damit hatte er eine der mächtigsten Positionen im Walmont, und das ohne irgendwelche Informatikkenntnisse.
Seiler hatte die irritierende Angewohnheit, seine Gesprächspartner – wenn man sie denn so bezeichnen wollte – auch aus nächster Nähe anzubrüllen, als ob sie stocktaub wären. Ein Überbleibsel aus seiner Zeit beim Schweizer Militär, wie Helga vermutete. Ich hatte bis anhin noch keinen Mitarbeiter des Walmont kennen gelernt, der Seiler leiden konnte.
«Frau Beck, ich muss Sie kurz sprechen», dröhnte er mit seiner lauten Stimme durch den Raum.
«Worum geht es denn?»
«Um den Ferienersatzplan.»
«Ich habe meine Ferien bereits bezogen.»
«Das ist nicht relevant. Ich habe gehört, dass Sie Ärger mit Frau Men hatten.»
«Eine Patientin?»
«Frau Men ist während der Ferien zuständig für die Raumpflege des Flügels C Stock 5 aufwärts. Sie ist noch in der Probezeit. Hatten Sie Ärger mit ihr, ja oder nein?», fügte er ungeduldig hinzu.
Aha, der Klatsch hat sich wie befürchtet rasend schnell im Walmont verbreitet.
«Da haben Sie etwas völlig Falsches gehört. Ich habe Frau Men nur ein einziges Mal gesehen, und da haben wir uns über meine China-Reise vor vier Jahren unterhalten. Ein wunderschönes Land. Und sehr freundliche Leute.»
Ich lächelte Seiler unschuldig an.
«Ich habe aus zuverlässiger Quelle gehört, Frau Men habe Sie bedroht.»
«Zuverlässige Quelle? Bedroht?» Ich versuchte, höhnisch zu lachen. «Nun kommen Sie, Herr Seiler. Diese kleine alte Frau? Das ist ja lachhaft. Wer hat Ihnen denn diesen Mist erzählt?», ging ich zum Gegenangriff über.
Seiler beantwortete meine Frage nicht, sah mich noch einen

Moment lang prüfend an und zuckte dann die Schultern. «Nun gut. Dann ist das ja erledigt.» Er drehte sich ohne ein weiteres Wort um und ging.

Endlich im Büro rief ich kurz meine Vertraute im Generalsekretariat an. Ursula Cohen war bereits seit Urzeiten im Walmont und wusste alles, und zwar noch bevor es überhaupt Wirklichkeit geworden war. Sie hörte sozusagen die Flöhe des Walmont husten. In zwei Jahren sollte sie pensioniert werden. Ein großer Verlust für unsere Klinik.
«Ursula, hallo. Wie geht es dir?»
«Gut, gut. Die Camille-Saint-Saëns gedeiht prächtig. Sie hat ein wunderschönes Altrosa. Meine Hände darfst du dir zurzeit nicht ansehen. Ich musste die Brombeeren zurückschneiden.»
«Du hast rosa Kamillen in deinem Garten?», fragte ich zerstreut.
«Rosen, du Kunstbanause, aber egal. Alles in Ordnung?»
«Ist es bei euch unten auch so eine Affenhitze oder ist das nur bei uns so?»
«Ach, die oberen Zehntausend beklagen sich mal wieder.»
Beim Einzug ins neue Gebäude vor sieben Jahren hatten Ärzte und das höhere Verwaltungspersonal heftig und erbittert um die Räume in den oberen Stockwerken gekämpft. Je wichtiger sich jemand nahm, umso höher oben hatte er offenbar auch zu logieren. Ob das noch auf die Zeit zurückging, als wir auf Bäumen hausten? Meine Stelle war dem Stab des Direktors zugeordnet, was mir einen Raum im obersten Stock eingebracht hatte. Klein, aber mit grandioser Aussicht.
«Hast du irgendwo eine Hausordnung? Ich sollte etwas wissen.»
Ich hörte wie der Telefonhörer auf das Pult gelegt wurde und dann gab es einen lauten Knall gefolgt von einem Stöhnen.
«Bist du noch da? Oh nein, jetzt habe ich sie zerrissen!», hörte ich ihre Stimme kurz darauf mit deutlichem Keuchen.
«Was ist denn passiert? Bist du gestürzt?», fragte ich beunruhigt.
«Aber nein. Der Ordner ist runter gefallen. Also, hier haben wir es. Hausordnung vom 31.3.1978. Gewissermaßen ein historisches Dokument.»

«Steht da was davon, dass die Fenster abends immer geschlossen sein müssen?»
«Um das zu beantworten hätte ich nicht unter den Tisch kriechen müssen. Du schuldest mir einen Seidenstrumpf. Vogal, Größe 44.»
«Und die Fenster?»
«Es gibt eine neue Weisung von Seiler himself. Fenster sind abends immer zu schließen. Ansonsten droht er damit, die Fenster verriegeln zu lassen.»
«Was? Jetzt ist er aber vollends durchgedreht! Die Fenster verriegeln? Will er das Walmont in ein Gefängnis verwandeln?»
«Jetzt reg dich ab, Lou. Das ist doch nur eine seiner leeren Drohungen. Schließlich gibt es da ja noch ein paar Leute, die mehr zu sagen haben.»
«Mmmh, also hat Frau Kung-Fu effektiv nur Seilers neue Weisung befolgt», murmelte ich vor mich hin.
«Seilers Frau macht Kung-Fu?»
«Nein, nein. Übrigens: Weißt du, wer einen Schlüssel zum Archiv hat?», fragte ich dann beiläufig.
Glücklicherweise wunderte sich Ursula nicht über diese Frage, sondern erklärte mir, dass der Direktor und der Vizedirektor eigene Schlüssel hatten. Dann gäbe es noch einen dritten Schlüssel, der von der Stabsstelle des Direktors verwaltet wurde und nur gegen Unterschrift ausleihbar war.
«Vielen Dank.»
«Kein Problem. Gutes Schmoren wünsche ich», verabschiedete sie sich mit einer unüberhörbaren Prise Schadenfreude.

***

Der Direktor war in Paris und kam deshalb nicht in Frage. War das also Sutter gewesen im Archiv? Zutrauen würde ich es ihm schon. Aber ich sah keinen Grund, warum er das hätte tun sollte. Ich musste unbedingt herausfinden, ob am Montagabend sonst jemand den Schlüssel ausgeliehen hatte.
Immerhin wusste ich nun, dass Seiler schuld war an der Bullenhitze in meinem Büro.

Wie ich diese Technokraten hasse!
Ich wischte mir den Schweiß von der Stirn und dachte darüber nach, wie ich die Weisung von Seiler umgehen konnte, ohne Frau Men in Schwierigkeiten zu bringen.
Um elf ging ich zur wöchentlich stattfindenden Geschäftsleitungskonferenz, kurz Geko, an der vor allem Mitglieder des Stabs und die Ärzteschaft teilnehmen mussten. Ich grüßte kurz zu Helga hinüber, die am anderen Ende des Raums am Tisch der Pflegeleitung saß. In meiner Nähe waren nur noch zwei Stühle frei, der eine ausgerechnet gegenüber von Philipp Laval. Ich nickte Laval kurz zu und wählte dann den anderen Platz neben Elisabeth Reinhard, der Chefsekretärin der Orthopädie. Ich wollte auf keinen Fall, dass Laval den Eindruck bekam, ich würde mich ihm aufdrängen.
Elisabeth Reinhard war eine auffällige Erscheinung. Sie war immer vollständig in Weiß gekleidet, kombiniert mit schwerem Goldschmuck und einem perfekt frisierten lackschwarzen Pagenschnitt, der ihre ohnehin schon bleiche Gesichtsfarbe noch stärker betonte. Eine Studie in Schwarzweiß. Stilvoll, aber leblos, war mein Eindruck.
Ich versuchte, meinen Stuhl unauffällig so weit entfernt von ihr wie möglich zu platzieren, um außer Reichweite ihrer Parfümwolke zu gelangen. Der schwere Duft erinnerte mich ein wenig an den Geruch, der mir am Montag im Archiv aufgefallen war.
«Was für ein Parfüm tragen Sie?», fragte ich sie im Flüsterton.
Sie starrte mich an, als ob ich ihr einen unschicklichen Antrag gemacht hätte, und schüttelte dann indigniert den Kopf, ohne meine Frage zu beantworten.
Wie erwartet war die Sitzung auch diese Woche todlangweilig. Angeblich sollte die Geko dazu dienen, durch eine gemeinsame Diskussion unter verschiedenen Berufsgruppen Meinungen zu bilden und dann Entscheidungen zu fällen, während diese in Wirklichkeit schon lange zuvor hinter geschlossenen Türen getroffen worden waren. Das Ganze hatte den Charakter eines extrem frustrierenden Schauspiels, in welchem die Mitarbeitenden alle Kräfte mobilisieren mussten, um den Schein zu wahren und

mit Interesse den Monologen der Spitaleminenzen zu lauschen. Einer der Chefärzte setzte gerade zu einem längeren Vortrag über irgendein neues Hightech-Gerät zur Frühdiagnose von Darmkrebs an.

»Darmkrebs ist im Zunehmen begriffen, was vor allem mit unserem veränderten Lebensstil zusammenhängt: zu viel rotes Fleisch, zu wenig Bewegung. Betroffen sind in erster Linie Männer ab vierzig. Eine frühzeitige Diagnosestellung erhöht die Überlebensrate der Patienten um etwa zwei Jahre. Wir müssen nun die Kantone davon überzeugen, diese Untersuchung als Screeningverfahren für alle Männer über vierzig anzuerkennen.»

Aha, dachte ich. Im Klartext ging es darum, die Schweizer Männer in Angst und Schrecken zu versetzen mit dem hehren Ziel, die Lebenserwartung der Gesamtbevölkerung im Schnitt um etwa zwei Wochen zu erhöhen und ganz nebenbei der Fachgesellschaft der Gastroenterologen Aufträge in zweistelliger Millionenhöhe zu verschaffen. Geld, das notabene von unseren Steuergeldern abgezweigt würde.

Vernünftigerweise hätte man ja meinen können, dass in einem solchen Fall Anstrengungen unternommen würden, das Übel an der Wurzel zu packen, also in diesem Fall bei der Ernährung und der körperlichen Bewegung anzusetzen. Die Lobby zur Erhaltung der Gesundheit glich aber leider einer Handvoll unentwegter Don Quichottes, die einer übermächtigen Gilde gegenüberstand, die von den Kranken lebte.

Der Chefarzt war wieder bei technischen Details angelangt, und ich schaute unauffällig zu Laval hinüber, der gerade verstohlen gähnte, sich die Brille abnahm und dann müde über die Augen strich. Ob er sich überhaupt noch an unser Treffen heute Abend erinnerte?

Unruhig rutschte ich auf dem unbequemen Stuhl hin und her und stieß aus Versehen an das Bein der Reinhard, die mir einen bösen Blick zuwarf. Ich wisperte eine Entschuldigung, aber sie hatte sich bereits wieder ihren perfekt lackierten Fingernägeln zugewandt.

Noch zehn Minuten. Ich lenkte mich ab mit der Vorstellung, in den Bergen zu sein, den Wolken zuzuschauen, die sich weiß und bauschig auftürmten, sich verformten und langsam im Abendlicht erröteten. So überstand ich die restliche Zeit grad noch knapp.

Beim Verlassen des Besprechungsraums wurde ich von Anna Leuenberger, einer Oberschwester, zurückgehalten.

«Hast du kurz Zeit für mich?»

«Was gibts?»

«Wir haben auf der Chirurgie einen schwierigen Fall. Ich möchte gerne, dass du ihn heute Nachmittag kurz besuchst.»

«Du weißt doch, dass mir schlecht wird, wenn ich Blut sehe.»

«Er ist pensionierter Mathematiker.»

«Ja und? Das macht mich auch nicht zur Chirurgin.»

«Er sagt, er lässt sich nicht operieren, bevor er eine Auswertung der letzten zehn Jahre mit den Resultaten unserer Operationen gesehen hat.»

Ich musste lachen. «Ein mündiger Patient! Das fordert ihr doch die ganze Zeit.»

Anna hatte für meinen Spott nur eine müde Handbewegung übrig. «Gehst du hin? Er heißt Martin. Hans Martin. Zimmer B12.»

***

Als ich nach dem Mittagessen mein Büro betrat, klingelte bereits das Telefon. Vizedirektor Sutter forderte mich barsch auf, um 16.15 Uhr in seinem Büro zu erscheinen. Einen Grund für die Besprechung gab er nicht an. Hatte er etwa erfahren, dass ich unerlaubterweise im Archiv gewesen war? Oder war er selbst der Angreifer und versuchte nun, mich auf andere Weise unschädlich zu machen? Nein, nein, da hätte er mich sicher nicht offiziell zu einer Besprechung eingeladen. Einen Moment überlegte ich mir, Helga über die Sitzung zu informieren, damit jemand wusste, wo ich war. Ich verwarf die Idee sofort wieder, als ich merkte, wie paranoid dies wirken musste. Vielleicht ging es ja nur um die letzte Spesenabrechnung oder irgendeine andere bürokratische Drangsalierung.

Langsam wurde mir das alles zu viel. Ich wünschte, Max wäre endlich zurück, damit ich das Problem mit ihm diskutieren konnte.
Ich versuchte, mit meiner Arbeit fortzufahren, machte aber mehrmals Fehler und musste mir schließlich eingestehen, dass ich zu nervös war. Ich druckte schnell eine Tabelle aus unserem Kennzahlenbuch zur Qualität der operativen Eingriffe aus und machte mich auf den Weg zur Chirurgie.
Im Zimmer B12 waren zwei Betten. In einem schlief ein frisch operierter, jüngerer Mann. Das andere war leer.
«Ach, der ist sicher wieder in den Park gegangen, um seine Pfeife zu rauchen», bekam ich zur Auskunft und dazu eine rudimentäre Personenbeschreibung.
Ich suchte also nach einem alten Mann mit Pfeife, groß und schlank, mit weißen Haaren.
Anna Leuenberger, du schuldest mir was, dachte ich, als ich bereits drei Viertel des Parks durchkämmt hatte. Endlich stach mir der süßliche Geruch von Pfeifentabak in die Nase. Ich spähte um eine weitere Hecke.
Bingo!
Vor mir sah ich einen großen, weißhaarigen Mann mit Pfeife, der in den Anblick des Rasens vor sich vertieft schien. Er hielt sich in der typisch schiefen Körperhaltung der präoperativen Hüftgelenkspatienten. Jahrelange Schonhaltung zur Linderung der Schmerzen hatte dazu geführt, dass sein Körper sich vollkommen verkrümmt hatte. Er hätte sich schon viel früher operieren lassen sollen.
«Herr Martin?», fragte ich.
Er drehte sich langsam zu mir um. Seine weißen Haare waren kurzgeschnitten und betonten die breite, tief zerfurchte Stirn. Die Augen hatte er fast ganz zugekniffen, um sich vor dem harten Licht der Sonne zu schützen. Tiefe Falten, die sich um den Mund eingegraben hatten, zeugten von jahrelangen Schmerzen.
«Wer will das wissen?», fragte er mürrisch zurück, während er mich mit kritischem Blick musterte.

«Ich bin Doktor Lou Beck und möchte gerne mit Ihnen über die Operation sprechen.»
«Ach ja», antwortete er in einem zynischen Tonfall, «Sie wollen mir wohl auch weismachen, dass im Walmont das Wohl der Patienten das Wichtigste ist. Und dass es nur darum geht, mir zu helfen?» Er lachte höhnisch und starrte mich wütend an.
«Dabei geht es doch nur darum, uns armen Schweinen möglichst viel Geld aus der Tasche zu ziehen. Wissen Sie eigentlich, dass jeder zehnte Franken des Bruttoinlandprodukts vom Gesundheitswesen verschlungen wird? Sind wir nun alle gesünder deswegen?» Er gab die Antwort auf seine Frage gleich selbst.
«Oh nein, darum geht es ja auch gar nicht. Wir sollen uns alle möglichst krank fühlen, damit wir weiter ausgenommen werden können.»
Grimmig machte er einen Schritt von mir weg, und ich sah seinem Gesicht an, dass ihn jede Bewegung heftig schmerzte.
«Sind wir erst alt geworden, sind wir wie fette Gänse, die darauf warten, geschlachtet zu werden. Arthritis, Depressionen, Magenleiden, Schlafprobleme, Knieschmerzen, Bluthochdruck, Prostata, Krebs, Verblödung ... her mit den Tabletten, kiloweise würgen wir die ganze Scheiße runter. Und werden wir dadurch wieder jung? Gesund? Stark? Leben wir ewig?»
Er wartete offensichtlich darauf, dass ich mich rechtfertigte, aber den Gefallen tat ich ihm nicht. Ich schwieg. Er kaute wütend auf seiner Pfeife herum und startete dann einen neuen Angriff: «Kennen Sie den Unterschied zwischen einem Arzt und einem Metzger?»
«Nein, kenne ich nicht und interessiert mich auch nicht. Ich bin Statistikerin und werde Ihnen nun die Tabelle mit den Todesursachen des Walmont erklären. Danach haben Sie Zeit, sich zu entscheiden, ob Sie die Operation machen lassen wollen oder nicht. Aber ich kann Ihnen bereits jetzt versichern, dass Sie mit 99-prozentiger Wahrscheinlichkeit nicht an der Operation sterben werden, vor der Sie so große Angst haben. Sie, Herr Martin, werden am Rauchen sterben. Lungenkrebs, Herzinfarkt, suchen Sie es sich aus.»

Das war eigentlich unter der Gürtellinie, aber der Mann hatte mich wütend gemacht.
«Und ja, wir werden an Ihrer Operation Geld verdienen. Schließlich sind wir ein privates Unternehmen und unser Ziel ist es, Gewinn zu machen.»
Der Alte sah mich mit blinzelnden Augen an, als ob er gerade aus einem Traum erwacht wäre und nicht recht wüsste, wo er sich befand.
«Kommen Sie, Herr Martin, da ist eine Bank im Schatten, setzen wir uns doch.»

***

Wir setzten uns nebeneinander hin und einen Moment war nur sein Paffen und das leise Rascheln des Blätterdachs über uns zu hören. Ich wartete geduldig, bis der pensionierte Mathematiker bereit war, mir die Fragen zu stellen, die ihn offensichtlich beunruhigten.
«So, Statistikerin. Haben Sie denn Mathematik studiert?», wollte er schließlich wissen. Mein Nebenfachstudium in angewandter Mathematik bei Professor Rhoneberg, den Martin seines Fachwissens wegen offensichtlich geschätzt und ich seines Machogehabes wegen gehasst hatte, ließ er gelten. Und endlich konnte ich ihm die Tabelle zur Sterblichkeit bei Hüftgelenksoperationen erklären, die ich ihm mitgebracht hatte. Wir diskutierten kurz die Methode, die ich angewandt hatte. Dann sah er mich wieder nachdenklich an.
«Die Todesrate ist wirklich sehr tief. Aber bei sieben Prozent musste eine Rehospitalisierung vorgenommen werden.»
Sein Gesicht war immer noch von Sorge beschattet, seine Augen drückten Angst aus, während er einer Gruppe Spatzen nachschaute, die sich laut stritt.
Obwohl Mathematiker schien ihn die Logik der Zahlen in diesem Fall nicht wirklich zu überzeugen.
Ich wechselte zu Plan B. «Mein Onkel Paul hat sich letztes Jahr ebenfalls an der Hüfte operieren lassen.»

«Und wie geht es ihm?», fragte der Alte gespannt und wandte mir sein Gesicht wieder zu.
«Glänzend. Schon am zweiten Tag nach der Operation hat er wieder auf seinen Beinen gestanden. Er hat mir gesagt, ihm sei ein zweites Leben geschenkt worden und er sei ein Dummkopf gewesen, so lange mit dem Eingriff gewartet zu haben.»
«Er war wohl viel jünger als ich?»
«Im Gegenteil! Onkel Paul ist bereits 82 Jahre alt.»
«82 Jahre alt? Ein neues Leben?»
Seine Augen begannen zu leuchten. Er klopfte seine Pfeife aus.
«Mmh, mmh, das hört sich wirklich interessant an. Und Ihrem Herrn Onkel geht es wirklich wieder gut?»
«Er ist letztes Wochenende von Leukerbad auf den Gemmipass gestiegen. Das sind tausend Höhenmeter.»
«Auf den Gemmipass», wiederholte er mit sehnsüchtigem Unterton.
«Nun denn, ich lasse Ihnen die Tabelle da, damit Sie sie nochmals in Ruhe durchgehen können. Ich wünsche Ihnen einen schönen Nachmittag.»

***

Mit klopfendem Herzen und schweißnassen Händen klopfte ich pünktlich an die Bürotür des stellvertretenden Direktors. Sutter saß hinter seinem wuchtigen Schreibtisch, las in einem Bericht und vermied es bei der Begrüßung sorgfältig, mich anzuschauen. Immerhin blieb diesmal meine Hand heil. Trotz der Hitze trug er korrekte, wie immer teuer aussehende Geschäftskleidung mit dunkelblauem Jackett, Hemd und Krawatte. Ich hatte unvermittelt den Eindruck, dass es um etwas Ernsthafteres ging. Mein ungutes Gefühl verstärkte sich.
Mit einer knappen Handbewegung wies er auf einen Ledersessel, den er vor seinem Schreibtisch platziert hatte. Das Möbelstück sah teuer aus und war für Riesen gebaut. Ich fühlte mich sogleich unterlegen, da ich in dem blöden Ding mehr lag als saß.

Es war kaum 24 Stunden her, dass Sutter mich mit wütenden Blicken durchbohrt hatte, während ich mich so glänzend mit Professor Levy unterhalten hatte. Ich hatte in der Vergangenheit kaum je ein persönliches Wort mit ihm gewechselt, kannte den Vizedirektor aber von den Monatsreports, die er eingeführt hatte, und natürlich von den wöchentlichen Geschäftsleitungskonferenzen. In den Gekos war mir schon aufgefallen, wie er sich auch über Kleinigkeiten ärgern konnte, mit einer Verbissenheit, die seinem Gesicht einen etwas verkniffenen Ausdruck verlieh. Die Augen waren sein schwächster Punkt: Sie waren von einer verwaschenen Transparenz, deren Farbe so unbestimmt war, dass man sie nicht benennen konnte.
Er galt als tüchtiger Verwaltungsspezialist. Alle waren sich einig, dass das Walmont froh sein konnte, ihn als Vize zu haben, aber niemand hatte Lust, sich beim Mittagessen neben ihn zu setzen.
Da Sutter das Gespräch nicht sofort begann, sondern noch in einem Stapel Unterlagen auf seinem Schreibtisch herumwühlte, hatte ich Zeit, mich in seinem Büro umzusehen. Die Einrichtung war auch für Walmont-Verhältnisse exquisit und übertraf jene im Büro des Direktors bei weitem.
Schwerer grauer Teppich, der in Farbe und vom Glanz her dem Fell einer Siamkatze glich, massive edle Möbel. Sein riesiger Schreibtisch sah nach Kirschholz aus. Im hinteren Teil des Büros befand sich noch ein Besprechungstisch mit je vier Stühlen längsseits, flankiert von drei großformatigen Bildern. Sutter sammelte moderne Maler? Ich hätte bei ihm eher einen Hodler oder Anker vermutet. Dank meinen vielen Abenden bei Helga und Paul hatte ich sogar eine Ahnung, um was es sich handelte: Ein Max Bill und zwei Gemälde, die nach Elvira Bach aussahen. Ob die wohl echt waren?
Und als Tüpfelchen auf dem i stand direkt vis-à-vis des Besuchersessels sein Prunkstück optimal ausgeleuchtet auf einem kleinen Podest: eine Statuette von Giacometti. Ein Mädchen. Wunderschön. Unglaublich. Ich starrte sie an und fragte mich, ob sie wirklich echt war.

Tja, vielleicht sollte ich mich doch mehr um meine Karriere hier am Walmont kümmern. Es schienen sich da interessante Möglichkeiten aufzutun, wenn ein Vizedirektor sich Kleinigkeiten wie echte Giacomettis leisten konnte.
Endlich war Sutter bereit und wandte sich mir zu. In der Hand hielt er das Memo, das ich vertraulich und persönlich an Merian gesandt hatte. Sutter hatte es geöffnet.

***

«Frau Beck, wie Sie ja wissen, ist der Direktor zurzeit in Paris», begann er. «Er kann deshalb leider nicht an diesem Gespräch teilnehmen. Zunächst einmal möchte ich Ihnen für Ihr Memo und Ihre gewissenhafte Arbeit danken.»
Er lächelte mich an, während seine Augen mich kalt musterten. «Leider haben Sie Ihren Auftrag nicht ganz richtig ausgeführt.»
Perplex sah ich auf. Wie sollte dieser Verwaltungsmensch meine wissenschaftliche Arbeit beurteilen können?
«Wie Sie wissen, läuft zur Zeit eine Pilotstudie zur Qualitätssicherung in Medical and Technical Processing unter der Leitung von Professor Franco in Berlin, an der die Orthopädie, die Chirurgie und die Innere Medizin teilnehmen. Es geht dabei auch um den Einsatz des neuen Computertomografen von Santech. Das Walmont ist übrigens stolz darauf, an dieser Studie teilnehmen zu dürfen.»
Sein Blick schweifte einen Moment zu seiner Statuette hinüber. Dann fuhr er fort: «Deshalb werden die Daten der betreffenden Patienten für diese Studie benutzt und die Ergebnisse werden schon bald im *International Journal of Health Administration* eingereicht.»
Sutter wartete offensichtlich auf irgendeine positive Reaktion meinerseits und fuhr dann, da ich beharrlich schwieg, ungeduldig fort. «Nun, Frau Beck, das heißt aber auch, dass diese Daten nicht schon vorher veröffentlicht werden dürfen. Leider wurde Ihnen nicht rechtzeitig mitgeteilt, dass Sie diesmal bei Ihrem Mortalitätsbericht die Innere Medizin, die Chirurgie und die

Orthopädie nicht mit einbeziehen müssen. Ich möchte mich bei Ihnen entschuldigen für die Arbeit, die Sie sich vergeblich gemacht haben.»

Einen Moment war ich sprachlos.

«Das soll wohl ein Witz sein, Herr Sutter! Wie Sie wohl ebenfalls wissen, habe ich hier im Walmont einen Monitoring-Auftrag, der die Qualität der medizinischen Versorgung sichern soll. Die Sicherheit unserer Patienten steht doch wohl über irgendwelchen internationalen Forschungsstudien, von wem auch immer diese geleitet ...», ich schaute rüber zur Statuette, « ... oder gesponsert werden.»

Sutters Gesicht nahm eine ungesunde Röte an. Er schien es nicht gewohnt zu sein, dass ihm widersprochen wurde, und die Anspielung bezüglich Sponsoring passte ihm wohl auch nicht. «Haben Sie mir nicht zugehört? Ich habe Ihnen doch eben klar und deutlich die Sachlage erklärt, oder?», entgegnete er ungehalten.

«Sie wollen mir sagen, ich solle dieses brisante und alarmierende Ergebnis einfach ignorieren, weil irgendwann im nächsten Jahr vielleicht eine Publikation veröffentlicht wird?»

«Ich habe mich doch wohl deutlich genug ausgedrückt», schnauzte er mich an und schlug gleichzeitig mit der Faust auf seinen Schreibtisch.

Ich starrte ihn erschrocken an. Normalerweise blieb Sutter auch in heftigen Auseinandersetzungen eisern beherrscht. Umso beängstigender war dieser Ausbruch. Ich schluckte leer und wich in meinem Sessel so weit nach hinten, wie ich konnte, wobei ich noch mehr in diesem verdammten Möbel versank.

Sutter versuchte offensichtlich, sich wieder in die Gewalt zu bekommen: Seine Schultern lockerten sich etwas. Langsam nahm sein Gesicht wieder die gewohnte Farbe an, seine Stimme klang wieder beherrscht.

«Frau Beck, ich sage es Ihnen noch einmal: Die Patienten der Medizin, der Chirurgie und der Orthopädie gehen Sie nichts an. Halten Sie sich an Ihre Aufgabe. Und was Ihre Aufgabe ist, bestimme ich.»

Nun hatte Sutter es definitiv geschafft: Ich platzte fast vor Wut angesichts seiner Anmaßung. «Nein, das bestimmt immer noch mein direkter Vorgesetzter, und das ist Max LeBlond.»
«LeBlond? Ach ja, den gibts ja auch noch», entgegnete er höhnisch. «Sagen Sie ihm, er könne sich bei mir melden, falls er in den nächsten Monaten wieder mal im Walmont auftaucht.»
«Ich bin nicht Ihre Sekretärin, und jetzt entschuldigen Sie mich, ich habe zu tun.»
Ich erhob mich. Ich musste raus hier. Mit einer einzigen geschmeidig-kraftvollen Bewegung stand Sutter ebenfalls auf seinen Füßen und stellte sich mir in den Weg. Er wirkte wie ein gereizter Büffel, groß, massig und extrem gefährlich. Meine Wut wurde urplötzlich von einer primitiven Angst vor seiner körperlichen Kraft verdrängt. Ich wich instinktiv zurück, stieß aber nach wenigen Schritten an den Besprechungstisch. Während einer Sekunde wechselte Sutters Gesichtsausdruck. Es ging so schnell, dass es fast nicht erkennbar war, aber ich war fast sicher, dass er sich über meine Bedrängnis amüsierte.
«Ich kann Sie auch per sofort suspendieren lassen, wenn Ihnen das lieber ist.»
Ich wusste nicht, was ich auf diese Drohung entgegnen sollte. Unklare Gedankenfetzen wirbelten durch meinen Kopf, während mein geschundener Körper mit allen Hormonen zum Rückzug blies. Ich konnte das Zittern meiner Beine und Hände nicht unterdrücken. Ich schwitzte und fror gleichzeitig. Und versuchte zu denken.
Solange Max und der Direktor außer Haus waren, hatte Sutter tatsächlich die Befugnis für solche Entscheidungen. Dieser Schwachkopf hatte doch keine Ahnung von meinem Beruf. Ich war Epidemiologin und das verpflichtete mich geradezu herauszufinden, was mit unseren Daten los war. Ich musste Zeit gewinnen, um dieser Sache nachgehen zu können.
Da ich immer noch schwieg, ging Sutter wohl davon aus, dass seine Drohung Wirkung gezeigt hatte. Er wich zur Seite, gab mir wieder Raum zum Atmen.
Die zwei Meter Distanz zwischen uns genügten, dass sich mei-

ne Angst in blanke Wut verwandelte. Ich spürte einen unbändigen Drang, den Giacometti zu packen und seinen 5000-fränkigen Schreibtisch zu Kleinholz zu schlagen.

Reiß dich zusammen, Lou.

Der einzige Vorteil, den ich Sutter gegenüber hatte, bestand darin, dass er seine Macht überschätzte und meinte, ich würde nun klein beigeben.

«Machen Sie sich keine Gedanken wegen dieser Geschichte, Frau Beck. Alles ist in Ordnung, das kann ich Ihnen versichern. Und ich möchte Ihnen nochmals für Ihre Aufmerksamkeit danken. Das Walmont braucht solch engagierte Mitarbeiter.»

Der gönnerhafte, väterliche Ton entfachte meinen Zorn von neuem. Schnell wandte ich mein Gesicht zum Fenster damit er meinen Ausdruck nicht sehen konnte.

Sutter setzte sich wieder an seinen imposanten Schreibtisch und nickte mir zur Verabschiedung kurz zu. Ich musste mich beherrschen, um die Türe nicht hinter mir zuzuknallen. So ein Arschloch! Ich musste unbedingt mit Max sprechen.

***

Max LeBlond war verantwortlich dafür, dass ich diese Stelle im Walmont hatte. Und zwar gleich in zweifacher Hinsicht: Er hatte vorgeschlagen, eine Epidemiologenstelle zu schaffen, und als dies realisiert worden war, hatte er mich gedrängt, ins Walmont zu kommen. Er war als Leiter der Forschungsabteilung mein direkter Vorgesetzter und musste schon deshalb über meine Auseinandersetzung mit Sutter informiert werden.

Aber Max war nicht nur mein Chef, er war mir in den Jahren unserer Zusammenarbeit auch ein wenig zum Vater geworden. Wir vertrauten uns gegenseitig zu hundert Prozent.

Jedenfalls hatte ich das bisher angenommen.

Aber Max hatte mir nichts über die Ereignisse in Afrika erzählt. Und er hatte mir verschwiegen, dass er einmal verheiratet gewesen war.

Morgen sollte er von seiner Konferenz zurückkommen. Ich war

froh, dass ich das Problem mit dem Datenfile und meinen Streit mit Sutter bald mit ihm besprechen konnte. Und vielleicht fand ich eine passende Gelegenheit, um ihn auf seine Erlebnisse in Burkina Faso anzusprechen.

Zurück in meinem Büro verstieß ich gegen mindestens ein Bundesgesetz und zwei kantonale Verordnungen: Ich lud eine neue Version der Patientendaten der letzten fünf Jahre vom internen Netz auf meine Festplatte, brannte das Datenfile auf eine CD-ROM, beschriftete die Plastikhülle mit ‹ABBA› und packte sie zuunterst in meinen Rucksack.

Entwendung von höchst vertraulichen Patientendaten. Das allein reichte für eine fristlose Entlassung. Aber die CD war meine Sicherheit dafür, dass ich weiterhin Zugriff auf die Patientendaten des Walmont hatte. Und zwar auf alle.

***

Ich kam knapp vor sieben nach Hause und schälte mich mühselig aus meinen verschwitzten Kleidern. Jede Bewegung der rechten Schulter tat immer noch scheußlich weh. Nach einer kurzen Dusche stand ich ratlos vor dem Kleiderschrank. Ich wollte hübsch aussehen, aber nicht den Eindruck vermitteln, ich hätte mich extra fein gemacht.

Ach, was solls. Ich zog mir eines meiner blauen Standard-T-Shirts an, das gut zu meiner Augenfarbe passte, und dazu eine Jeans. Das musste genügen.

Als ich im ‹Kingfisher› eintraf, war Laval gerade damit beschäftigt, die ungleich langen Beine unseres Tisches mit Hilfe eines Bierdeckels ins Lot zu bringen. Als er mich sah, erhob er sich rasch und wischte verlegen die staubigen Hände an seinen Hosenbeinen ab. Im Gegensatz zu mir hatte Laval sich offensichtlich fein gemacht. Er trug ein naturweißes Rohseidenhemd mit Nehru-Kragen, eine schwarze Leinenhose und Sandalen. Seine Haare schienen noch etwas feucht vom Duschen und er duftete leicht nach Sandelholz.

Ich wollte ihm gerade die Hand schütteln, als er zu einer Begrüßung mit Wangenküsschen ansetzte, was zu einem peinlichen Handgemenge führte. Ich zuckte schmerzlich zusammen, als er mich am rechten Oberarm berührte. Erstaunlicherweise schien Laval in solchen Situationen ähnlich unbeholfen wie ich. Endlich setzten wir uns an den Wackeltisch und ich konzentrierte mich erleichtert auf die Speisekarte.

Wir bestellten einen 2001-er Barbera d'Alba, einen Risotto Frutti di mare für mich und Linguine all'arrabiata für Laval. Dazu einen Liter Mineralwasser mit viel Eis.

Ich nahm mir vor, an diesem Abend nur wenig Wein zu trinken, um meinem Gegenüber mit klarem Kopf begegnen zu können. Wir unterhielten uns zunächst über Harmlosigkeiten: das Wetter, die Hitze in den Büros im Walmont, das Schwimmen in der Aare.

«Und was ist Ihr Rezept, um die Gekos zu überstehen, ohne durchzudrehen?», fragte er mich dann mit einem Lächeln. War das eine Fangfrage? Sein Gesichtsausdruck hatte sich nicht verändert, war offen und nur neugierig.

«Ich konzentriere mich auf die sozialen Nebenschauplätze», beantwortete ich Lavals Frage schließlich ehrlich. Laval sah mich neugierig an und wartete offensichtlich auf weitere Erklärungen.

«Ich vertreibe mir die Zeit damit, aus den Körperhaltungen, der Sitzordnung und der Kommunikation die Beziehungsstrukturen im Walmont zu analysieren. Interessant ist zum Beispiel Antonucchi und sein Fanclub. Sie haben sicher auch schon gehört, dass er seine Frau notorisch betrügt. Und na ja, ich finde es amüsant herauszufinden, wer jetzt gerade in Liebe zu ihm entflammt ist, ihn am liebsten umbringen würde oder ihn nur noch verachtet.»

«Demnach gehören Sie selbst nicht zu seinem Fanclub?»

«Weder in diesem noch in allen früheren Leben, da bin ich mir ganz sicher.»

«Und ich? Wo bin ich in Ihrem Soziogramm platziert?», wollte er dann wissen.

«Mmh, Sie sind einer der wenigen Einzelgänger, würde ich sa-

gen. Sie scheinen niemandem verpflichtet zu sein, sitzen immer wieder bei anderen Gruppen. Entweder desinteressiert an sozialen Kontakten oder aber wahrlich frei und unabhängig.»
Seine Augenfältchen hatten sich vertieft. Er schien sich zu amüsieren.
«Und was denken Sie? Bin ich ein Soziopath oder ein freier Mensch?»
«Das kann ich noch nicht eindeutig beantworten. Ich brauche mehr Zeit für ein definitives Urteil.»
«Nun, dann werde ich versuchen, dieses Urteil zu meinen Gunsten zu beeinflussen.» Wieder traf mich sein intensiver Blick.
«Also, Herr Laval. Was wollen Sie von mir wissen?», versuchte ich auf sicheres Terrain zu gelangen.
Laval sah mich einen Moment verwirrt an.
«Also … da ist Folgendes: Ich habe letztes Jahr die Beobachtung gemacht, dass einige der alten Patienten, die eine Grippeimpfung erhalten haben, bald danach mit Herzrhythmusstörungen wieder bei uns gelandet sind. Natürlich kann das reiner Zufall sein, und in der Literatur habe ich keinen Zusammenhang zwischen Impfung und Herzproblemen gefunden, aber ich würde gerne eine Kohorten-Studie starten, um die Risiken dieser Impfung genauer untersuchen zu können.»
Ich wollte Genaueres über seine Patienten mit Herzproblemen wissen und wir diskutierten anschließend das Samplingverfahren und die notwendige Dauer der Studie.
«Würden Sie bei Gelegenheit mein Untersuchungsdesign mal durchgehen, um zu schauen, ob ich irgendwelche groben Fehler gemacht habe?»
«Natürlich, kein Problem.»
Unser Essen kam und ich stellte erfreut fest, dass der ‹Kingfisher› seinem guten Ruf gerecht wurde.
«Warum haben Sie Geriatrie als Fachgebiet gewählt?», fragte ich ihn, nachdem wir einige Minuten schweigend gegessen hatten.

«Kennen Sie meinen Vater?»
Ich schüttelte den Kopf.
«Er ist ein international bekannter Chirurg, arbeitet in Zürich. Auch mein Großvater war schon Chirurg.»
Er stocherte gedankenverloren in seiner Pasta.
«Ich tauge nicht dazu, Leben zu retten», sagte er dann mit einem Schulterzucken. «Aber ich habe festgestellt, dass ich gut darin bin, alten Menschen zu helfen, in Würde zu sterben.»
Das schien mir eine gute Begründung, auch wenn ich spürte, dass mehr dahintersteckte, als Laval preisgeben wollte.
Später überraschte er mich damit, dass er ebenfalls gerne Science Fiction las und Ursula Le Guin, Philip K. Dick und William Gibson kannte. Wir diskutierten heftig die unmöglichen Liebesbeziehungen der verschiedenen Protagonisten aus *Planet Winter*, und ich stellte erstaunt fest, dass ich mich in den letzten Jahren selten so gut mit einem Mann unterhalten hatte. Um ehrlich zu sein: Seit dem schmerzlichen Bruch mit Nazim hatte ich mich mit keinem einzigen Mann so amüsiert.
Warum sollte ich auch den Abend nicht genießen? Ich konnte trotzdem wachsam bleiben und versuchen, möglichst viel über Laval in Erfahrung zu bringen.
«Sie haben einen merkwürdigen Dialekt. Ich kann ihn gar nicht richtig einordnen», fragte ich ihn.
«Das ist auch kein Wunder», lachte er. «Ich stamme ursprünglich aus Quebec. Als ich acht Jahre alt war, sind wir in die Schweiz gezogen: zuerst nach Zürich und dann nach Zug. Ich bin zweisprachig aufgewachsen.»
«Dann sprechen Sie dieses schreckliche Französisch mit den vielen Z's?»
«Das Québécois ist das vornehmste und reinste Französisch, das heute auf dieser Welt gesprochen wird», entgegnete er mit empörter Stimme, wobei seine Augen aber lachten.
«Ja das habe ich auch schon gehört. Die Franzosen behaupten aber etwas anderes.»
«Sie kommen jedenfalls auch nicht aus Bern. Lassen Sie mich raten … Basel oder … Baselbiet?»

«Nicht schlecht geraten. Ich bin in Basel geboren und aufgewachsen, aber mit zwanzig Jahren weggezogen und seither war ich fast überall ein wenig. Einige Jahre war ich auch in Zürich.»

Wir unterhielten uns über unsere Erfahrungen in der Schweizer Metropole, und wieder fiel mir auf, wie leicht es war, mit Laval zu diskutieren. Er debattierte gerne um des Debattierens Willen – genau wie ich.

Laval fragte mich, ob es mir im Walmont gefalle, und da er ein guter Zuhörer war und ich – trotz meines Vorsatzes – einige Gläser getrunken hatte, erzählte ich ihm von dem Überfall im Archiv.

«Und Sie haben den Kerl nicht erkennen können?»

«Da war nur ein weißer Umriss.»

«Sie müssen Anzeige erstatten. Das war ein tätlicher Angriff.»

«Man würde nicht herausfinden, wer es war. Und außerdem hatte ich nicht das Recht, mich im Archiv aufzuhalten.»

«Das spielt doch gar keine Rolle! Wer weiß, ob sich der Angriff nicht wiederholt. Vielleicht hat ja jemand etwas gegen Sie persönlich.»

Ich bereute es bereits zutiefst, Laval die Geschichte erzählt zu haben. Nun hatte ich noch jemanden am Hals, der mir vorschreiben wollte, was ich zu tun hatte.

Ich schwieg verstimmt und Laval sah mich forschend an. Sein direkter Blick, seine Stimme und Körpersprache schufen eine Intimität zwischen uns, die mich anzog, mir aber auch Angst machte.

«Nun gut. Sie machen keine Anzeige, aber Sie sollten vorsichtig sein. Ich werde Sie nach Hause begleiten», meinte er dann.

Es war verlockend, unsere Nähe in diese Sommernacht hinein zu verlängern. Aber dann spürte ich Ärger darüber, dass Laval sich als mein Beschützer aufspielte. Ich konnte selbst auf mich aufpassen.

Ein Widerschein dieses emotionalen Wechselbads musste sich wohl auf meinem Gesicht gespiegelt haben.

«Ich will mich Ihnen keinesfalls aufdrängen, Frau Beck», sagte er in sehr förmlichem Ton.

«Es ist spät geworden», beendete ich das angespannte Schweigen zwischen uns. Laval nickte und verlangte dann die Rechnung.

***

Die Nacht hatte die ersehnte Kühle gebracht, und als ich in der Dunkelheit an meinem Fahrradschloss herumfummelte, begannen meine Zähne laut vernehmlich zu klappern. Laval nahm wortlos seine Lederjacke und legte sie mir um die Schultern. Die Jacke war viel zu groß, aber warm und umgab mich mit einem behaglichen männlichen Duft. Ich zog die Jacke über meiner Brust zusammen und schloss einen Moment die Augen.
Lavals Körper war nur eine Handbreit von mir entfernt. Ich öffnete die Augen und sah zu seinem Gesicht auf. Seine Augen lagen im Dunkeln; ich konnte ihren Ausdruck nicht deuten.
«Und was nun?», fragte ich ihn.
«Bringen Sie mir die Jacke am Donnerstag mit», sagte er und ging.

4 *Donnerstag · 6. August · 3.45 Uhr · 25,1 °C*

Auch in dieser Nacht schlief ich sehr unruhig und oberflächlich. Mir war so heiß, dass ich nichts mehr auf meiner Haut ertragen konnte. Dann wachte ich von neuem auf und deckte mich zu, weil ich mich ohne Decke schutzlos fühlte. Immer wieder schreckte ich auf und Fetzen des Gesprächs mit Laval gingen mir durch den Kopf. Diese Geschichte mit dem Forschungsantrag … Warum war ich mir so sicher, dass sie erfunden war? Vielleicht war das nur mein übertriebenes Misstrauen nach dem Erlebnis im Archiv? Helga hatte ebenfalls ein ungutes Gefühl, was Laval betraf.

Aber da waren seine wunderbar melodiöse Stimme und die tanzenden Lichter in seinen Augen, wenn er lachte.

Moment mal, Lou. Was soll denn das?

Ich wälzte mich schlaflos in meinem Bett, nur weil ein Arbeitskollege sich freundlich mit mir unterhalten hatte. Vielleicht hatte Laval Frau und drei Kinder, wohnte in einer Villa in Muri und züchtete in seiner Freizeit ganze Rudel von grässlich kläffenden Pekinesen?

Wir hatten gestern Abend ein nettes Gespräch, ich würde ihm bei seinem Antrag helfen. Ende der Geschichte.

Verärgert über meine Unruhe erhob ich mich, setzte mich mit meinem Schaukelstuhl ans Fenster und starrte in den Nachthimmel hinauf. Er war erstaunlich klar. Kein Mond. Da war Kassiopeia …, da Wega und Atair. Natürlich der Große Wagen und strahlend hell der Polarstern. Wenn ich die Sterne betrachtete, fühlte ich mich seltsamerweise nie einsam.

Ich glaube nicht an die Liebe. Für mich jedenfalls funktioniert sie nicht. Natürlich, ich kenne das Feuer der Leidenschaft, die Hitze zwischen zwei Fremden, deren Geist und Körper aufeinanderprallen, so dass die Funken sprühen. Die Flamme lodert hell auf und macht einen glauben, endlich die Wärme gefunden zu haben, nach der man sich in vielen kalten Nächten verzehrt hat. Man lacht und tanzt um das Feuer und das Leben ist schön. Eines Tages erwacht man aus dem schönen Traum, erbärmlich frierend, vor sich einen Haufen ausgekühlter Kohlestücke und fragt sich, was zum Teufel man eigentlich die ganze Zeit gemacht hat.

Ich weiß, es gibt Hunderte von Ratgebern, die beschreiben, wie man dieses Feuer nähren solle. Aber Beziehungsarbeit ist für mich schon immer ein Schreckwort gewesen. Störrisch beharre ich darauf, dass meine Liebe entweder funktioniert oder ich andernfalls gerne darauf verzichte.

Mit Romuald, meiner ersten großen Liebe, hatte ich immerhin fünf Jahre zusammengelebt. Er verließ mich schleunigst, nachdem er in einem Rückführungsseminar erfahren hatte, dass ich ihn bereits im frühen Mittelalter sexuell missbraucht und versklavt hatte.

Mit der nämlichen Rückführungstherapeutin hatte er mittlerweile ein Kind und lebte irgendwo in einem gesichtslosen Vorort von Zürich. Nach dem ersten glücklichen Jahr war unsere Beziehung langweilig geworden, hauptsächlich, weil Romuald keinerlei Lust mehr auf irgendetwas hatte. Wir hatten kaum mehr Sex («ich habe immer noch dieses linksseitige Ziehen im Kopf»), er hatte keine Lust auswärts essen zu gehen («danach habe ich wieder dieses Magendrücken»), aber auch keine Lust etwas zu kochen («wir sind doch nur zu zweit»), keine Lust ins Kino («es läuft nur amerikanischer Mist») oder ins Theater zu gehen («das ist doch nur was für Snobs»). Unsere gemeinsame Ferienzeit nutzte er, um esoterische Kurse zu besuchen. Dazu hatte ich nun überhaupt keine Lust und so verbrachten wir unsere Ferien zunehmend getrennt. Wir waren beide unglücklich.

Nachdem er mir meine Schandtaten aus dem Mittelalter an den Kopf geworfen und überstürzt den Ort seiner Unterdrückung verlassen hatte, fiel ich zuerst in ein tiefes schwarzes Loch und verstand die Welt, beziehungsweise die Liebe, nicht mehr. Danach war ich eine Weile unglaublich wütend, bis ich mir mein neues Leben eingerichtet hatte und mich wieder als etwas Ganzes und nicht nur als die Hälfte von etwas Zerbrochenem fühlte. Drei Jahre später, kurz nach meinem dreißigsten Geburtstag, hatte ich Nazim kennen gelernt, und das Feuer war wieder hell aufgelodert. Wir verbrachten eine unglaublich schöne Zeit zusammen, vielleicht gerade deswegen, weil wir nicht glaubten, dass unsere Beziehung eine Zukunft haben könnte. Ich hatte keinerlei Erwartungen an ihn, war einfach nur neugierig auf diesen Menschen. Und er auf mich.

Was für ein absurdes Paar wir gewesen waren! Eine linke, emanzipierte Wissenschaftlerin, damals noch im Vorstand des Berner Naturschutzbundes und der Interessengemeinschaft für das Velo, und Nazim aus den Vereinigten Arabischen Emiraten, mit seinem knallgelben Ferrari, ein leidenschaftlicher Sammler von Schusswaffen und teuren italienischen Stiefeln. Ich hatte mich in ihn verliebt, weil er trotz seiner Macho-Allüren etwas Schüchternes, Verletzliches an sich hatte. Wie er mir später gestand, litt er unter seinem Aussehen: Er war zwar großgewachsen, hatte aber schon immer einen Bauchansatz gehabt, der sich zu seinem Kummer auch mit Diäten und Krafttraining nicht zum Verschwinden bringen ließ.

Der Anruf, der unsere Idylle beendet hatte, kam ziemlich genau ein Jahr, nachdem wir uns kennen gelernt hatten. Obwohl ich kein Wort Arabisch verstand, verließ er mit dem Handy in der Hand den Raum, in dem ich mich befand. Am nächsten Morgen war er abgeflogen. Ich hatte nie herausgefunden, was der genaue Grund für seine abrupte Heimkehr war. Aber er konnte mir beim Abschied nicht in die Augen schauen. Und das tat immer noch weh.

***

Ich erwachte kurz vor fünf Uhr völlig zusammengekrümmt im Schaukelstuhl und brauchte einige Minuten, um meine Wirbelsäule wieder gerade zu rücken. Nach einem kurzen Frühstück setzte ich mich aufs Velo. Die Straßen waren zu dieser frühen Stunde wie ausgestorben. Als ich um sechs Uhr beim Walmont ankam, ging ich in den Park, setzte mich auf meine Lieblingsbank unter einer alten, prächtigen Linde, schloss die Augen und lauschte dem Morgenlied der Amsel.

Einige Minuten später entbrannte ein Streit unter Spatzen, direkt über mir. Ich konnte sehen, wie die aufgeregte Meute von Ast zu Ast hüpfte und flatterte. So winzig sie waren, konnten sie doch einen unglaublichen Krach veranstalten. Aufgemuntert raffte ich mich auf und ging ins Gebäude. Ich würde die emotionale Verwirrung mit Laval aus meinem Gedächtnis streichen und meinen Arbeitskollegen von nun an wieder sachlich, nüchtern und professionell behandeln.

Ich machte mich an die Arbeit. Am dringendsten war eine Anfrage von Professor Kellerhals, der mich darum gebeten hatte, die Dissertation eines seiner Studenten durchzusehen und zu prüfen, ob die statistischen Analysen methodisch korrekt waren. Es ging um die Verbreitung von durch Zecken verursachte Krankheiten. Das Untersuchungsdesign war gut dokumentiert, die Fragestellungen sinnvoll, die Analysen korrekt und die Arbeit auch sprachlich gut. Eine erfreuliche Ausnahme.

Um Lavals Jacke loszuwerden, ging ich um Viertel nach neun in den dritten Stock und wartete einen geeigneten Moment ab, als er in einer großen Gruppe von Kollegen zur Visite eilte. Mein Herz schlug viel zu schnell in meiner Brust und ich hatte einen trockenen Mund.

«Hier ist ihre Jacke, Doktor Laval. Sie haben sie gestern im Besprechungszimmer vergessen.»

Er starrte mich einen Moment mit unergründlichem Gesichtsausdruck an. Dann drehte er sich zu seinen Kollegen um.

«Entschuldigt mich einen Moment. Ich komme gleich nach.»

Er nahm die Jacke, fasste mich dann höflich am Ellenbogen wie eine seiner alten Patientinnen und lenkte mich zu einer kleinen Sitzecke. Als wir außer Sichtweite seiner Kollegen waren, befreite ich mich genervt aus seinem Griff.

«Ich hoffe, dieses kleine Manöver heißt nicht, dass Sie nichts mehr mit mir zu tun haben wollen?»
«Nein, das heißt es nicht. Aber ich wollte auch nicht, dass irgendwelche Gerüchte aufkommen.»
«Ich verstehe.» Er warf rasch einen Blick auf seine Uhr. «Darf ich Ihnen meinen Forschungsantrag dennoch zusenden?»
Das wars dann wohl. Laval ging es tatsächlich nur um meine fachliche Unterstützung. Ich fühlte mich gleichzeitig erleichtert und enttäuscht.
«Ja, kein Problem», sagte ich kurz angebunden und verabschiedete mich mit einem kühlen «bis dann».
Mit großen Schritten ging ich zum Lift. Ich wollte weg von hier. Natürlich war der Lift ausgerechnet in diesem Moment blockiert. Sicher war wieder irgendeiner endlos am Tratschen. Ich hämmerte wütend gegen die Glastüre. Keine Reaktion. Ich gab der Türe einen heftigen Tritt. Eine ältere Patientin, die ebenfalls auf den Lift wartete, zuckte erschreckt zurück und trippelte dann hastig davon. Als ich mich umdrehte, bemerkte ich, dass Laval immer noch an der gleichen Stelle stand und mich beobachtete.
Peinlich!
Ich drehte mich um und öffnete die Türe zum Treppenhaus. Während ich die vier Stockwerke hinaufrannte, fluchte ich halblaut vor mich hin. Oben angekommen brannte meine Lunge und mir war übel von der Anstrengung. Im Büro setzte ich mich erst einmal auf die Fensterbank, um zu verschnaufen.
Ich war wütend auf Laval, wütend auf mich, wütend auf die ganze verdammte Welt. Warum konnte ich mich in solchen Situationen nicht wie eine erwachsene Person benehmen?
Ich starrte runter in den Park. Wenige Meter neben dem Teich hatte sich eine Familie zu einem Picknick versammelt. Mehrere Kühlboxen waren angeschleppt worden. Sie hatten ein Tuch ausgebreitet und tafelten ganz gediegen mit Tellern und Gläsern. Offensichtlich besuchten sie eine Patientin, die in einem Walmont-Rollstuhl saß und gerade fürsorglich in den Schatten gefahren und mit Essen bedient wurde. Die Frauen trugen

Kopftücher, die Kinder tobten herum. Hoffentlich entdeckte Seiler sie nicht ...
Seufzend machte ich mich wieder an die Arbeit, loggte mich im Zentralrechner ein, öffnete das Datenfile mit den Austrittsberichten der Patienten vom letzten Jahr und begann mit der Analyse der Inneren Medizin.
Einen Moment dachte ich an den Streit mit Sutter. Aber wenn unser Vize erwartete, dass er mich mit seinen Drohungen einschüchtern konnte, hatte er sich gewaltig getäuscht. Nun war ich erst recht überzeugt, dass ich herausfinden musste, was los war.
Die Austrittsberichte waren elektronisch abgespeicherte Formulare, welche die wichtigsten Informationen aus der gesamten im Walmont gesammelten Krankengeschichte einer Person enthielten. Die Krankengeschichte selbst war im Walmont, noch ganz altmodisch, einzig als Papierversion vorhanden. Effektiv handelte es sich dabei um eine Sammlung loser Blätter, Röntgenbilder oder Laborbefunde, die mehr oder weniger geordnet in einer Mappe abgelegt waren.
Nach zwei Stunden, in denen ich Unmengen von Informationen gelesen, aber noch nicht verarbeitet hatte, brauchte ich dringend eine Pause, musste meine Augen und mein Gehirn ausruhen. Müde erhob ich mich und machte mich auf den Weg in den Park. Es wehte immer noch die berüchtigte warme Bise. Meine Augen schmerzten vom grellen Sonnenlicht.
Manchmal fragte ich mich, warum ich Tag für Tag in diesem Gebäude hockte, während draußen die Jahreszeiten unbemerkt und immer schneller vorbeizogen. Ich ging zum zweiten Mal an diesem Tag zu meinem Lieblingsplatz unter der Linde. Die Bank, inzwischen angenehm warm, war gerade breit genug, dass man sich darauf legen und in das Blätterdach hinaufschauen konnte. Die Blätter raschelten leise im sanften Wind.
Ich musste wohl kurz eingenickt gewesen sein, denn die aufgeregte Stimme einer alten Frau weckte mich. Sie sprach in einer Art Singsang, wobei sie immer wieder das Gleiche wiederholte. Ich konnte allerdings nicht verstehen, worum es

ging. Dazwischen hörte ich die Stimme eines Mannes. Ich döste weiter. Die Stimme des Mannes war sehr anziehend. Melodiös, eine gute Tonlage, ruhig, warm, eine erotische Stimme. Offensichtlich unterhielt er sich mit der alten Frau und versuchte sie zu beruhigen. Vielleicht der Sohn?
Auf jeden Fall ist es schön, dass er sich die Zeit nimmt, ihr zuzuhören.
Seinem Auflachen nach schien er sich sogar gut zu unterhalten. Wirkliches Zuhören ist eine Gabe, dachte ich. Die Stimmen kamen näher und ich drehte den Kopf, um zu sehen, welche Personen zu den Stimmen gehörten.
Der Mann, der hinter der Hecke hervorkam, war Laval.

***

Ich starrte ihn perplex an. Er starrte ebenso überrascht zurück. Einen Moment schienen wir wie in einem Tableau festgefroren zu sein. Ich setzte mich rasch auf und er räusperte sich.
«Frau Doktor Beck, darf ich Ihnen Frau Minder vorstellen. Sie ist zurzeit Gast auf meiner Abteilung.»
Ich erhob mich von meiner Bank und gab Frau Minder die Hand. Sie hatte für ihr Alter einen erstaunlich kräftigen Griff und wollte meine Hand gar nicht mehr loslassen. So standen wir da und schüttelten uns die Hände, und sie fragte mich in ihrem Singsang immer wieder, ob ich ihre Tochter gesehen habe.
«Nein, tut mir leid, Frau Minder.»
«Nun gut, dann muss ich sie eben selbst von der Schule abholen.»
Wir wiederholten diesen Dialog Wort für Wort mehrere Male, und ich wartete sehnlich darauf, dass endlich jemand «Klappe, die 15.!» rufen würde. Schließlich gab sie meine Hand frei, lächelte mich an, und dann gingen die beiden weiter durch den Park. Laval drehte sich nochmals zu mir um und zwinkerte mir zu.
Der wohltönende Klang seiner Stimme verfolgte mich in den nächsten Stunden, während ich versuchte, mich auf die Arbeit zu konzentrieren.

Verflucht, warum begegnete ich Laval plötzlich die ganze Zeit? Nach einem Sandwich aus der Cafeteria, das trotz zahlreicher Inhalts- und Geschmackstoffe wie Sägemehl schmeckte, ging ich die einzelnen Austrittsberichte nochmals durch und sah mir jetzt auch die Details an.

Trotz der dürren Fakten bekamen die Toten nun einen Namen, eine Geschichte und wandelten sich dadurch von statistischen Fällen zu menschlichen Wesen, die gelebt, gearbeitet und geliebt hatten, deren Tod trauernde Angehörige zurückgelassen hatte.

Elisabeth von Arx, wohnhaft in Muri, privatversichert bei Helsana. Zu kontaktieren im Notfall: Thomas und Angelika von Arx, Bern. Sie war 76 Jahre alt gewesen. Eintritt am 18. April 2003 als Notfall. Verdacht auf Lungenentzündung. Tod eingetreten am 22. April 2003, 14.00 Uhr. Als Hauptdiagnose war der Kode J18 angegeben, also Lungenentzündung. Nichts Auffälliges, nichts Ungewöhnliches.

Anna Robichaux-Müller, wohnhaft in Wabern, Grundversicherung bei ÖKK. Zu kontaktieren im Notfall: Peter Robichaux, Basel. Die Patientin wurde am 3. Juni 2003 aus dem Pflegeheim Bellevue überwiesen. 84 Jahre alt, Abklärung wegen Herzproblemen und Atemnot. Tod eingetreten eine Woche später. Hauptdiagnose I50, also eine chronische Herzinsuffizienz. Man hatte keine Nutzung der Intensivpflegestation des Walmont vermerkt. Vielleicht weil der Fall hoffnungslos gewesen war?

Hans-Ulrich Minder, 66 Jahre alt, wohnhaft in: unbekannt, Versicherung: unbekannt. Zu kontaktieren im Notfall: ohne Angabe. Eintritt ins Walmont am 12. Februar 2003. Gestorben am 15. Februar 2003 an Lungenentzündung. Eine kurze Notiz war dem File beigefügt: Der Patient war mittels fürsorgerischen Freiheitsentzugs, kurz FFE, eingeliefert worden. Das bedeutete, dass die Einweisung gegen den Willen des Patienten erfolgt und von Amtes wegen oder von einem Arzt verfügt worden war. Hans-Ulrich Minder, stand da weiter, war stark unterkühlt und dehydriert gewesen. Als Diagnose war Lungenentzündung kombiniert mit Alkoholmissbrauch und einer Demenz ver-

merkt. Die Identität des Patienten hatte erst drei Monate nach seinem Tod festgestellt werden können, als seine Tochter eine Vermisstenanzeige aufgab.
Dann Marie-France Emmenegger-Caldewey, 89 Jahre alt, wohnhaft in Bern, Halbprivatversicherung ÖKK. Zu kontaktieren im Notfall: Pierrette Richener-Emmenegger, Genf. Frau Emmenegger war am 5. Juni 2003 als Notfall eingeliefert worden und zwei Tage später gestorben. Als Diagnose war der Kode I63 vermerkt, ein Hirninfarkt, eine häufige Todesursache in diesem hohen Alter. Vor zwei Jahren war sie bereits einmal im Walmont gewesen als man ihr ein künstliches Hüftgelenk eingesetzt hatte.
Ein weiterer männlicher Patient starb am 23. April 2003 an einer Sepsis, also einer Blutvergiftung.
Peter Brugger aus Flammatt starb am 12. Juli 2003 im Alter von siebzig Jahren. Als Diagnosen waren angegeben: I21 und I25. Unmittelbare Todesursache war also ein akuter Herzinfarkt, wobei der Patient an einer chronischen ischämischen Herzkrankheit gelitten hatte.
Dann hatten wir noch einige Fälle mit einer J10. Dies war ebenfalls eine Todesursache, die im hohen Alter durchaus üblich war: eine Grippe.
Bisher war mir nichts Besonderes an diesen Patienten aufgefallen. Weder bei ihren persönlichen Eigenschaften noch bei den Gründen, weshalb sie ins Spital mussten, noch bei den Ärzten, die sie im Walmont behandelt hatten, gab es irgendwelche Auffälligkeiten.
Die einzige Gemeinsamkeit der Verstorbenen war ihr hohes Alter. Ich grübelte darüber nach, ob dies etwas zu bedeuten hatte.
Helga rief mich an und fragte nach meinem Befinden. Ich erzählte ihr kurz von meiner Auseinandersetzung mit Sutter. Sie war empört und gab mir die Kontaktadresse ihres Gewerkschaftsvertreters. Dann fragte sie neugierig, wie mein Abend mit Laval verlaufen war.
«Wir hatten es eigentlich ganz nett. Und er hat wirklich einen Forschungsantrag, bei dem er Hilfe braucht.»

«Und?»
«Ich weiß nicht …, irgendetwas ist trotzdem merkwürdig. Weißt du etwas über sein Privatleben?»
«Über seinen Vater weiß man jedes Detail. Über Laval junior habe ich nur mal ein Gerücht gehört.»
«Und?»
«Anscheinend musste er seine Chirurgenlaufbahn abbrechen. Jemand hat mal erwähnt, dass er einen Fehler gemacht hat, dass jemand gestorben ist … Aber du weißt ja, die Hälfte dieser Geschichten ist gelogen, die andere Hälfte gut erfunden.»
Kurz darauf klingelte das Telefon erneut.
«Frau Beck, hier spricht Philipp Laval.»
Wenn man vom Teufel spricht.
«Ich hoffe, Frau Minder hat Sie nicht zu arg durchgeschüttelt.»
Ich musste lächeln. «Ich nehme an, sie hat Mühe mit dem Loslassen.»
«Perfekte Diagnose, Frau Doktor. Aber eigentlich wollte ich nicht mit Ihnen über Patienten diskutieren, sondern fragen, ob Sie Lust haben, nochmals mit mir essen zu gehen. Diesmal bestimmen Sie wohin.»
Ich zögerte. Mein Kopf war so voll von Für und Wider, dass ich nicht klar denken konnte, während mein Körper auf einmal sein ganzes Gewicht verloren zu haben schien.
Der Klang seiner Stimme gab den Ausschlag. Die Liebe zur Musik würde mich mal ins Grab bringen.
«Gerne. Wie wäre es Samstagabend in der ‹Wasseramsel›?»
«Das klingt gut.»
«Acht Uhr, passt Ihnen das?»
Nachdem ich den Hörer aufgelegt hatte, ertappte ich mich dabei, wie ich fröhlich vor mich hinsummte. Ich machte mich mit neuer Energie an die Krankengeschichten.
Georg Maurer, Jahrgang 1935, wohnhaft in Bern, Schulweg 14.
Moment mal, den kenne ich doch!
Ein Bild von einem großen, etwas schlaksigen und immer freundlichen Mann erschien vor meinem inneren Auge und ein Gefühl der Trauer stieg in mir auf. Herr Maurer war ein ehe-

maliger Nachbar von mir. Er und seine Frau hatten während meiner Ferien stets nach meiner Katze Grisgris geschaut und ebenso getrauert, als sie im besten Katzenalter überfahren worden war. Am Samstagmorgen hatte Herr Maurer jeweils den Platz vor unserem Wohnhaus gewischt und sich dabei mit allen Nachbarn unterhalten, die am Haus vorbeispazierten. Es wurde geplaudert und gescherzt, ein friedliches Bild, fast eine Art verlorenes Paradies.

Traurig ging ich die dürren Fakten seines Todes durch: Eintritt am 8. November 2003 zur Nachkontrolle eines vor 18 Monaten eingesetzten künstlichen Hüftgelenks; gestorben am 12. November 2003; Diagnosen I63 und I50. Er hatte einen Hirninfarkt durch Embolie erlitten, mit Komplikationen aufgrund einer chronischen Herzinsuffizienz. Außerdem hatte er unter Schmerzen und einer Einschränkung der Beweglichkeit seines künstlichen Hüftgelenks gelitten.

Ich entschloss mich, Frau Maurer anzurufen und ihr mein Beileid auszusprechen. Die beiden hatten sich immer sehr nahe gestanden, und ich war sicher, dass dieser Verlust für Trudi Maurer nicht leicht war. Ich wollte schon wieder auflegen, als der Hörer endlich abgenommen wurde. Ihre Stimme klang erstaunlich vertraut, aber es war eine Müdigkeit darin, die ich noch nicht kannte.

«Frau Beck? Das ist aber eine Freude. Wir haben schon so lange nichts mehr von Ihnen gehört.»

Wir unterhielten uns kurz über meine Gesundheit (gut), ihre Gesundheit (es muss gehen), meine neue Wohnung (teuer, aber reizend) und das Wetter (zu heiß für die Blumen).

Dann seufzte sie. «Vielleicht haben sie ja gehört, dass mein Mann gestorben ist?»

«Ja. Es tut mir leid, dass ich mich nicht früher gemeldet habe. Ich möchte Ihnen mein Beileid aussprechen. Es tut mir sehr leid.»

Diese Sätze tönten immer so schrecklich steif. Wir hatten in unserer Sprache nicht die richtigen Worte, um echte Trauer und Mitgefühl auszudrücken.

Frau Maurers Stimme klang erstickt, als sie mir erzählte, wie sich ihr Mann über sein neues Hüftgelenk gefreut hatte und die Möglichkeit, sich wieder ohne Schmerzen zu bewegen und nach seinem Garten zu schauen.

«Und dann ging plötzlich alles so schnell …»

Frau Maurer schwieg und ich suchte verzweifelt nach einer weiteren dieser nichtssagenden Floskeln, um die Endgültigkeit dieser Stille nicht ertragen zu müssen. Aber dann sprach sie mit neuer Energie weiter, als ob sie sich innerlich einen Ruck gegeben hätte.

«Wissen Sie, die Art, wie Georg gestorben ist, macht mir besonders zu schaffen. Ich kann einfach nicht aufhören zu denken, dass er noch am Leben wäre, wenn er nicht zu dieser Nachkontrolle ins Walmont gegangen wäre. Es ging ihm vorher blendend.»

Wieder schwieg sie einen Moment und fuhr dann in entschuldigendem Ton fort: «Ich weiß ja, dass Sie dort arbeiten, und das Spital hat wohl einen hervorragenden Ruf. Nur … Einige Tage vorher war Georg noch völlig gesund. Er war so glücklich mit seinem neuen Hüftgelenk und wieder unglaublich aktiv.»

«Hat er keine Schmerzen und Probleme mit seinem Hüftgelenk gehabt?»

«Nicht die geringsten, wie kommen Sie denn darauf?»

Vor meinem inneren Auge blinkten rote Alarmlichter auf. In der Krankengeschichte von Herrn Maurer waren schwerwiegende und chronische Komplikationen mit dem Hüftgelenk vermerkt gewesen.

«Ach, nur so», wich ich ihrer Frage aus. «Was ist denn eigentlich während des Aufenthalts ihres Mannes im Walmont genau passiert? Können Sie sich daran erinnern?»

Falls Frau Maurer diese Frage merkwürdig erschien, zeigte sie es jedenfalls nicht und erzählte mir, ohne zu zögern, die Geschichte der letzten Tage von Georg Maurer. Ich wollte sie nicht beunruhigen und murmelte deshalb nur Unverständliches, während ich immer nervöser wurde.

Sie lud mich ein, sie am Samstagmorgen zu besuchen, ich dankte und hängte auf. Danach blätterte ich einige Minuten in einer Fachzeitschrift für Krankenhaus-Management, ohne ein Wort zu verstehen, und versuchte vergebens, meine aufsteigende Furcht zu bekämpfen.

Die Geschichte hatte nichts, aber auch gar nichts mit den Angaben gemein, die ich im Austrittsbericht des Walmont gefunden hatte.

***

Es war kurz nach drei Uhr, als ich vom Gang her endlich die Stimme von Max hörte, der in seinem unverkennbaren Deutsch mit französischem Akzent über das Wetter in Brasilien berichtete, wo er eben an einer Konferenz teilgenommen hatte. Erleichtert seufzte ich auf und erhob mich. Endlich bekam ich Hilfe in dieser rätselhaften Geschichte. Max sah müde, aber glücklich aus und machte sogar einen Scherz über das Berner Wetter.

Nach einer kurzen Begrüßung wollte er bereits wieder weiter, aber ich hielt ihn am Ärmel zurück: «Max wir müssen heute noch miteinander reden. Ich brauche dringend deine Hilfe.»

Er sah mich erstaunt an, war es doch schon Jahre her, dass ich ihn um Hilfe hatte bitten müssen.

«Wenn es so dringend ist, dann komm bitte sofort. Ich habe gerade noch eine Stunde Zeit.»

Max‹ Büro sah wie gewohnt aus: Auf jeder horizontal ausgerichteten Fläche türmten sich Artikel, Bücher und tausendseitige vom Gebrauch zerfledderte Computer-Manuals. Ich bahnte mir vorsichtig einen Weg durch die Papierberge.

Mein Chef summte fröhlich, während er auf dem kleinen Besprechungstisch eine Ecke für uns freiräumte. Einen Moment lang vermutete ich, er habe sich an der Konferenz in Brasilien verliebt. Ohne mich zu Wort kommen zu lassen, begann er sofort in begeistertem Ton von seinem alten Afrika-Spital-Projekt zu berichten. Ich hatte ihn in den vergangenen Jahren schon so oft klagen gehört, dass es damit nicht vorwärts ginge und dass

er das Geld einfach nicht zusammenbrächte, um den Rohbau fertigzustellen, dass ich ihm wie gewohnt gar nicht zuhörte. Ich überlegte mir, wie ich ihm meine Vermutungen und Beobachtungen darlegen konnte, ohne unglaubwürdig zu wirken.
Aber dann horchte ich doch auf, als ich Max sagen hörte: «Und jetzt ist es endlich geschafft: Das Spital wird nächstes Jahr seine Tore öffnen!»
Er lachte, und es war nicht wie gewohnt ein entschuldigendes, zynisches oder schmerzliches Lachen. Es war ein natürliches, offenes Lachen voller Zähne, das sein ganzes Gesicht in einen immer noch jungen, optimistischen Max verwandelte.
Ich war einen Moment lang völlig perplex. «Hei, das ist ja wunderbar. Endlich ist es geschafft. Ich freue mich für dich.»
«Es ist nicht für mich, Lou. Es ist für die Leute dort. Endlich bekommen sie eine anständige Gesundheitsversorgung, eine Möglichkeit, Knochenbrüche und Verbrennungen auf moderne Art zu versorgen, und eine Geburtshilfe, die diesen Namen auch verdient.»
Wieder lachte er mich strahlend an und fuhr dann fort: «Genug von mir: Hast du nicht gesagt, dass du dringend meine Hilfe brauchst?»
«Ja, da hast du allerdings recht. Ich fürchte, wir haben ein Problem.»
Und dann erzählte ich ihm in allen Details, was ich in den letzten Tagen erfahren hatte.
Max fragte gezielt nach wichtigen Einzelheiten, machte sich Notizen, kaute auf seinem Bleistift herum wie in alten Zeiten, als wir zusammen ein wissenschaftliches Problem diskutiert hatten.
«Du musst dir keine Sorgen machen, Lou. Irgendwo muss ein Fehler in den Daten vorliegen. Ich werde dir in den nächsten Tagen helfen, ihn zu finden. Es gibt keine andere vernünftige Erklärung für deine Resultate.»
Er lächelte mich aufmunternd an.
«Aber die Reaktion von Sutter? Findest du die nicht etwas merkwürdig? Und was ist mit dem falschen Austrittsbericht von Georg Maurer?»

Max lachte.
«Ach, Alexander Sutter ist schon immer ein komischer Vogel gewesen. Und er mag dich nicht. Das stimmt. Aber deshalb musst du nicht gleich eine Verschwörungstheorie aufbauen. Und was den Austrittsbericht von Herrn Maurer betrifft, weißt du ja selbst, wie schnell Fehler passieren, wenn jemand Dutzende von Berichten eintippen muss.»
Max‹ Optimismus war ansteckend. Ich kam mir einen Moment lang ziemlich lächerlich vor mit meinen wilden Vermutungen.
Gott sei Dank hatte ich endlich ein kompetentes Gegenüber, mit dem ich dieses Problem sachlich und gründlich angehen konnte. Zusammen würden wir bestimmt herausfinden, was hier los war. Ich war erleichtert.
In diesem Moment klingelte sein Telefon.
Nach einigen Wortwechseln deckte Max die Muschel zu und sagte: «Es ist Levy. Er lässt dich grüßen. Bevor du gehst, wollte ich dich noch fragen, ob du heute mit mir essen willst?»
«Das geht nicht, Max. Heute Abend ist doch die Vollversammlung der Gesellschaft für Präventivmedizin. Hast du das etwa vergessen?»
«Ach herrje! Entschuldigst du mich bitte, falls ich es nicht schaffen sollte?»
Dann wandte er sich wieder dem Hörer zu und wedelte mich mit einer Hand aus seinem Büro. Ich lächelte und schloss leise seine Türe.
Kurz nach sieben verließ ich eilends das Spital. Ich hatte noch genau zehn Minuten Zeit, um zum Versammlungsort in der Nähe des Universitätsspitals zu gelangen. Nachdem ich bereits drei Mitgliederversammlungen verpasst hatte, musste es heute einfach klappen. Gehetzt rannte ich die steilen Stufen der Feuertreppe des Walmonts runter und übersah geflissentlich sämtliche ‹Betreten verboten!›-Schilder, öffnete eilig fummelnd das Bügelschloss und raste los.
Der Abendverkehr war zum Glück nicht der Rede wert und ich konnte gefahrlos drei Rotlichter ignorieren. Kurz nach dem Bahnhof schaltete ich in einen Gang höher und stieg mit voller

Kraft in die Pedale. Die letzte Ampel, die zwischen mir und meinem Ziel lag, wechselte auf Orange und ich erhob mich aus dem Sattel, um noch etwas mehr zu beschleunigen.
Als ich den Fußgängerstreifen passierte, sah ich aus dem rechten Augenwinkel plötzlich eine massige Gestalt mit ausgestreckten Armen auf mich zustürzen.
Mein Herz setzte einen Schlag aus und alles Geschehen verlangsamte sich abrupt. Ein unglaublich harter Stoß traf meine rechte Seite. Die Welt schien für einen Moment stillzustehen.

***

Dann setzte mein Gehirn wieder ein und meldete mir mit kalter Präzision, was hier mit mir geschah. Mein Fahrrad wurde jäh nach links herumgerissen, während gleichzeitig das Hinterrad führungslos unter mir wegrutschte, so dass ich in eine gefährliche Schräglage kam. Wie in Zeitlupe kam der Asphalt auf mich zu und ich versuchte mit eiserner Kraft, mein Fahrrad ganz, ganz langsam wieder aufzurichten.
Es gelang mir, wieder in die Senkrechte zu kommen. Ich hatte aber immer noch keine Kontrolle über meine Fahrtrichtung und schlingerte in hohem Tempo gefährlich hin und her. In diesem Moment lenkte ein tiefes, erschreckend lautes Hupen von vorne meinen Blick in die Höhe.
Direkt vor mir sah ich einen riesigen Kühler aufragen. Zuvorderst chromstahlblitzende Zähne, dahinter tonnenschwere Kraft, die nicht mehr zu bremsen war. Der Lastwagen schien gigantisch hoch und gigantisch breit zu sein, und ich erahnte irgendwo weit oben das erschrockene Gesicht eines Fahrers.
Filmriss, Standbild.
Das einzige, was sich noch bewegte, war mein Herz, das mit rasender Geschwindigkeit flatterte. Dann drehte der Lastwagen im Zeitlupentempo gegen links ab, weg von mir, während ich gegen rechts auswich. Das gewaltige Vorderrad des Lasters schob sich nur eine Handbreit neben mir durch, und dann war ich an dem Monstrum vorbei und zielte wieder auf die andere

Seite der Straße. Knapp vor dem Zusammenstoß mit dem rechten Trottoirrand konnte ich endlich mit voller Kraft beide Bremsen ziehen und die Horrorfahrt stoppen.
Ich stand. Und fühlte mich vollkommen leer, eine körperliche Hülle ohne jeden Inhalt. Und dann fing die Hülle an zu zittern. Ich ließ das Fahrrad fallen und setzte mich auf den Rand des Gehsteigs. Irgendwo im Hintergrund hörte ich aufgeregte Stimmen und Hupen, aber das ging mich alles nichts an. Ich schloss die Augen.

***

«Bist du verletzt?», fragte mich irgendwann eine heisere Stimme. Ich öffnete versuchsweise die Augen und sah die besorgten Gesichter von zwei Junkies über mir.
Die Frau hatte zahlreiche Ringe in der Nase, war extrem mager und bleich. Das Gesicht des Mannes war voller tiefer Aknenarben, die Haare fettig und schlecht geschnitten. Er hatte kaum noch Zähne, stellte ich fest, als er mich erneut fragte, ob ich in Ordnung sei. Ich versuchte zu lächeln, was mir wohl gründlich misslang.
«He, sie ist voll schlecht drauf. Die beginnt gleich zu heulen», kam prompt die Reaktion der Frau. Ich schloss meine Augen wieder.
«Was sollen wir nun tun?», wieder die weibliche Stimme.
«Sind Sie verletzt?» Eine männliche Stimme, angespannt, leicht stotternd vor Schreck. Ich sah auf. Der Lastwagenfahrer.
«Ich bin in Ordnung. Nur erschrocken.»
«Elender Scheißkerl von einem Fußgänger», murmelte er grimmig.
Ein Auto hupte. Dann ein zweites.
«Ich versperre die Straße. Muss weiter.» Der Mann tätschelte kurz meine Schulter, ich zuckte vor Schmerz zusammen und dann war er weg.
«Sie hat einen Schock, glaube ich. Sie muss jetzt zuerst relaxen und dann braucht sie so ein Antibriefing.» Der Junkie.

«Debriefing! Das habe ich dir schon hundertmal gesagt. Aber wenn du mich fragst: Einen Schnaps braucht sie!»
«Ja, und dann heißt es bei der Polizei, dass sie angetrunken gefahren ist, das kennen wir ja. Bist du blöd oder was?»
«Das war ein Mörder, verdammt noch mal! Er hätte sie töten können, dieses Schwein. Solche Typen sollte man an die Wand stellen.»
«Ich weiß nicht, vielleicht war er einfach nicht gut drauf. Oder er hat was gegen Fahrradfahrer.»
«Ich bin sicher, dass der sie extra gerammt hat, und dann ist gerade der Lastwagen gekommen.»
Ich öffnete die Augen und versuchte, mich zu konzentrieren. Mit zitternder Stimme fragte ich: «Habt ihr den Mann sehen können?»
Sie nickten.
«Wie sah er denn aus?»
«Er hatte einen schwarzen Mantel an … nein, kein Mantel, es war eine Lederjacke.»
«Genau. Eine Lederjacke war es. Und eine Mütze, auch schwarz», ergänzte die Frau.
«Wie groß war er? Und wie alt? Habt ihr sein Gesicht gesehen?»
Aber die beiden erinnerten sich vor allem an seine Kleidung und weitere Belanglosigkeiten, die mir nicht weiterhalfen.
«Er sah ein wenig aus wie ein Franzose mit seiner Mütze. Nur das Baguette hat gefehlt.»
Die weitere Diskussion zwischen den beiden war ebenso unergiebig für mich und ich blendete sie aus und konzentrierte mich darauf, wieder auf die Beine zu kommen. Ich dankte meinen beiden Samaritern und schob dann mein Fahrrad in eine ruhige Seitenstraße. Ich versuchte, meinen gehetzten Atem zu kontrollieren, um mich zu entspannen. Dann setzte ich mich auf den Sattel und fuhr vorsichtig nach Hause. Größere Straßen umfuhr ich und, wenn sich irgendwo am Straßenrand Fußgänger zeigten, fuhr ich einen großen Bogen um sie herum, während mein Herz schmerzhaft in meiner Brust hämmerte.
Das war das zweite Mal, dass ich von einem Unbekannten an-

gegriffen worden war. Ich hatte den Angreifer nicht wirklich sehen können und doch schien mir irgendetwas vertraut an seiner Gestalt. Bildete ich mir das nur ein?
Als ich zu Hause ankam, realisierte ich erst, wie stark ich den Lenker meines Fahrrades umklammert hatte. Meine Finger waren ganz weiß, die Schultern und der Rücken völlig verkrampft. Ich schleppte mich mit zitternden Beinen in meine Wohnung und nahm trotz der abendlichen Hitze als erstes ein langes heißes Bad. Danach fühlte ich mich wie ein geschmolzenes Gummibärchen, aber wenigstens zitterten meine Beine nicht mehr. Danach rief ich Helga an und erzählte ihr in wenigen Sätzen von dem Beinahe-Unfall.
«Bist du verletzt? Soll ich den Notarzt rufen?»
«Nein. Nur …»
«Was?»
«Ich habe Angst.»
«Ich komme.»
Bis Helga da war, hatte ich Zeit, um mich etwas zu beruhigen. Helga wollte nochmals alle Details der Geschichte hören. Ich war mittlerweile todmüde.
«So geht es nicht weiter, Lou. Du bist in ernsthafter Gefahr.»
«Ich weiß nicht, Helga. Es scheint alles so verworren. Ich sehe keinen Zusammenhang.»
«Der Zusammenhang bist du! Siehst du das denn nicht?»
Ich zuckte nur mit den Schultern. Helga sprang auf und stampfte wütend in die Küche, um uns etwas Orangensaft zu holen. Sie knallte die Kühlschranktüre zu, dass die Flaschen klirrten.
«Erstens: Du findest eine erhöhte Sterblichkeit bei unseren Patienten. Zweitens: Du wirst im Archiv niedergeschlagen. Drittens: Sutter droht dir, falls du der Geschichte mit der erhöhten Todesrate weiter nachgehen solltest. Viertens: Jemand versucht dich unter einen Lastwagen zu stoßen.»
«Ja, aber … denk doch mal nach, Helga. Niemand konnte vorher wissen, dass ich das Archiv betreten würde. Niemand konnte wissen, dass ich mit meinem Velo gerade zu diesem Zeitpunkt genau auf dieser Straße fahren würde und mir ausgerechnet in

diesem Moment ein Lastwagen entgegenkommen würde.»
«Du willst doch nicht etwa behaupten, dass dies alles nichts miteinander zu tun hat. Du spinnst ja!»
«Das ist doch wieder mal naiver Aberglaube! Nur weil ein paar seltene Ereignisse zufällig gehäuft auftreten, bist du überzeugt, dass ein kausaler Zusammenhang besteht. Typisch unwissenschaftliches Denken.»
«Dein wissenschaftliches Denken kann mir gestohlen bleiben! Du stellst dich einfach blind und rennst geradewegs ins Verderben.»
«Und du durchschaust natürlich alles ganz genau, obwohl du gar nicht dabei warst. Oder sollte ich sagen: du spürst alles …»
«Halts Maul, Lou! So blöd kannst doch nicht mal du sein, dass du nicht siehst, dass es jemand auf dich abgesehen hat.»
Wir warfen uns noch weitere Nettigkeiten an den Kopf, dann knallte Helga die Türe hinter sich zu.
Ich fühlte mich müde, einsam und deprimiert.

5 *Freitag · 7. August · 7.30 Uhr · 23,8 °C*

Trotz meiner Zerschlagenheit machte ich mich um 7.30 Uhr auf den Weg zur Arbeit. Es fiel mir einfach nichts Besseres ein. Beim Anblick meines Fahrrades sah ich nochmals voller Grauen den riesigen Lastwagen vor mir aufragen.
Ich fühlte mich an diesem Morgen wie ein Ritter, dem man die Rüstung abgenommen hatte und der nun nackt und schutzlos in die Schlacht ziehen musste. Völlig harmlose Passanten, die am Straßenrand auf eine Lücke im Verkehr warteten, ließen meinen Puls hochschnellen, sämtliche Muskeln angespannt. Erleichtert stieg ich im Walmont vom Fahrrad.
Wenig später stellte ich erfreut fest, dass die Fenster meines Büros weit offen standen. Endlich hatte sich der Raum über Nacht etwas abkühlen können. Offensichtlich hatte Frau Men trotz Seilers Weisungen ein Einsehen gehabt. Ich nahm das als gutes Zeichen für eine Verbesserung der allgemeinen Lage und machte mich an die Arbeit.
Unter meinen E-Mails war eine dringliche Nachricht von Max. Er hatte heute doch keine Zeit für mich, war den ganzen Tag abwesend und wir sollten uns am Montag treffen. Das war wieder typisch!
Die fachliche Kompetenz meines Chefs war unbestritten, auch wenn er in den letzten Jahren nicht mehr so aktiv geforscht hatte. Aber bei dieser Geschichte … Das Gefühl der Sicherheit und Erleichterung nach dem gestrigen Gespräch mit Max war bereits wieder verflogen. Ich war voller Zweifel, ob Max die Geschehnisse im Walmont noch wichtig genug nahm, um sich ernsthaft damit auseinanderzusetzen. Jedenfalls konnte ich nicht auf ihn warten.
Nun, da ich wusste, dass im Austrittsbericht von Georg Maurer falsche Diagnosen angegeben waren, führte kein Weg mehr da-

ran vorbei: Ich musste mir irgendwie die vollständigen Krankengeschichten der Toten organisieren. Dann konnte ich schon mal abklären, ob es sich, wie Max vermutete, um reine Abschreibfehler bei der Erfassung der elektronischen Berichte handelte.

Zugang zu den KGs erhielt ich aber nur mit der Unterschrift des Direktors oder seines Stellvertreters. Merian war immer noch in Paris und Sutter würde mir seine Unterschrift ganz sicher verweigern.

Ich wählte den elektronischen Kalender des Walmont und öffnete die Agenda von Sutter. Am Nachmittag war eine Besprechung mit der kantonalen Gesundheitsdirektion eingetragen. In dieser Zeit war seine Chefsekretärin zuständig für Anträge der Mitarbeiter. Vielleicht hatte ich Glück und konnte mir die Krankengeschichten organisieren, ohne dass Sutter je davon erfahren würde. Ich beschloss, kurz bei Ursula im Sekretariat vorbeizugehen, um mich abzusichern, dass Sutter am Nachmittag wirklich außer Haus war.

Im vierten Stock öffnete sich die Lifttüre und Holger Grimm trat ein.

«Hey, Lou, wie nett, dich zu sehen.»

Er lächelte mich erfreut an. Holger war einer der Kinderärzte des Walmont. Er war Mitte vierzig, ziemlich groß und ziemlich breit. Ich hatte schon gehört, dass ihn einige seiner kleinen Patienten ‹Bär› nannten, was mir sehr passend schien. Die Kinder liebten ihn, weil er immer Späße machte und bis zum Schluss niemals die Hoffnung verlor, ihnen helfen zu können.

Im Sommer vor zwei Jahren hatte ich mit Holger eine Nacht verbracht. Es war eher ein Versehen gewesen, wir hatten uns an einem Betriebsfest beide einsam und verloren gefühlt und uns dann gegenseitig getröstet. Es war eine schöne Nacht gewesen, irgendwie losgelöst von der Realität. Holger war ein zärtlicher, behutsamer Liebhaber.

Am nächsten Morgen bildeten wir uns ein, verliebt zu sein, und standen vor einem massiven Problem: Holger war verheiratet und hatte selbst zwei Kinder. Noch schlimmer: Seine Frau ar-

beitete ebenfalls als Ärztin im Walmont und ich kannte und schätzte sie. Grimm und ich trafen uns nach dieser ersten Nacht, so oft es ging, aber wir verbrachten keinen einzigen entspannten Moment mehr miteinander. Anziehung und Schuldgefühl hielten sich perfiderweise die Waage, so dass wir in einem schrecklichen Gefühlssumpf verloren waren.
Das Ende kam, als ich drei Wochen später zufällig Grimms Frau im Lift begegnete und es einfach nicht fertigbrachte, ihr ins Gesicht zu sehen. Ich verließ das Walmont daraufhin fluchtartig.
Zu Hause angekommen irrte ich verstört von einem Zimmer ins andere. Irgendwann griff ich nach einem dicken Schmöker, den Helga mir ausgeliehen hatte und der seit Monaten unberührt auf meinem Nachttisch lag. Jetzt schien mir der richtige Zeitpunkt für *Die Wölfin als Kern deiner Weiblichkeit.* Drei Stunden und 210 Seiten später stand ich auf, entschlossen das Gelesene sofort in die Tat umzusetzen.
Ich zog meine Joggingklamotten an und machte mich auf den Weg zum nahegelegenen Könizbergwald. Dort versenkte ich mich gemäß Anleitung meditativ, visualisierte die ‹Große Wölfin› in mir und los gings. Ich rannte einen steilen Waldweg hinauf bis auf die Krete, angetrieben von meiner eben entdeckten Wolfsenergie. Das Experiment war zunächst ein voller Erfolg. Nach erstaunlich kurzer Zeit fühlte ich mich vollkommen eins mit der Natur um mich herum. Der Lichteinfall zwischen den Tannen war strahlender, das Grün des Farns saftiger, mein Herz riesig, meine Lunge weit und meine Sinne geschärft. Was für ein überwältigendes Gefühl, Raubtier zu sein, frei und gefährlich, mit messerscharfen Zähnen und Klauen. Ich war eins geworden mit der Wölfin, ich war die Jägerin!
In diesem erleuchteten Moment passierte es.
Eine heimtückisch getarnte Baumwurzel kreuzte meinen Weg. Der Orthopäde brauchte zwei Stunden, um meinen zersplitterten Knöchel einigermaßen zusammenzuflicken. Danach lag ich zwei Wochen im Universitätsspital und eine weitere Woche zu Hause und war trotz der Schmerzen unendlich erleichtert, dass

ich sicher sein konnte, in dieser Zeit weder Holger noch seine Frau anzutreffen.

Ich hatte mir damals geschworen, nie mehr eine Beziehung zu einem Mann einzugehen, die mich in Gefahr brachte, mir selbst solchen Schaden zuzufügen. Unsere Beziehung hatte sich in den darauffolgenden Monaten in Freundschaft verwandelt, mit einem leisen Bedauern als melancholischem Beiklang.

An diesem Morgen tröstete mich sein Lächeln. Es gab im Walmont doch noch einige Leute, die mich mochten.

«Hallo Holger. Wie gehts?»

«Außer der Hitze meinst du?» Er wischte sich mit dem Handrücken die Schweißtropfen von der Stirne. «Sutter will mich am Montagmorgen, Punkt sieben Uhr, sprechen und er hat wieder einmal kein Wort darüber verloren, was ansteht. Ich fürchte, es geht um die DRG-Ergebnisse meiner Abteilung. Die Pädiatrie ist nun einmal nicht so gewinnbringend wie die Chirurgie, aber das scheint Sutter einfach nicht verstehen zu wollen. Hast du die Daten der Pädiatrie des letzten Quartals bereits analysiert?»

Dass Holger Probleme hatte mit den Fallpauschalen, den sogenannten Diagnosis-Related-Groups, kurz DRG, überraschte mich keineswegs. Das Walmont wurde seit mehr als einem Jahr über diese DRG-Pauschalen finanziert. Je nach Diagnose, Komplikationen, Behandlung und Alter wurden die Patienten einer der rund 800 DRG-Gruppen zugeordnet. Jede dieser Gruppen hatte ein Kostengewicht, und dieses bestimmte dann die Summe, welche das Walmont von den Versicherungen für diesen Patienten bekam. Dabei spielte die Aufenthaltszeit des Patienten keine Rolle. Auf den Punkt gebracht: Jeder Tag, den ein Patient länger als unbedingt nötig im Walmont blieb, war ein finanzieller Verlust. Holger war ein altmodisch eingestellter Arzt und behielt seine kleinen Patienten im Zweifelsfall lieber einige Tage länger in seiner Abteilung als unbedingt notwendig. Dazu kam, dass er sich nicht im Geringsten für die finanzielle Seite seiner Arbeit interessierte.

«Ich habe euren Quartalsbericht vor meinen Ferien an Sutter

geschickt. Aber wenn du willst, können wir die Ergebnisse zusammen durchgehen, damit du weißt, was er von dir will.»
«Das wäre schön. Geht es dir noch heute Nachmittag? Kurz vor fünf habe ich Zeit.»
«Kein Problem, komm einfach vorbei und ich erkläre dir dann die Resultate.»
Holger lächelte mich sichtlich erleichtert an und rauschte dann mit langen Schritten Richtung Pädiatrie davon.
Ich ging weiter zu Ursula, bekam die Information, die ich brauchte und wurde an den versprochenen Strumpf erinnert. Vogal, Größe 44.

***

Um 14.15 Uhr war das Mercedes Cabriolet von Sutters Parkplatz verschwunden und ich ging mit klopfendem Herzen zum Büro seiner Chefsekretärin. In meinen schwitzenden Händen hielt ich das bis auf ein kleines, aber bedeutsames Detail peinlich korrekt ausgefüllte Antragsformular: die Unterschriften des Vorgesetzten und des Direktors fehlten.
Die Sekretärin hämmerte in rasendem Tempo auf ihre Computertastatur ein, blickte flüchtig mein Antragsformular durch und tippte dann im gleichen Tempo weiter.
«Zu welchem Zweck benötigen Sie die KGs?»
«Für eine Studie, welche der Direktor in Auftrag gegeben hat. Sie können bei ihm nachfragen», gab ich möglichst selbstsicher zurück im Wissen, dass Merian immer noch in Paris war. Stirnrunzelnd sah sie mich an und meine Hände begannen vor Nervosität zu zittern. Ich griff unauffällig nach der Tischplatte und hielt mich daran fest.
«Und Sutter? Ist der informiert darüber?»
«Ich habe mit ihm über die Studie gesprochen. Ja.» Was nicht gelogen war.
«Gut. Dann geht das in Ordnung.» Sie visierte den Antrag, legte ihn ab und machte sich auf den Weg ins Archiv.
Etwa zehn Minuten später kam sie zurück mit einer großen

Schachtel voll mit den Krankengeschichten und Dossiers der Toten des Walmont. Ich bestätigte mit meiner Unterschrift den Erhalt der Akten. Dann bat ich sie nachzuschauen, ob am Montagabend jemand den Archivschlüssel ausgeliehen habe.
«Warum wollen Sie das wissen?»
«Es ist mir nur aufgefallen, dass die Türe offenstand.»
Sie sah mich einen Moment stirnrunzelnd an und ging dann nachschauen.
«Sie müssen sich im Datum geirrt haben. Den ganzen Montag hat niemand den Schlüssel benötigt.»
Das hatte ich vermutet. Ich dankte und ging, während mir das Paket mit den Krankengeschichten der Toten in den Händen brannte.
Ich hatte die Grenze überschritten.

***

Es handelte sich um 39 Dossiers, die je nach Krankheit der Patienten mehr oder wenig umfangreich waren und Arztberichte, Röntgenbilder, Laboranalysen und andere Informationen enthielten. Ich schleppte die rund vier Kilo Papier in mein Büro.
Sutter versuchte seit Monaten durchzusetzen, dass keine handschriftlichen Krankengeschichten mehr abgegeben wurden. Aber diesen Kampf hatte er noch nicht gewonnen. Nach wie vor waren die meisten der Krankengeschichten handschriftlich verfasst – in mehr oder weniger lesbarer Schrift.
Bevor ich zu lesen begann, notierte ich mir die Adressen der Angehörigen, falls ich sie je kontaktieren musste.
Als Erstes suchte ich mir die KG von Herrn Maurer heraus. Und da war es wieder – und diesmal in allen Details: chronische Herzprobleme, Komplikationen mit dem Hüftgelenk schon Monate vor seinem Tod, Schmerzen, Bewegungseinschränkungen; alles gesundheitliche Probleme, die Herr Maurer niemals gehabt hatte.
Ich fühlte mich verstört, müde und ängstlich. Machte ich einen unnötigen Aufstand wegen einer zufälligen Häufung von Irr-

tümern und schlampiger Arbeit oder hatte hier jemand mit Vorsatz gehandelt?

Ich sichtete in aller Eile die Krankengeschichten der anderen Toten, und es war überall das Gleiche: Die Diagnosen im Austrittsbericht stimmten mit den Angaben in den Krankengeschichten überein.

Damit musste ich die harmloseste Erklärung ausschließen: Es handelte sich eindeutig nicht um Tippfehler beim Übertragen der KGs in die elektronischen Austrittsberichte.

Stimmten aber die Krankengeschichten mit der Realität überein? Wie sollte ich das herausfinden, ohne dass Sutter von meinen Nachforschungen erfahren würde?

Ich blätterte völlig ziellos in den verschiedenen Dokumenten, schnappte hier und dort eine Information auf, von der ich nicht wusste, ob sie wichtig war und wurde zunehmend deprimierter. So kam ich nicht weiter. Es war notwendig, systematisch vorzugehen und eine Frage nach der anderen abzuklären.

Wurden die Toten alle vom selben Arzt behandelt? Nein.

Wurden Sie vielleicht von den gleichen Personen gepflegt? Nein.

Hatten sie alle irgendeine zusätzliche Komplikation, die mit dem Tod in Verbindung stand? Nein.

Gab es ein Medikament, das einer Mehrzahl der Toten verschrieben worden war? Nein.

Gab es vielleicht eine spezifische Behandlung, die an allen Toten vorgenommen worden war? Wiederum nein.

Gab es irgendeine andere Gemeinsamkeit in den Details der Krankengeschichten, die in den Austrittsberichten nicht dokumentiert war? Nein, ich konnte keine erkennen.

Und dann sah ich es.

Mit zwei großen Schritten war ich am Fenster. Im direkten Sonnenlicht war es deutlich erkennbar: Jemand hatte die ursprüngliche Hauptdiagnose im Bericht von Frau Emmenegger-Caldewey sorgfältig ausradiert und dann korrigiert.

Hastig sah ich die anderen Berichte durch. Bei etwa der Hälfte waren solche Korrekturen erkennbar, vorausgesetzt, man wuss-

te, worauf man achten musste. Geändert worden waren entweder die Diagnosen oder die Behandlungen und oft beides.
Ich wählte eine interne Nummer, die ich auswendig kannte.
«Hallo Holger. Hast du zehn Sekunden für mich?»
«Du hast doch hoffentlich keine schlechten Nachrichten wegen den DRG-Ergebnissen?»
«Nein, meine Frage hat überhaupt nichts mit dir zu tun. Was machst du, wenn du realisierst, dass du in einer Krankengeschichte zunächst eine falsche Diagnose eingetragen hast und diese dann korrigieren musst?»
Seine Antwort war kurz und klar und verstärkte meine Befürchtungen massiv. Es war keinesfalls zulässig, den ursprünglichen Befund einfach zu löschen und zu überschreiben. Aus Gründen der Nachvollziehbarkeit der Diagnosestellung und der Frage der Korrektheit der medizinischen Behandlung musste der ursprüngliche Eintrag bei der Korrektur in jedem Fall lesbar bleiben. Ohne auf seine Nachfragen für den Grund meines Anrufs einzugehen, brach ich das Gespräch kurz angebunden ab und wandte mich wieder den Berichten zu.
Ein Detail, das ich bisher übersehen hatte, drängte sich an die Oberfläche. Unter ‹Anmerkungen› war bei vielen der Toten ein Kürzel vermerkt, dass ich noch nie gesehen hatte und dessen Bedeutung ich nicht kannte: ‹ARC› gefolgt von einer siebenstelligen Ziffer. A R C? Was das wohl bedeuten mochte? Ich versuchte, die drei Buchstaben mit irgendwelchen Krankheitsbegriffen in Verbindung zu bringen, aber mir fiel nichts Naheliegendes ein.
Zwei Stunden später machte sich mein Rücken schmerzhaft bemerkbar und ich erhob mich und schaute aus dem Fenster in den Park hinunter, der in der Hitze flimmerte.
Max hatte sich getäuscht. Wir hatten hier ein Problem. Und zwar ein großes.

***

Um mich zu entspannen, ging ich auf einen Schwatz zu Helga. «Keine Zeit», wehrte sie sofort ab, bevor ich auch nur Piep sagen konnte. «Eine Familie aus Kenia mit Kindern, Onkeln, Tanten und Großeltern möchte ein neugeborenes Mädchen besuchen – ein Frühchen. Die Kleine musste auf die Neo. Dort dürfen nur Vater und Mutter rein. Sie verstehen nicht, weshalb wir ihnen das Kind weggenommen haben. Ich brauche sofort eine Übersetzerin.»

Und schon war sie weg.

Ich machte einen zweiten Versuch mit Ursula. Diese war gerade dabei, eine Pharmavertreterin abzuwimmeln.

«Stell dir vor, jetzt gehen diese Haie schon auf die Sekretärinnen los!», empörte sie sich, nachdem sich die Türe hinter der perfekt gestylten Businessfrau geschlossen hatte.

«Was wollte sie denn von dir? Du hast doch mit dem Einkauf der Medikamente gar nichts zu tun, oder?»

«Nein. Aber ich verwalte die Agenden unserer Chefärzte! Sie bot mir ein Mittagessen im ‹Goldenen Schwan› an, wenn ich ihr zu einem Termin mit Professor Baumann-Ziegler verhelfen würde.»

Offensichtlich war es eine gewinnbringende Sache, einen solchen Termin zu ergattern: Der Goldene Schwan war eines der Nobelrestaurants von Bern.

«Ursula, du bist doch schon so lange hier. Kennst du vielleicht jemanden, der etwas über Max‹ Vergangenheit wissen könnte?»

«Seit wann willst denn du alten Dreck aufrühren? Hast du dich etwa mit deinem Chef zerstritten?»

«Nein, nein. Ich bin nur neugierig wegen seines Spitalprojekts in Burkina Faso. Ich weiß ja schon lange, dass Max in den siebziger Jahren in einem Entwicklungshilfeprojekt der WHO in Afrika mitgearbeitet hat. Aber ich habe nicht gewusst, dass er genau in dieser Region als Arzt gearbeitet hat, wo jetzt das Spital gebaut werden soll. Und: Hast du etwa gewusst, dass Max verheiratet war?»

«Ach? … das sieht diesem alten Einzelgänger gar nicht ähnlich.»

Ursula kaute nachdenklich auf einem Bleistift herum und schickte mich dann ins Labor.

***

Doktor Natascha Kubik, die Laborchefin, blickte von einem Bericht auf, in dem sie mit ihrer energischen Handschrift Korrekturen vorgenommen hatte, und schaute mich durch ihre großen Designer-Brillengläser fragend an. Natascha war seit mehr als zwanzig Jahren im Walmont tätig und kannte den Betrieb in- und auswendig. Sie war meines Wissens die Einzige, die es sich erlauben durfte, den Gekos unentschuldigt fernzubleiben. Ihr Markenzeichen waren Chanel-Kostüme im Stil der sechziger Jahre, von denen sie eine unbegrenzte Anzahl zu besitzen schien, und ihre geliebten Gauloises Bleues. Heute trug sie ein pflaumenblaues Kleid, das mit zitronengelben Paspeln abgesetzt war.

«Ich habe gemeint, dass Gauloises nicht mehr hergestellt werden?», fragte ich sie anstelle einer Begrüßung.

«Keine Sorge. Solange meine Garage trocken bleibt, bin ich auch die nächsten Jahre noch versorgt.»

Vor zwei Jahren war das Walmont stolzes Mitglied der Verbindung Healthy Hospitals geworden, hatte überall Schilder mit dem Hinweis ‹Wir danken Ihnen, dass Sie im Spital nicht rauchen› aufgestellt und der Kiosk musste sein Rauchwarenangebot ausräumen. Alle Abteilungen hatten sich dem Verdikt gebeugt, nur das Labor leistete weiterhin Widerstand. Doktor Kubik hatte zwei überzeugende Argumente: ihre sofortige Kündigung, wenn sie auf ihre zwei Gauloises pro Stunde verzichten müsse, und die Luftreinhaltung, die durch den starken Abzug auch im Labor gewährleistet sei. Gegen diese Argumente hatte sich bisher noch niemand durchsetzen können.

Überaus ärgerlich für die Antirauch-Fraktion war aber, dass sich nun eine beträchtliche Anzahl Mitarbeiter regelmäßig im Labor einfand, obwohl sie dort eigentlich gar nichts zu suchen hatte. Da darunter auch zahlreiche Oberärzte sowie die Per-

sonalvertreterin des Pflegepersonals waren, wurde das Ganze bis anhin zähneknirschend toleriert.
«Darf ich dich kurz stören?», fragte ich sie.
«Das machst du doch schon», antwortete sie.
«Tja ... Ursula Cohen meint, dass du mehr weißt über Max‹ Vergangenheit ... darüber, was er in Burkina Faso erlebt hat. Stimmt es? Warst du damals auch dort?»
Natascha schaute mich einige Sekunden prüfend an, erwiderte dann aber ihrer Art entsprechend nur: «Du wirst sicher gute Gründe für deine Fragen haben. Komm am Samstag um zwei wieder her, dann habe ich Zeit für dich.»

***

Pünktlich um fünf klopfte Holger an meine Türe. Wir setzten uns an meinen kleinen Besprechungstisch und ich gab ihm eine Kopie der DRG-Analysen der Pädiatrie. Wie ich geahnt hatte, konnte Holger mit den Angaben in den Tabellen überhaupt nichts anfangen.
«Zunächst einmal kannst du dich beruhigen. Du liegst in diesem Quartal nur ganz knapp über den verlangten Werten und hast deutlich besser abgeschnitten als die Chirurgie und die Gynäkologie.» Holger atmete hörbar auf.
«Kannst du mir trotzdem erklären, was das Ganze bedeutet? Ich weiß, das sollte ich eigentlich schon lange wissen, aber ...»
Er sah mich so zerknirscht an, dass mein Herz einen kleinen Hüpfer machte und ich für einen Moment wieder die Nähe zwischen uns spürte, die wir damals geteilt hatten. Entschlossen wandte ich mich wieder der ersten Tabelle zu und benutzte die Gelegenheit, Holger endlich das nötige Wissen in Sachen Spitalfinanzierung weiterzugeben.
«Das ist ja eigentlich ganz einfach. Warum habe ich das bisher nie begriffen?», meinte er eine halbe Stunde später.
«Du hast einfach noch nie zugehört.»
Holger brummte etwas, konnte aber kaum widersprechen. Er wusste genau, dass ich Recht hatte.

«Jedenfalls habt Ihr gute Datenqualität geliefert, habt deshalb auch ein hohes durchschnittliches Kostengewicht. Da ist nichts, was Sutter Sorgen machen müsste.»
«Vielen Dank, Lou, ich bin wirklich erleichtert.»
«Sag mal Holger, noch etwas ganz anderes.»
«Ja?»
In diesem Moment wurden wir von einem energischen Klopfen unterbrochen. Frau Men trat ein, bewaffnet mit einem großen Müllsack. Sie murmelte etwas, das möglicherweise eine Entschuldigung für die Störung war und begann, den Papierkorb zu leeren und mein Pult abzustauben. Ich fuhr mit etwas leiserer Stimme fort:
«Hast du von irgendeinem Problem in der Inneren Medizin gehört?»
«Ja. Die Meier hat anscheinend vor drei Wochen Perret fallengelassen und sich in Kleiber, den neuen Assistenzarzt verliebt. Darauf hat Perret Kleiber zu zehn Nachtschichten hintereinander verdonnert und dieser hat sich an die Vereinigung der Assistenzärzte gewandt und dann –.»
«Stopp! Das meine ich nicht», unterbrach ich Holger ungeduldig. «Ich möchte wissen, ob es irgendwelche medizinischen Probleme gab oder sonst etwas Außergewöhnliches … Vielleicht eine neue Behandlungsmethode, die getestet wurde?»
«Worauf willst du hinaus, Lou?»
«Ich will einfach wissen, ob es irgendeinen Grund gibt, der erklären würde, warum es in der Inneren letztes Jahr eine erhöhte Mortalität hatte.»
«Um Gottes Willen, Lou! Natürlich nicht.»
Er sah mich tadelnd an. «Wie kommst du überhaupt dazu, eine solche Frage zu stellen? Sei vorsichtig mit solchen Dingen, da verbrennt man sich schnell die Finger.»
«Ich weiß, ich weiß. Vergiss es einfach wieder. Ich habe aber noch eine andere Frage. Sagt dir der Vermerk ‹ARC› in einer Krankengeschichte etwas?»
«Krankengeschichten dürfen nur von Ärzten eingesehen werden.»

«Ich habe eine Sondererlaubnis. Nun sag schon.»
«ARC? Mmh, ich bin mir nicht sicher, gib mir etwas Zeit.»
«Es ist wichtig, Holger», drängte ich ihn.
«Was ist eigentlich los? Zuerst fragst du mich nach Problemen in der Inneren Medizin, jetzt nach den Codes einer vertraulichen Studie?»
«Eine Studie? Was für eine Studie?»
«Ich darf dir das nicht sagen, tut mir leid.»
«Aber verdammt noch mal, warum denn nicht?»
Frau Men, die ich ganz vergessen hatte, trat an unseren Besprechungstisch und wischte mit einem Lappen in aller Ruhe zwischen meinen Papierstapeln herum.
«Verstehst du nun was von klinischer Forschung oder nicht? Doppelblind, sagt dir das was? Eben. Deshalb kann ich dir nichts Genaueres zu dieser Studie sagen. Punkt, Schluss!»
Doppelblind? Ich überlegte kurz. Das bedeutete, dass weder die Versuchspersonen einer klinischen Studie noch die behandelnden Ärzte wissen durften, welche Patienten der Experimental- und welche der Kontrollgruppe zugeordnet waren. Damit wollte man verhindern, dass die subjektive Erwartung der Patienten oder Ärzte das Ergebnis beeinflusste.
Ich zögerte kurz, aber irgendjemandem musste ich ja Vertrauen schenken, wenn ich mehr erfahren wollte.
«Holger, hör mal, es geht hier nicht darum, ob die methodischen Vorgaben einer Doppelblindstudie perfekt eingehalten werden können oder nicht. Es geht darum, dass möglicherweise jemand im Walmont Daten inklusive der Krankengeschichten gefälscht hat.»
Ich hörte wie Holger nach Luft schnappte. «Was? Du spinnst wohl, ich –.»
«Hör mir zu, Holger», unterbrach ich ihn in beschwörendem Ton, «es fällt mir auch nicht leicht, das zu glauben. Du weißt doch, dass ich nicht ohne Grund solche Vermutungen äußern würde.»
Holger blieb lange still, dann packte er die Unterlagen mit den Tabellen und erhob sich. «ARC kommt von Arctix, aber das

weißt du nicht von mir», hörte ich noch, bevor er hastig davon eilte.

***

Arctix! Endlich hatte ich eine konkrete Spur! Arctix war eine internationale Firma mit Sitz in Amsterdam, die unter anderem in der Medizinaltechnik tätig war. Und ich wusste, dass sie ein neues Hüftgelenk herausbringen wollten, von dem man sich Wunderdinge versprach. Ich wusste auch, wer mir mehr darüber sagen konnte.

Ich wählte die Nummer von Hans-Rudolf Kummer. Er arbeitete im Bundesamt für Gesundheit, Abteilung Epidemiologie und ansteckende Krankheiten.

Mein Anruf wurde umgeleitet und ich bekam zur Auskunft, das Herr Kummer den ganzen Freitagnachmittag abwesend sei und nächste Woche von Montag bis Mittwoch einen Kurs in Paris leite. Ungeduldig knallte ich den Hörer auf die Gabel.

Mein Gespräch mit Hans-Ruedi konnte auf keinen Fall bis nächsten Donnerstag warten. Am Samstag ging er immer schon in aller Herrgottsfrühe zum Angeln. Aber vielleicht konnte ich ihn am Sonntag zu Hause erreichen. Ich machte Schluss, legte die Krankengeschichten wieder in die Archivboxen, in der ich sie erhalten hatte, und schloss diese in meinem Hängeschrank ein.

***

Am Abend ging ich mit Helga ins Konzert. Stillschweigend hatten wir beschlossen, nicht mehr auf unseren Streit vom Donnerstagabend zurückzukommen. So sprachen wir über alles Mögliche, nur nicht über das, was mich beschäftigte.

Der große Saal des Konservatoriums war für einmal bis auf den letzten Platz besetzt, das Kammerorchester harmonierte hervorragend und der Cellist war nicht nur brillant, sondern auch eine Augenweide. Nach dem Schlussakkord trat eine Pause von

einigen Sekunden ein, dann fing jemand ganz allein zu klatschen an, Sekunden später donnerte der Applaus los. Stehend, laut und lange. Wir verließen den Konzertsaal wie elektrisiert.
Als wir bei meinem Fahrrad ankamen, schlug meine Stimmung plötzlich um.
Helga spürte meinen Stimmungswechsel sofort: «Du hast Angst, Lou!»
«Ja.»
Wir sahen uns einen langen Moment schweigend an.
«Ich weiß nicht, wie ich dir helfen kann, wenn du nicht darüber reden magst.»
Aber ich hatte definitiv keine Lust, das Ganze nochmals durchzukauen. Nicht in dieser Nacht. Nicht nach dieser herrlichen Musik. Helga umarmte mich zum Abschied und ich wünschte mir sehnlichst, die Zeit fünf Tage zurückdrehen zu können und an diesem verdammten Archiv vorbeizugehen.
Einfach vorbeigehen.

6 *Samstag · 8. August · 9.40 Uhr · 28 °C*

Frau Maurer zögerte einen Moment und fuhr dann mit festerer Stimme fort: «Ich kann das wirklich nicht verstehen, Georg hat nie Probleme mit seinem Herz gehabt. Im Gegenteil, sein Hausarzt hat gesagt, mit diesem Herzen könne er 200 Jahre alt werden.»

Sie lächelte bei dieser Erinnerung, während ihr gleichzeitig Tränen in die Augen schossen. Wir saßen in ihrem Wohnzimmer, das sich nicht verändert hatte, seit ich es das letzte Mal gesehen hatte.

«Auch die behandelnde Ärztin im Walmont hat nichts von chronischen Herzproblemen gesagt.»

«Sind Sie ganz sicher, Frau Maurer? Vielleicht haben Sie etwas nicht ganz verstanden?»

Sie schien einen Moment zu wachsen als sie sich ganz gerade aufrichtete. «Frau Beck, vergessen Sie nicht, dass ich eine Ausbildung als Krankenschwester habe. Ich bin zwar schon lange nicht mehr im Beruf tätig, aber ich weiß immer noch, wovon ich spreche. Georg hatte nie Symptome irgendeines Herzproblems, er hatte keinerlei Anzeichen einer Arteriosklerose, einen völlig normalen Blutdruck, einen tiefen LDL-Cholesterinspiegel und sein Glucosewert war ebenfalls in Ordnung».

«Es tut mir leid, ich wollte nicht …»

Sie unterbrach meine Entschuldigung mit einer energischen Handbewegung.

«Warum musste er eigentlich zu einer Kontrolle?», fragte ich sie. «Und warum haben sie ihn für die Kontrolle des Hüftgelenks in die Innere Medizin bestellt und nicht in die Orthopädie?»

«Ja, Sie haben recht, das war eigentlich komisch. Aber ich weiß, da war irgendetwas Spezielles mit dieser Nachkontrolle …, wenn es mir nur einfiele …» Frau Maurer dachte einen Moment nach und klatschte dann plötzlich laut in ihre Hände, so dass ich erschrocken zusammenzuckte.

«Ich weiß es wieder! Sie haben Georg für eine Forschungsstudie angefragt. Genau, das wars! Und deshalb haben sie auch zwei Nachkontrollen gemacht: um Daten für die Studie zu sammeln.»

«Was für eine Studie?», fragte ich hastig nach.

«Das ist schon lange her.»

«Sagt Ihnen der Name Arctix etwas?»

«Tut mir leid.» Sie schüttelte den Kopf.

«Wissen Sie, was Ihr Mann für ein Hüftgelenk erhalten hat?»

«Zufälligerweise ja. Unser Hausarzt war so überrascht von seinem plötzlichen Tod, dass er eine Obduktion vorschlug. Ich wollte den Bericht nicht lesen, aber er hat mir die wichtigen Fakten berichtet. Georg hat das in der Schweiz am meisten eingesetzte Gelenk erhalten, das übrigens noch nie zu irgendwelchen Herzproblemen geführt hat.»

Ich seufzte.

Herr Maurer hatte also – wenn überhaupt – an der Kontrollgruppe der Arctix-Studie teilgenommen. Sein Tod konnte logischerweise nichts mit dem neuen Hüftgelenk der Arctix zu tun haben. Wieder eine Sackgasse.

***

Kurz vor zwei Uhr betrat ich voller Spannung das Labor des Walmont. Natascha Kubik saß mit dem Rücken zu mir an einem kompliziert aussehenden Gerät und machte sich konzentriert Notizen. Sie sah kurz auf, als sie mich eintreten hörte.

«Komme gleich.»

«Was machst du denn eigentlich an einem so schönen Samstagnachmittag im Labor?», fragte ich sie, nachdem sie sich erhoben, ihren weißen Kittel ausgezogen und sich die obligate Gauloise angezündet hatte.

«Für diese Untersuchungsserie will ich meine Ruhe haben. Außerdem muss ich mit Salzsäure arbeiten, da kann ich kein ‹Geläuf› im Labor gebrauchen.»

Sie schaute kurz auf die große Wanduhr. «Also Lou, was willst du wissen? Ich habe jetzt genau 42 Minuten Zeit, bevor ich wieder zu meinem Gaschromatographen muss.»
«Stimmt es tatsächlich, dass du ebenfalls in Burkina Faso warst?»
«Mmmh. Das ist kein so großer Zufall, weißt du. Damals hatte die Schweiz viel weniger Entwicklungshilfeprojekte als heute. In Afrika waren es gerade zwei. In Burkina Faso waren die Gesundheitsexperten. Da konnte man mich besser brauchen als bei den Brunnenbauern. Aber genug von mir. Du bist ja wegen Max hier.»
«Ja … Weißt du, was Max damals in Burkina Faso zugestoßen ist? Und warum er sich von seiner Frau getrennt hat.»
«Getrennt? Er hat sich nicht von ihr getrennt.» Natascha beobachtete gedankenverloren den Rauch ihrer Zigarette, der schräg nach oben zog, in Richtung des Lüftungsabzugs über ihrem Labortisch. Dann begann sie zu erzählen.
«Als es geschah, war ich selbst nicht in Yatenga. Ich musste damals für zwei Wochen nach Ouagadougou wegen irgendwelcher administrativer Arbeiten. Ich weiß also nur aus zweiter Hand, was wirklich geschehen ist. Max und ich kannten uns damals schon seit einem guten Jahr und hatten eng in einem Projekt zur Verhütung von Cholera zusammengearbeitet. Ich hatte im Frühling 1977 mein Soziologiestudium abgebrochen und wusste nicht, wie weiter. Nach verschiedenen Jobs bin ich schließlich in Afrika gelandet und wurde Max‹ Team zugeteilt.»
Sie schlug ihre langen, wohlgeformten Beine übereinander und wippte nachdenklich mit der Sandalette, die perfekt zu ihrem maisgelben Chanel-Kostüm passte. Trotz der Hitze sah sie wie immer sehr gepflegt aus.
Dann lächelte sie, aber ihre Augen waren traurig. «Ich habe ihn beneidet. Er war so glücklich, so voller Optimismus und Energie. Und da war seine Frau … Rubina Mendez.»
Ihre Stimme war voller Wärme, als sie diesen Namen aussprach.
«Rubina war aus Puerto Rico. Das ist alles schon so lange

her …, ich weiß nur noch, dass sie eine wirklich schöne Frau war, großgewachsen mit leuchtenden Augen. Ein prächtigeres Paar habe ich nie gesehen. Und sie harmonierten wunderbar, obwohl sie gesellschaftlich gesehen überhaupt nicht zusammenpassten.»

«Max ist ja zum Glück noch nie ein Snob gewesen.»

Natascha lachte mich aus: «Dass du so ethnozentrisch bist, hätte ich nicht geglaubt, Lou! Das Recht zum Snob hätte Rubina gehabt, nicht Max! Schließlich ist er in irgendeinem Industriequartier von Toulon aufgewachsen, während sie aus einer der reichsten und angesehensten Familien Puerto Ricos stammte.»

Nach einer kurzen Pause fuhr sie fort: «Immerhin hatte Max damals schon eine steile ärztliche Karriere hinter sich. Obwohl er erst 30 Jahre alt war, galt er schon als begnadeter Chirurg, und die großen Spitäler buhlten alle um ihn: die Charité, das Johns Hopkins und sogar das Mount Sinai in New York haben –.»

«Moment mal. Stopp, Natascha!», unterbrach ich sie. «Was soll das heißen, er war ein begnadeter Chirurg? Sprichst du von Max LeBlond, der hier arbeitet?»

«Von wem denn sonst, meine Kleine?»

«Ja, aber …» Ich war völlig verwirrt.

«Nur wenige Leute wissen überhaupt, dass Max Chirurg war, und zwar einer der ganz Großen.»

Und zu diesen wenigen Leuten gehörte ich offensichtlich nicht. Ich fühlte mich verletzt und zurückgewiesen.

«Aber Max lässt sich von den Chirurgen des Walmont doch immer alles gefallen! Ich habe oft genug erlebt, wie er sich von ihnen als Bürolist verhöhnen lässt.»

«Nach Yatenga hat Max ein völlig neues Leben angefangen. Er hat versucht, alles zu vergessen, was vorher war.»

«Was ist geschehen?», fragte ich drängend nach.

«Max hatte sich entschlossen, zunächst einmal drei Jahre als Arzt in der Entwicklungshilfe zu arbeiten. Er wurde nach Burkina Faso entsandt. Damals hieß das Land ja noch Obervolta. Man lebt erbärmlich und stirbt früh in dieser Gegend, aber die Burkinaber sind immerhin bekannt dafür, dass sie offen, ehrlich

und anständig sind. Es heißt, Regierung und Verwaltung seien unbestechlich, was selten ist für ein afrikanisches Land.
Max hatte Rubina bei einem Vorbereitungsseminar der WHO in New York kennen gelernt. Sie war dort als Spezialistin für afrikanische Sprachen. Die beiden hatten alle Hebel in Bewegung gesetzt, um im gleichen Projekt arbeiten zu dürfen. Und so kamen sie 1976 nach Obervolta.»
«War das nicht während der großen Hungersnot in der Sahelzone?», fragte ich.
«Nein, die große Dürre dauerte von 1969 bis 1974. Im Jahr 1973, auf der Höhe der Katastrophe, sind mehr als hunderttausend Menschen verdurstet und verhungert. Die meisten Dörfer haben sich von dieser Naturkatastrophe nie mehr ganz erholen können. Ihre Lebensgrundlage war ja ebenfalls zu einem großen Teil vernichtet worden: die Rinder verhungert und die Pflanzungen verdorrt. Viele Dörfer kämpfen jedes Jahr aufs Neue um ihr Überleben. Das war vor bald dreißig Jahren so, als wir dort ankamen. Und das ist heute immer noch so.»
Das Klingeln des Telefons unterbrach unser Gespräch. Natascha erhob sich, kontrollierte auf dem Display die Nummer des Anrufers an und ließ es dann klingeln.
«Die Gesundheitssituation der Bevölkerung war miserabel, als wir dort waren. Es grassierten Malaria, Lepra, die Schlafkrankheit und vor allem die Flussblindheit. Es gab nur fünf Spitäler im ganzen Land, das heißt, weniger als ein Spital auf eine Million Einwohner!»
«Das wären umgerechnet für die ganze Schweiz sechs Spitäler, dabei haben wir allein im Kanton Bern schon vierzig!»
«Dazu kam, dass alle Ärzte in der Stadt arbeiten wollten. Die Landbevölkerung hatte fast gar keine medizinische Versorgung. Ich habe Dörfer gesehen, in denen jeder Fünfte von der Flussblindheit betroffen war. In einer Familie waren Mutter, Vater und zwei der drei Kinder vollständig erblindet. Nur das siebenjährige Mädchen konnte noch sehen und den anderen helfen. Kannst du dir ein solches Leben vorstellen?»
Ich schüttelte verneinend den Kopf.

Natascha drückte energisch ihre Gauloise aus und zündete sich sofort eine neue an.
«Dass Rubina schwanger war, haben wir erst kurz vor dem Unglück erfahren. Sie war damals im siebten Monat und konnte ihren Bauch auch in den weiten Röcken, die damals Mode waren, nicht mehr verbergen. Max platzte fast vor Stolz und wir freuten uns mit ihnen. Dann, in den zwei Wochen als ich weg war, passierte es. Rubina erkrankte an einer schweren Präeklampsie.»
«War da nicht kürzlich ein Artikel darüber im *Lancet*?»
«Man weiß heute, dass es sich um eine fehlgeleitete Immunreaktion handelt. Der Körper der Mutter toleriert die Plazenta nicht mehr als eigenes Gewebe und reagiert darauf, wie auf eine starke Entzündung. Die Reaktion des Organismus ist so stark, dass die Mutter innerhalb weniger Stunden sterben kann.»
«Und was kann man dagegen tun?»
«Es gibt nur eine Therapie: Die Schwangerschaft muss abgebrochen werden.»
«Aber das Kind? Was passiert mit dem Kind?»
«Manchmal kann man den Kaiserschnitt noch ein, zwei Tage hinauszögern, um bei den Kleinen die Lungenreifung voranzutreiben. Dann haben sie eine etwas größere Chance zu überleben. Aber das geht nur in einem gut ausgestatteten, modernen Krankenhaus. Rubina und Max waren aber in Yatenga, in der Savanne, 600 Kilometer vom nächsten Spital entfernt. Und zwar 600 Kilometer unbefestigter Straße voller Schlaglöcher, unwegsamen Teilen und riskanten Flussüberquerungen.»
«Max hatte doch sicher eine medizinische Ausstattung vor Ort.»
«Aber sicher», antwortete Natascha in zynischem Ton. «Er verfügte über die Grundausrüstung, die für die lokale Bevölkerung nach den Vorgaben der WHO für Entwicklungsländer zu genügen hatte. Ein Stethoskop, eine kleine Auswahl an Medikamenten, einige Packungen steriler Verbände. Und er hatte seine eigene Skalpellsammlung mitgenommen. Aber keinen sterilen

Operationsraum, keine Operationsschwestern, keine Anästhesisten, keine modernen Überwachungsgeräte, keine Narkosevorrichtung und auch kein Beatmungsgerät. Nichts davon, was er für diesen Kaiserschnitt eigentlich gebraucht hätte. Und außerdem sollte ein Ehemann und Vater niemals eine solche Operation ausführen müssen.»

Natascha schwieg. Ein Widerschein von Bitterkeit und Qual zeigte sich in ihrem sonst so ruhigen Gesicht. Die Geschichte bewegte sie noch immer.

«Er hat zu lange gezögert», fuhr sie endlich fort. «Rubina ist verblutet. Die Präeklampsie zerstörte immer mehr von ihren Thrombozyten, so dass die Blutgerinnung nicht mehr funktionieren konnte. Als er sich endlich voller Verzweiflung doch noch zur Operation entschieden hatte, war es zu spät. Sie ist unter seinen Händen verblutet. Man hat mir erzählt, das Kind habe aus eigener Kraft noch drei Stunden geatmet, sei dann aber von dieser Anstrengung immer müder geworden und schließlich gestorben.»

«Das ist ja furchtbar. Der arme Max!»

«Max ist zwei Tage nach Rubinas Tod aus Yatenga verschwunden. Ich wusste jahrelang nicht einmal, ob er noch am Leben ist.»

In diesem Moment öffnete sich die Türe des Labors und ein von der langen Wochenendschicht sichtlich erschöpfter Assistenzarzt trat ein, nickte uns wortlos zu und zündete sich eine Zigarette an.

«Er hat danach nie wieder ein Skalpell in die Hand genommen», beendete Natascha ihre Erzählung mit gedämpfter Stimme und erhob sich dann, um wieder an ihre Arbeit zu gehen.

***

Zu Hause stellte ich fest, dass meine Wohnung ein einziger Saustall war. Ich suchte mir eine ZZ Top-CD raus und drehte die Lautstärke auf. Dann räumte ich auf, putzte die Böden, holte die Flasche mit dem Leinöl hervor, ölte meinen Eichentisch und fühlte mich danach etwas besser.

Die ganze Zeit ging mir die Geschichte von Max durch den Kopf. Ich war bestürzt und gleichzeitig musste ich mir eingestehen, dass ich auch wütend war. Wie war es möglich, dass er mir nie ein Wort davon erzählt hatte? In all diesen Jahren?
Eine Stunde bevor ich zu meinem Essen mit Laval aufbrechen musste, war es immer noch gnadenlos heiß. Ich duschte und zog mich um. Sobald ich angezogen war, fühlte ich, wie sich der erste Schweißtropfen zwischen meinen Brüsten bereits wieder einen Weg nach unten bahnte.
Ich hatte für diesen Abend ein T-Shirt gewählt, das ich vor zwei Monaten in London gekauft hatte. Es war schwarz, tailliert geschnitten und mit einem vollen Mond auf der Brust. Dazu trug ich eine weite, schwarze Leinenhose.
Etwas verspätet erreichte ich die ‹Wasseramsel›. Laval stand bereits vor dem Eingang und wartete.
«Sorry, dass ich Sie hab warten lassen.»
«Sie sehen großartig aus.»
Er begrüßte mich wieder mit Wangenkuss, diesmal ohne peinliche Komplikationen. Ich ärgerte mich über mein Herzklopfen.
«Gehen wir in den Garten?»
«Wenn wir noch einen Platz finden, gerne.»
Die Gartenterrasse der ‹Wasseramsel› ist sehr beliebt, da sie direkt an der Aare gelegen ist. Ich schnupperte – und da war er, dieser unverkennbare, mächtige Geruch nach Fluss, eine Mischung aus Moos, Algen und nassen Steinen. Ich atmete freier. Die Luft hier unten war frischer und kühler.
In den ersten zehn Minuten hielten wir uns an das momentan vorherrschende Konversationsthema: die andauernde Hitze, wie viel Liter Wasser man in einer Stunde trinken konnte und ob es besser war, lauwarm oder eiskalt zu duschen.
Endlich kam der Kellner mit den Getränken. Ich hatte eine Flasche 2002-er *Grain blanc* von Marie-Thérèse Chappaz bestellt. Der Wein war köstlich: Kräftig und dennoch voller Frische. Einen Moment überlegte ich, ob ich mit Laval ‹Duzis› machen sollte. Aber das ‹Sie› fühlte sich besser an, gab mir Distanz und Sicherheit.

Ich erzählte Laval von dem Programm, das vom Bundesamt für Gesundheit entwickelt worden war, um Hitze-Todesfälle zu vermeiden. Er stellte interessiert Fragen, und ich genoss es auch dieses Mal, ein so intelligentes Gegenüber zu haben.
Während des Essens sprach er von einem schwierigen Fall in seiner Abteilung. Mir ging wieder der tragische Tod von Max‹ Frau und Kind durch den Kopf, und so hörte ich Lavals Ausführungen nur mit halbem Ohr zu.
«Stimmt etwas nicht? Ist Ihnen vielleicht nicht ganz wohl?», fragte er mich irgendwann.
Ich seufzte. «Ich fühle mich wunderbar, keine Sorge. Es geht mir nur viel durch den Kopf.»
«Privat oder beruflich?», erkundigte er sich mit einem unsicheren Lächeln.
«Beruflich. Ich weiß nicht, ob ich Ihnen davon erzählen soll, das Ganze ist entsetzlich verworren.»
«Vielleicht hilft es ja, die Verworrenheit zu klären, wenn Sie mit jemandem darüber sprechen.»
«Mmh … Das ist möglich. Ich brauche aber Ihr Versprechen, alles vertraulich zu behandeln.»
«Ich verspreche es», sagte er in ernstem Ton. Ich zögerte abermals. Nach kurzem inneren Ringen setzte sich schließlich das dringende Bedürfnis, mein Wissen mit einer Fachperson zu diskutieren, gegen meine Vorsicht durch und ich erzählte Laval in knappen Worten, was ich in den letzten Tagen über die Todesfälle im Walmont erfahren hatte. Über die gefälschten Diagnosen in den Krankengeschichten der Toten konnte ich Laval allerdings nichts sagen, ohne zugeben zu müssen, dass ich mir diese Dossiers unbefugterweise organisiert hatte.
«Und dieser Herr Maurer hatte keine Vorgeschichte mit seinem Herzen und auch keine Probleme mit seinem Hüftgelenk?», fragte er dann, nachdem er einige Zeit nachgedacht hatte.
«Ich bin sicher, dass seine Frau das richtig in Erinnerung hat.»
«Ein Fehler aus Unaufmerksamkeit scheint mir eher unwahrscheinlich», meinte er. Das war für mich nicht gerade eine neue Erkenntnis. Aber was steckte hinter dem Ganzen?

Wir diskutierten ausführlich über einen möglichen Zusammenhang mit der Arctix-Studie, kamen aber auf keine schlüssige Idee. Als Geriater hatte er natürlich von dem revolutionären Hüftgelenk der Arctix gehört, war aber wegen der zu erwartenden Zusatzkosten kritisch eingestellt.

«Hat Ihre Abteilung sich an der Arctix-Studie irgendwie beteiligt?», fragte ich ihn.

«Nein, die Geriatrie ist nicht involviert, da kann ich Ihnen leider nicht weiterhelfen. Aber Sie sollten unbedingt die Original-Krankengeschichten der Toten einsehen. Darin stehen viel mehr Details. Ich habe Zugang zu den KGs. Soll ich Ihnen die Dossiers organisieren?»

Das war ein heikles Thema.

Ich machte eine unbestimmte Handbewegung, nahm einen großen Schluck aus meinem Weinglas, bevor ich subtil – wie ich dachte – das Thema wechselte: «Sie haben erwähnt, dass Sie aus einer berühmten Chirurgenfamilie stammen. Erzählen Sie mir bitte mehr von Ihrem Vater?»

Lavals Gesicht verschloss sich von einer Sekunde zur anderen. Die tanzenden Lichter in seinen Augen waren erloschen, seine eben noch sinnlichen Lippen zusammengepresst.

«Was soll denn jetzt diese Frage? Misstrauen Sie mir vielleicht?»

Ich wusste nicht, was ich darauf antworten sollte, und so schwieg ich.

«Sie scheinen keine sehr hohe Meinung von mir zu haben, Frau Beck. Aber lassen wir das», meinte er dann mit kühler Stimme.

Ich wartete darauf, dass er aufstehen, die Rechnung begleichen und gehen würde. Aber dann gab er mir erstaunlicherweise doch noch eine Antwort auf meine Frage: «Unter chirurgie.ch finden Sie alles, was es über meinen Vater zu wissen gibt: seinen Lebenslauf, seine Karriere und jede verdammte Einzelheit seiner Operationstechniken», warf er mir patzig hin. «Oder wollen Sie die Homestory? Bitte sehr: *Gentleman Switzerland,* Ausgabe vom März. Mit Fotos. Sogar vom Hund.»

Ich ignorierte den Fehdehandschuh, den er mir vor die Füsse geklatscht hatte.

«Wenn Ihr Vater ein solches Tabu darstellt ...»
«Darum geht es nicht!»
« ... dann erzählen Sie mir bitte etwas über das Leben ihres Großvaters.»
Laval fummelte am Stil seines Weinglases herum und nahm dann einen großen Schluck.
«Also gut, wenn Sie darauf bestehen», antwortete er etwas versöhnlicher.
«Mein Großvater war ein echtes Original. Sie wissen ja bereits, dass ich Kanadier bin. Meine Familie stammt aber ursprünglich aus Frankreich. So viel ich weiß, ist Ende des 17. Jahrhunderts ein gewisser Jean-Rudolphe de Laval, ein verarmter Adliger, nach Akadien ausgewandert, um dort sein Glück zu machen. Danach weiß man nichts Genaues mehr, außer dass das Geschlecht der Laval die nächsten 200 Jahre irgendwie im heutigen Gebiet von Quebec überlebt und berüchtigte Waldläufer hervorgebracht hat.»
«Waldläufer?»
«Einige der französischen Kolonisten in Kanada wurden zu sehr geschickten und sogar von den Indianern bewunderten Jägern und Fallenstellern. Sie haben in den Wäldern gelebt und sind vielleicht zweimal pro Jahr zum Handeln in die Stadt gekommen. John Laval, mein Ur-Urgroßvater war ein solcher Waldläufer. Er ist mit Biberfellen reich geworden, hat aber nie anders als in einer Blockhütte gelebt. Er war mit einer Frau vom Stamm der Cree verheiratet. Sie sehen, ich habe sogar ein wenig Indianerblut in meinen Adern.»
Er sah mich forschend an und die Nähe zwischen uns war urplötzlich wieder da. Wie ein Kippschalter. An, ab, an, ab.
«Waren solche Mischehen zu dieser Zeit üblich?»
«Bei den französischen Waldläufern eigentlich schon. Die Engländer haben uns deswegen verachtet.»
«Sie sehen tatsächlich etwas indianisch aus, finde ich.»
Laval setzte zu einer Frage an und besann sich dann anders. Es entstand eine verlegene Pause, während der unsere Augen ineinander verfangen waren.

«Und wie wird aus einer Waldläuferfamilie eine angesehene Arztfamilie?», nahm ich das Thema wieder auf.

«Die Familie wurde reich und dann hat man sich verbessern wollen. Aus fachlicher Sicht besteht eigentlich kein so großer Unterschied zwischen einem Chirurgen und einem Jäger.»

Ich sah ihn zweifelnd an. «Ich nehme an, dass Jäger sich nicht mit Mikrochirurgie und Laser auskennen müssen.»

«Mein Großvater ist 1905 geboren und hat seinen Beruf etwa 1935 ergriffen. Damals hat man die modernen chirurgischen Techniken noch nicht gekannt. Gefragt war eine kräftige, ruhige Hand und gute Anatomiekenntnisse. Er war ein mutiger und gleichzeitig bescheidener Mann, der keine Angst vor dem Tod hatte.»

Aus seiner Stimme klang Stolz und Bewunderung. Er lächelte mir aufmunternd zu: «Nun möchte ich aber endlich etwas von Ihren Vorfahren erfahren: Erzählen Sie mir von Ihren Großeltern.»

«Ach nein, meine Familiengeschichte ist lange nicht so spannend wie die Ihre.»

«Seien Sie kein Feigling!»

Er sah mich erwartungsvoll an und ich begann etwas widerwillig.

«Ich warne Sie, ich habe keine Adligen und auch keine Waldläufer vorzuweisen. Meine Großeltern mütterlicherseits sind früh gestorben. Der Vater meines Vaters – wie soll ich ihn beschreiben? Großvater war kaum größer als ich und ein lustiger Kerl. Er war ein ‹Verdingbub› aus dem Entlebuch. Von dieser Zeit weiß ich nichts. Sein Leben habe erst begonnen, als er in Basel bei einem Sattler in die Lehre gehen durfte, erzählte er immer. Wie es ihm gelungen ist, nach Basel zu kommen, bitterarm wie er war, wissen wir nicht. Jedenfalls hat er jahrelang als Sattler für den ‹Zolli› Basel gearbeitet.»

«Was hat er denn da gemacht? Sättel für die Elefanten?» Laval lachte.

«Sicher. Und Zaumzeug für die Lamas und Zebras und natürlich auch Polsterarbeiten für die Stühle im Restaurant und so.

Nebenbei hat er im Hof unseres Hauses eine Velowerkstatt geführt und am Abend die Velos aus dem Quartier repariert. Er hat zeitlebens ‹gekrampft›.»
«Sie haben ihn gemocht?»
«Oh ja.» Mein Großvater war der einzige Verwandte, den ich hatte lieben können, ohne gleichzeitig wütend zu sein. Aber das sagte ich Laval nicht.
«Er hatte seine Sattlerwerkstatt direkt neben dem alten Giraffenhaus. Als Kind durfte ich ihn ab und zu besuchen. Bei schönem Wetter stellte er jeweils seinen Tisch nach draußen, so dass ihm die Zoobesucher bei der Arbeit zuschauen konnten. Und viele sind stehengeblieben und haben sich mit ihm unterhalten. Über seine Arbeit, über die Giraffenfamilie, von der er fünf Generationen gekannt hatte, über den Silberrücken, der dem Zoodirektor als junger Gorilla den Daumen abgebissen hatte und später schwermütig geworden war.»
Ich lachte verlegen. «Da haben Sie den Salat, ich fange an von schönen Kindheitserinnerungen zu schwärmen.»
«Es gibt genügend grausame, absolut furchterregende oder traurige Kindheitserinnerungen. Ich liebe schöne Kindheitserinnerungen. Ich bitte Sie, fahren Sie fort.»
Wir nahmen beide einen Schluck Wein. Es passierte mir selten, dass ich mich in Gesellschaft eines Fremden so entspannt und wohl fühlen konnte.
«Wissen Sie, wie Leder von Hand genäht wird? Haben Sie schon einmal zugeschaut?», fragte ich Laval. Er schüttelte den Kopf.
«Zunächst werden die beiden Lederhäute eingespannt, dann werden in regelmäßigen Abständen mit einer spitzen Aale kleine Löcher ins Leder gebohrt. Der Faden ist speziell geformt, er ist breit und flach und muss vor dem Nähen mit Wachs geschmeidig gemacht werden. Immer wenn ich dort war, durfte ich diesen Teil der Arbeit übernehmen. Dann fädelte Großvater die Fadenenden in zwei große Nadeln ein und führte sie immer übers Kreuz durch die Löcher. Er kam schnell voran mit seiner Arbeit trotz der Ablenkung durch die vielen Besucher. Seine

Bewegungen waren immer ruhig, sparsam und vollkommen. Nie machte er eine unnötige Bewegung, nie gab es eine Unregelmäßigkeit. Ich habe es geliebt, ihm zuzuschauen. Als Kind wollte ich unbedingt auch Sattler werden.»

«Sie können ja immer noch umsatteln, wenn Sie möchten.»

Ich lachte über sein Wortspiel. In diesem Augenblick hätte ich wohl über alles lachen können, was Laval sagte. Ich hatte eindeutig zu viel getrunken.

«Und Ihr Vater? Erzählen Sie auch von ihm?», fragte Laval nach einer kurzen Pause.

Ich sprach nicht gerne über meinen Vater – mit niemandem.

«Unter meinen Vorfahren gab es ab und zu auch eine Frau, wissen Sie. Ich habe gar nicht gedacht, dass Sie eine so patriarchalische Sichtweise haben», sagte ich mit vorwurfsvoller Stimme.

Lavals Gesichtsausdruck wechselte von perplex über verärgert zu erstaunt. Dann fuchtelte er wild mit den Händen: «Aber nein, nein, so war das doch nicht gemeint. Entschuldigen Sie bitte.»

Er sah ziemlich verwirrt aus und ich hätte ihn in diesem Moment am liebsten geküsst. Ich spürte, dass ich rot wurde. Verlegen wandte ich mich ab, verlangte die Rechnung und kramte auf der Suche nach meinem Portemonnaie lange in meinem Rucksack herum.

Wir verabschiedeten uns in aller Förmlichkeit, schauten uns dabei aber zu lange in die Augen.

Lavals Worte und der Klang, in dem sie gesprochen worden waren, begleiteten mich auf dem Nachhauseweg und ich spürte der intensiven Nähe und Intimität nach, die sich zwischen uns entwickelte. Seit Jahren hatte ich mich nicht mehr zu einem Mann hingezogen gefühlt. Es schien unausweichlich, dass Laval und ich uns nahekamen, und gerade diese Unausweichlichkeit machte mir Angst.

7 *Sonntag · 9. August · 11.20 Uhr · 31 °C*

Den Sonntag verbrachte ich damit, Zeitung zu lesen und den Berg Wäsche zu waschen, der sich angesammelt hatte. Zwischendurch nahm ich eine Dusche und patschte dann tropfnass aus der Badewanne, wickelte ein Tuch um mich und setzte mich zum Trocknen in meinen Schaukelstuhl. Während ich weitere Haushaltsarbeiten verrichtete, dachte ich über Max nach. Bislang hatte ich die schwierigere Seite meines Chefs einfach als Teil seiner Persönlichkeit akzeptiert. Er war ja als Sonderling bekannt. Das ‹Warum› hatte mich nie interessiert. Mit einem Mal machten seine häufigen Depressionsschübe, seine seltsame Hilflosigkeit in den Auseinandersetzungen mit arroganten Chirurgen oder seine bisweilen fast mit Händen greifbare Einsamkeit Sinn.

In den letzten Jahren hatten meine Bewunderung und meine Dankbarkeit Max gegenüber immer mehr Risse bekommen, ich war ungeduldig geworden, hatte begonnen, ihn wegen seiner Unentschlossenheit und Bescheidenheit zu verachten. Jetzt glaubte ich zu verstehen. Max hatte all diese Jahre versucht, die Vergangenheit zu überwinden und zu vergessen.

Am späten Nachmittag versuchte ich Hans-Ruedi Kummer zu erreichen. Ich hatte Glück.

«Hallo Hans-Ruedi. Hier ist Lou Beck. Wie geht es dir? Hast du gestern etwas gefangen?»

«Hallo Lou. What a surprise!»

«Was macht dein Hitze-Alarmsystem?»

«Ich bin gerade daran, ein neues Modell zu basteln. Letztes Jahr hatten wir nur 62 Tote zu verzeichnen. Vier Fehlalarme sind aber zu viel, Feuerwehr und Polizei waren nicht begeistert von der Mehrarbeit. Big trouble.»

Ich schmunzelte. Hans-Ruedi konnte es einfach nicht lassen,

englische Floskeln einzubauen, ein Überbleibsel aus seiner Studienzeit in Berkeley.
Kummer war in erster Linie für die Überwachung der meldepflichtigen Krankheiten der Schweiz, sogenannte MEPs, zuständig. Man fand auf dieser Liste die Geißeln der Vergangenheit wie Pest, Cholera, Pocken und die wiederauferstandene Tuberkulose, aber auch immer mehr neuartige Krankheiten wie Sars. Sein besonderes Interesse lag jedoch in der Entwicklung eines Alarmsystems für gefährliche Hitzeperioden. Im Sommer 2003 hatte es in der Schweiz etwa 250 Hitzetote gegeben. Menschen, die an Dehydration, Herz- oder Kreislaufversagen gestorben waren, verursacht durch eine extreme Hitzeperiode. Risikogruppen waren vor allem alte Menschen, deren Organismus bereits geschwächt war, die vereinsamt lebten und deshalb niemanden hatten, der sich um sie kümmerte.
Im November 2003 hatte Hans-Ruedi seinen Alarmdienst eingerichtet, der ein komplexes Netz von Polizei, Feuerwehr, freiwilligen Helfern und Spitex-Organisationen in Gang setzte. Seither hatte sich die Anzahl der Toten drastisch reduziert.
«Hans-Ruedi, ich habe eine Frage.»
«Das tönt ernst. Ist es eine berufliche oder eine private Frage?»
«Eine berufliche. Du hast doch damals am Unispital Basel an dieser Kohortenstudie zu den Langzeiteffekten der Hüftgelenksprothesen mitgearbeitet.»
Ein bestätigendes Knurren kam durch den Hörer. Hans-Ruedi hatte sich mehrmals bei mir beklagt, wie unglaublich mühsam die Durchführung einer solchen Kohortenstudie war. Das Besondere daran: Die gleichen Personen wurden während längerer Zeit beobachtet, um abzuklären, wie sich ihr Gesundheitszustand, ihre Krankheit oder in diesem Fall ihr Hüftgelenk entwickelte. Das war das beste Forschungsdesign, um komplexe Fragen über Langzeiteffekte beantworten zu können. Gleichzeitig war es teuer und schwierig, weil man im Verlauf der Studie möglichst keine der Versuchspersonen verlieren durfte. Und da zeigte sich dann, wie wankelmütig und unberechenbar Menschen waren: Alte Menschen, die seit vierzig Jahren am gleichen

Ort gewohnt hatten, entschieden sich vier Monate nach Beginn der Studie, nun doch zu ihrem Cousin nach Südafrika auszuwandern. Andere gingen plötzlich zu einem Geistheiler, der jegliche Forschung ablehnte und den Leuten erzählte, dass Ultraschalluntersuchungen dem dritten Chakra schadeten. Eine Frau war nicht mehr zu den Untersuchungen gekommen, weil sie starke Schmerzen in der operierten Hüfte hatte. Aus Furcht vor einer zweiten Operation weigerte sie sich, in die Nachkontrolle zu kommen.

«Bist du noch auf dem Laufenden, was die Hüftprothesen angeht?»

«Was willst du wissen?»

«Ich möchte wissen, ob du die Studie von Arctix kennst, an der das Walmont beteiligt ist.»

«Ich habe keine Ahnung, wie die Studie läuft, aber den Forschungsplan kenne ich. Ich musste vor Jahren eine Stellungnahme dazu schreiben. Why?»

«Gibt es da irgendetwas Besonderes, etwas das dir aufgefallen ist?»

«Lass mich überlegen … Arctix …, Studiendesign, zwei Treatment- und zwei Kontrollgruppen, Stichprobe, Analysemethoden …, alles ganz klassisch. Nun …, neu ist eigentlich nur, dass sie gleichzeitig mit dem Gelenk auch ihr neu entwickeltes Medikament Eterna2 testen.»

«Eterna2?»

«Arctix geht dabei neue Wege, und zwar clevere Wege. Das Medikament ist entwickelt worden, um die Verträglichkeit und Lebensdauer ihrer – und ausschließlich ihrer – Hüftprothese zu verbessern.»

«Wie soll denn das funktionieren?»

«Da musst du schon einen Pharmakologen fragen. Anyway, sie wollen jedenfalls das Duo-Paket verkaufen: Prothese und Medikament, welche das bestmögliche Resultat für den Patienten bringen», fuhr Hans-Ruedi in leicht ironischem Ton fort.

«Und was ist der Haken dabei?»

«Nomen est omen. Eterna bezieht sich nicht nur auf die Lebensdauer der Prothese.»

«Was heißen soll?»
«Sie empfehlen, dass man das Medikament nach der Operation lebenslang einnimmt. Und es wird ohne Zweifel sackteuer sein.»
«Ich sollte doch noch Pharma-Aktionärin werden.»
Ich versuchte vergeblich, diese Information in einen Zusammenhang mit meinen Daten zu bringen.
«Die Studie beruht auf vier verschiedenen Patientengruppen», fuhr Hans-Ruedi fort. «Die Treatmentgruppe eins mit Arctix-Hüftgelenk und Eterna; die Treatmentgruppe zwei mit Arctix-Hüftgelenk und Placebo; Kontrollgruppe eins mit herkömmlichem Hüftgelenk und die Kontrollgruppe zwei mit Spitalpatienten, die bezüglich Alter, Geschlecht und gesundheitlichem Zustand den Treatmentgruppen entsprechen».
«Wie kann man eigentlich eine Doppelblindstudie mit künstlichen Hüftgelenken durchführen?», fragte ich ihn.
«Doppelblind bezieht sich hier streng genommen nur auf das Experiment mit Eterna2. Da wissen weder die Patienten noch die behandelnden Ärzte, ob Eterna2 oder ein Placebo eingenommen wird. Beim Hüftgelenk haben sie versucht, möglichst weitgehend die Vorgaben zu erfüllen. So weit ich mich erinnern kann, werden die Nachkontrollen nicht von den operierenden Orthopäden oder Chirurgen durchgeführt, sondern von Internisten, die nicht informiert sind, welches Modell die Patienten erhalten haben.»
Das war also die Erklärung dafür, dass Georg Maurers Nachkontrolle auf der Inneren Medizin vorgenommen worden war.
«Ist dir sonst noch irgendetwas aufgefallen?»
«Nein, eigentlich nicht … Wait a second! Es ist die erste Studie in der Schweiz, für die ein eigener Ethikrat einberufen wurde. Das hat mich erstaunt. Ich nehme an, Arctix wollen ihren schlechten Ruf rehabilitieren.»
Sofort war ich hellwach. Das war das erste Mal, dass ich irgendetwas Negatives über Arctix hörte.
«Welcher schlechte Ruf?»
«Du kennst doch die Geschichte von Sir Edward Hills ‹Letters to the Editor›?»

«Nein, kenne ich nicht. Was hat Sir Hill mit Arctix zu tun?», fragte ich ungeduldig.
«Calm down, my love! Weshalb bist du eigentlich so nervös?»
«Ich habe keine Zeit, dir die Details zu erzählen, aber ich habe Probleme bei der Arbeit. Ernsthafte Probleme.»
«Take it easy, sweetheart. Also ich komme auf Hill zurück. Hill ist ja einer der bekanntesten zeitgenössischen Statistiker.»
Normalerweise fand ich Hans-Ruedis bedächtige Art tröstlich und beruhigend, aber an diesem Sonntag hätte ich ihn am liebsten geschüttelt. «Das weiß ich, Hans-Ruedi. Hill ist mir ein Begriff.»
Hans-Ruedi riss sich zusammen und konzentrierte sich auf die wesentlichen Elemente seiner Geschichte. Anscheinend hatte Philipp Morris den Statistiker Hill angeheuert, um alle epidemiologischen Studien, welche die schädliche Wirkung des Rauchens nachweisen wollten, auf noch den kleinsten Schwachpunkt abzusuchen. Keine Studie kann je perfekt sein, also fand Hill immer etwas, das man kritisieren konnte. Daraufhin sandte Hill dem Herausgeber der Fachzeitschrift, die den Artikel publiziert hatte, einen sogenannten ‹Letter to the Editor›. Darin ging er auf die Studie ein und kritisierte deren Methodik heftig. Der ‹Letter to the Editor› wurde dann in der nächsten Nummer ebenfalls publiziert, schließlich stammte er ja von Hill.
Die Zigarettenindustrie konnte auf diese Weise während mehr als zehn Jahren jede Studie in Zweifel ziehen, die Rauchen mit Lungenkrebs oder mit Herzkrankheiten in Verbindung brachte.
«Und Hill hat sich einfach von Philipp Morris kaufen lassen?», fragte ich ungläubig.
«Ich nehme an, er hat ganz gut verdient dabei. Big money, baby!»
«Und was hat das mit Arctix zu tun?»
«Die haben das Gleiche getan. Natürlich in bescheidenerem Rahmen. Mit Prothesen verdient man ja etwas weniger gut als mit Nikotin. Sie haben sich Gurlitz gekauft, den deutschen Statistiker. Jede Studie, die ihr damaliges Spitzenprodukt Arc

Neo-12 mit unerwünschten Nebenwirkungen in Verbindung gebracht hatte, wurde von Gurlitz vernichtend kritisiert. Ich habe übrigens eine Sammlung von solchen gekauften ‹Letters to the Editor› angelegt.»

«Ich verstehe nicht, dass die Herausgeber von wissenschaftlichen Zeitschriften solche gezielten Störaktionen der Industrie tolerieren.»

«Was sollen sie tun? Die Wissenschaft lebt ja gerade davon, dass gestritten wird. Außerdem konnte nie jemand Beweise vorlegen, dass Hill gekauft war.»

Ich dankte Kummer, versprach ihn anzurufen, sobald die Krise überstanden war und machte mir anschließend Notizen über das Gespräch. Ich hatte keine Ahnung, wie diese Informationen in einen Zusammenhang mit meinen Toten zu bringen waren. Aber dass Arctix bereit war, unsaubere Wege einzuschlagen, fand ich sehr interessant.

8 *Montag · 10. August · 7.30 Uhr · 29,8 ° C*

Als ich um halb acht ins Büro kam, stieß ich erstaunt auf Max, der mich mit einem vergnügten «Bonjour, Madame» begrüßte. Noch nie hatte ich ihn so früh bei der Arbeit angetroffen. Ich berichtete kurz über meine Fortschritte in den letzten Tagen und dass ich mir die Krankengeschichten organisiert hatte.
«Wie hast du das geschafft?», fragte er mich mit gerunzelter Stirne.
«Ganz legal, Max, mach dir keine Sorgen», gab ich zur Antwort, was ja nicht eigentlich gelogen war, schließlich hatte ich die Dinger nicht gestohlen.
«Also dann, wir sehen uns am Nachmittag», und schon war er wieder in seinem Büro verschwunden. Max hatte mir in letzter Zeit wirklich gefehlt. Heute würde ich ihn darauf festnageln, dass er mir Hilfe versprochen hatte. Ich musste mich beeilen, vor unserer Besprechung wollte ich noch einiges abklären.
In meinem Büro öffnete ich das verschlossene Hängeregister und wuchtete den dicken Packen mit den Krankengeschichten der Toten auf meinen Tisch.
Ich wollte die Dossiers erneut durchgehen, um zu überprüfen, ob mir vielleicht noch mehr Ungereimtheiten auffallen würden als die gefälschten Hauptdiagnosen. Ich blätterte langsam alles durch, ohne zu wissen, wonach ich eigentlich suchte, ging wieder einige Seiten zurück, verglich Alter, Geschlecht, Wohnort und Versicherungsklasse der Patienten, Dauer des Aufenthaltes, Art der diagnostischen Untersuchungen. Nichts. Ich fand keine weiteren Gemeinsamkeiten.
Aber …, da war doch etwas … Ich schloss die Augen und konzentrierte mich. Etwas war mir beim Durchblättern aufgefallen. Etwas, das ich zunächst als nebensächlich betrachtet hatte.
Nochmals ging ich die Krankengeschichten durch – und dann

erkannte ich ein Muster: der Zeitpunkt des Todes. Die meisten Todesfälle traten in eng begrenzten Zeitfenstern auf. Zufall? Hastig sortierte ich die Berichte nach diesem Kriterium und ging sie nochmals durch.

Fünf Todesfälle waren in der kurzen Zeitspanne vom 2. bis 7. März eingetreten. Eine Grippewelle? Dann trat eine Pause von mehreren Wochen ein bis zur nächsten zeitlichen Häufung. Sechs Todesfälle in den ersten zwei Juniwochen. Dann wiederum eine Häufung von fünf Toten zwischen dem 15. und 18. Juli. Lediglich zwei Tote im August und September. In der dritten Woche des Oktobers starben dann wiederum fünf Personen.

Ich holte mir aus dem Konferenzzimmer ein leeres Papier vom Flipchart und legte es in meinem Büro auf den Boden. Darauf zeichnete ich einen einfachen Zeitplan des ganzen Jahres auf und trug dann jeden einzelnen Todesfall der Inneren Medizin und der Orthopädie darauf ein.

Stirnrunzelnd betrachtete ich das Ganze und fragte mich: Muster oder Zufall? Wenn dies kein Zufall war, hatte ich möglicherweise endlich eine Spur gefunden, was die Ursache dieser Todesfälle anging. Ein immer wieder aufflammender Spitalvirus wegen mangelnder Hygiene, falsch etikettierte Medikamente aus unserer Spitalapotheke, Fehlbehandlungen eines Arztes, der nur sporadisch im Walmont arbeitete …, war alles schon vorgekommen.

Andererseits: Es gab Hunderte von Beispielen für den Drang des menschlichen Geistes, in bedeutungslose Korrelationen Ursache und Wirkung hineinzudeuten. Wie sollte ich testen, ob diese zeitliche Häufung mehr als eine zufällige Variation war?

Ich hatte gerade eine vage Idee, wie ich vorgehen könnte, da klingelte das Telefon. Ärgerlich nahm ich ab. Es war Laval, der wissen wollte, ob ich schon mehr über die Todesfälle herausgefunden hätte.

Ich wimmelte ihn kurzangebunden ab. Sein Interesse hatte mich wieder misstrauisch gemacht: Wir arbeiteten seit Jahren gemeinsam im Walmont, warum wollte er mich eigentlich ausgerechnet jetzt kennen lernen? Und die Sache mit seiner Forschungsstudie war mir von Anfang an als Vorwand erschienen. Einen Augenblick später bedauerte ich meine harsche Reaktion bereits wieder. Laval wollte mir ja nur helfen, und ich hatte ihn kaltschnäuzig zurückgewiesen. Er musste mich für eine launische Zicke halten. Mist!

Holger hatte schon recht, ich war auf einem gefährlichen Pfad, und vielleicht hatte ich mich schon vor Tagen im Nebel verirrt.

***

Ich brauchte dringend mehr Fakten, die ich als Argumente in die Diskussion mit Max einbringen konnte. Trotz eines unguten Gefühls beschloss ich, weitere Familien zu kontaktieren, deren Angehörige letztes Jahr im Walmont gestorben waren. Vielleicht gab es noch mehr Patienten wie Georg Maurer, die nie an den Krankheiten gelitten hatten, die in ihren Krankengeschichten angegeben waren. Ich schloss die Bürotüre und ging dann die Liste mit Telefonnummern durch. Der sechste Versuch war erfolgreich: Bei der Familie Poloni nahm jemand das Telefon ab, kaum hatte ich die Nummer gewählt. Es stellte sich heraus, dass ich mit der Tochter des Verstorbenen Giuseppe Poloni sprach.

«Mamma wohnt vorübergehend bei uns im Loft. Mein Mann ist nicht gerade begeistert. Aber es geht nicht anders. Ich kann sie jetzt nicht allein lassen, bis sie wieder Tritt gefasst hat.»

Ich äußerte irgendeine Floskel des Verständnisses und der Wertschätzung für diesen Akt der Fürsorge.

«Mamma ist im Moment nicht anwesend. Ich habe sie für ihre Pedicure ins Spa des Bellevue geschickt.»

Das Bellevue, das teuerste Hotel in Bern, war direkt neben dem Bundeshaus platziert und thronte mit altmodischer Grandezza über der Aare. Da wurden die offiziellen Staatsgäste der Confoederatio Helvetica untergebracht und offensichtlich auch die Füße von Frau Poloni gepflegt. Die überdeutliche Artikulation und kultivierte Stimme ihrer Tochter wies auf die Erziehung an einer höheren Töchterschule hin. Einen kurzen Moment hatte ich das Gefühl, ich würde um eine Audienz bei der Königin bitten. Den Termin bekam ich, und zwar bereits heute Morgen um elf, inklusive einer Anleitung, wie ich die Wohnung finden konnte.

***

Das Vidmar-Areal war nur etwa einen Kilometer vom Walmont entfernt. Ich brauchte wenige Minuten, bis ich im zweiten Stock des ehemaligen Fabrikgebäudes stand. Julius Wiedemar hatte das Unternehmen 1862, damals noch als Schlosserei, in der Aarbergergasse in Bern gegründet. Im Verlauf der Zeit spezialisierte man sich auf die Herstellung von Kassenschränken, und das Geschäft florierte. Daraufhin errichtete die spätere Vidmar AG 1903 im Liebefeld eines der größten Industrieareale im Raum Bern. Hier wurden während Jahrzehnten tonnenschwere Tresore gebaut und in die ganze Welt verkauft.
1989 wurde die Produktion der Vidmar eingestellt. Glücklicherweise nistete sich schon bald ein buntgemischtes Grüppchen in dem stillgelegten Fabrikgelände ein. Was andernorts mit viel Konzeptpapier und Mühe nur schwerlich erreicht wurde, gelang hier von ganz allein: Das Gebäude wurde von Künstlern, Kunsthandwerkern, kleinen und größeren Geschäften und Bürogemeinschaften genutzt. So beschloss man, den Bau, anstatt abzureißen, schrittweise zu renovieren, ohne den Fabrikcharakter anzutasten. Etwas später kam auch das Stadttheater Bern auf den Geschmack und seither kann man in der ehemaligen Fabrik Tanz- und Musikveranstaltungen geniessen. Im obersten Stock entstanden schliesslich noch vier Luxus-Lofts, die in Rekordzeit vergeben waren.
Ich klingelte an der Türe, die mit A. Poloni & F. Gutjahr angeschrieben war, und sofort ertönte ein «Ich komme». Die Türe öffnete sich und vor mir stand eine schlanke Frau Anfang dreißig mit langen blonden, in der Mitte gescheitelten Haaren, einem schmalen Gesicht und großen braunen Augen. Annina Poloni war mit einem makellosen Teint gesegnet, hatte die Au-

genbrauen zu feinen Bögen gezupft und ihre Haare glänzten. Sie war in ein schlichtes Etuikleid aus beiger Rohseide gehüllt, das ihr hervorragend stand und sicherlich unglaublich teuer gewesen war. Sie war sehr elegant. Und sehr angespannt.

«Sie wollten meine Mamma sprechen? Warten Sie bitte einen Moment, ich bin noch am Telefon.»

Während ich eintrat, ging sie zu einem Sideboard, das aussah, als ob es aus rostigem Eisen wäre, und nahm ein Bang & Olufson-Telefon auf, das dort lag. Während sie ihr Gespräch beendete, hatte ich Zeit, mich umzuschauen. Das Loft war gigantisch groß, der leere Raum mit ein paar durchgestylten Wohninseln durchsetzt. Die Wohnung hatte eine Frontseite mit sechs großen Fenstern, die von zwei Meter ab Boden bis fast zur Decke auf etwa fünf Metern Höhe reichten. Sie waren regelmäßig angeordnet und erzeugten einen Lichteinfall wie in einer Kathedrale. Die Fenster mussten doppelverglast sein, denn außer einem Trickfilm, der am Fernseher lief, und dem halblaut geführten Telefongespräch war kein Geräusch zu hören. In der Mitte des Lofts war eine große Küchenkombination aus schwarzem Marmor mit einem Herd, der von allen Seiten zugänglich war. Rechts davon stand ein Esstisch aus Rauchglas und Chromstahl mit zwölf passenden Stühlen. Genau im Lichteinfall des zweiten Fensters war ein riesiges weißes Ledersofa platziert, ergänzt von zwei Corbusier-Liegen mit schwarzweißem Kuhfell. Alles wirkte perfekt durchgeplant und ultra-cool.

In der hinteren linken Ecke, von wo ich den Ton des Fernsehers hören konnte, sah ich ein altmodisches rotes Sofa stehen, auf dem eine regungslose Gestalt mit grauen Haaren saß.

Annina Poloni beendete ihr Gespräch, lächelte mich entschuldigend an und führte mich dann zu ihrer Mutter. Auf dem schwarzen Industrieboden, der mit seinen alten Schleif- und Schlagspuren immer noch von jener Zeit zeugte, als Arbeiter mit dreckigen Händen schwere Maschinen bedienten, klapperten ihre hohen, spitzen Absätze fast schmerzhaft laut. Beim Näherkommen sah ich, dass das Sofa wirklich schon sehr alt war, eine abgeschossene Farbe hatte und mit gelben und blauen

Blümchen verziert war. Annina Poloni drehte sich zu mir um und sagte mit gedämpfter Stimme: «Das Sofa ist scheußlich, aber wir wollten Mamma das Gefühl geben, dass sie bei uns zu Hause ist.» Dann zu der grauhaarigen Gestalt gewandt: «Mamma, die Frau aus dem Walmont ist da.»

Frau Poloni erhob sich aus dem Sofa und kam mit ausgestreckter Hand auf mich zu. Sie war mittelgroß, leicht übergewichtig und hatte ihr dünnes graues Haar mit Nadeln am Kopf angedrückt. In diesem Loft wirkte sie in ihrer altmodischen Trauerkleidung etwa so deplatziert wie Miss Marple zwischen den Stepford Wives. Trotz des freundlichen Lächelns, das sie für mich aufgesetzt hatte, blieb ihr Gesicht ausdruckslos, als ob sie einen Vorhang vor ihr Inneres gezogen hätte. Nachdem wir uns aufs Sofa gesetzt hatten, das überraschend bequem war, schielte ich unauffällig auf ihre Füße, um die Wirkung der Bellevue-Pedicure zu begutachten, und sah, dass sie dicke, schwarze Strümpfe und ausgetretene Pantoffeln trug.

Auf dem niedrigen Beistelltisch aus Glas war eine Auswahl von dicken, farbigen Reiseprospekten aufgetürmt. Auf dem obersten Titelblatt konnte ich ein modernes Kreuzfahrtschiff erkennen. Im Fernsehen guckte Calimero bekümmert unter seiner Eierschale hervor, und ich musste mich zwingen, nicht auf das Bild zu schauen. Die Tochter stellte den Ton leise und zog sich dann zu ihrer Kücheninsel zurück.

«Mein Name ist Lou Beck. Ich arbeite am Walmont als Wissenschaftlerin und untersuche die Qualität der Patientenversorgung unseres Spitals», stellte ich mich beinahe wahrheitsgetreu vor.

Frau Poloni lächelte mich freundlich an. «Meine Tochter hat mir bereits gesagt, dass Sie einige Fragen zum Tod meines Mannes haben», sagte sie mit einem ganz leichten Akzent, der ihrer Stimme einen weichen Klang gab.

«Es tut mir sehr leid, dass ich Sie in Ihrer Trauer stören muss. Ich glaube, Ihr Mann ist vor sechs Monaten gestorben, nicht?»

«Ja, das stimmt. Bitte fragen Sie ruhig, das ist schließlich ihre Arbeit.»

«Ich muss Ihnen einige Fragen stellen, die Ihnen vielleicht merkwürdig vorkommen, da wir Ihren Mann ja behandelt haben. Aber wir interessieren uns speziell für die Sicht unserer Patienten oder deren Angehörigen.»
Sie nickte zum Zeichen, dass sie mir zuhörte.
«Können Sie mir erzählen, was genau passiert ist, bevor Ihr Mann bei uns als Notfall eingeliefert wurde?»
«Mein Mann hatte Schmerzen, große Schmerzen. Er hatte sich den Arm gebrochen, nachdem er von einem Stuhl gefallen war.»
«Warum sagst du Frau Becker nicht, dass er sinnlos betrunken war, als es passiert ist?», mischte sich die Tochter mit gereizter Stimme ein.
«Annina hat recht. Er hatte tatsächlich zu viel getrunken …, sein Bruder gab ein großes Geburtstagsfest, wissen Sie.»
Frau Poloni lächelte mich entschuldigend an. In diesem Moment kam Annina Poloni mit einem Tablett mit Kaffee und Süßigkeiten und stellte es sorgfältig auf den kleinen Tisch.
«Du nimmst ihn immer noch in Schutz, ich kann dich einfach nicht verstehen, Mamma.»
Frau Poloni hob ihr Kinn ganz wenig, kniff die Lippen zusammen und wandte das Gesicht ab. Ich hatte den Eindruck, dass dieser Dialog schon unzählige Male geführt worden war.
«Papa war ein Säufer und er hat Mamma geschlagen, schon immer», sagte Annina Poloni mit fester Stimme.
Ihre Mutter zischte ihr wütend ein «Basta, Annina» zu und dann folgte eine kurze, heftige Auseinandersetzung in italienischer Sprache. Ich wusste nicht, wohin ich schauen sollte. In dem erregten italienischen Wortschwall der Tochter waren deutsche Wörter eingeflochten und ich hörte: «Säufer», «Schlägertyp» und «elendes Schwein». Endlich beendete ein Satz der Mutter den Streit. Die Tochter klapperte auf ihren hohen Absätzen in so großen Schritten, wie es ihr Etuikleid erlaubte, an mir vorbei, schnappte sich ihre Handtasche und schlug die Türe hinter sich zu. Frau Poloni hatte sich ebenfalls erhoben und schaute einen Moment traurig auf die Türe, durch die ihre

Tochter verschwunden war. Dann besann sie sich auf ihre Gastgeberpflichten, setzte sich wieder zu mir und entschuldigte sich.

«Meine Tochter liebt mich über alles und sie hat natürlich vollkommen recht. Eigentlich sollte ich froh sein, dass mein Mann tot ist und ich endlich frei bin. Er war ein schwieriger Mann …»

«Wie lange waren Sie verheiratet?»

«52 Jahre.» Sie bückte sich zum Tischchen, hob einen der Reiseprospekte auf und blätterte geistesabwesend darin herum.

«Die letzten zehn Jahre habe ich davon geträumt, eine Kreuzfahrt zu machen. Ich habe mir jedes Detail vorgestellt: die kleine, aber hübsche Kajüte mit Sicht auf das Meer …, das festliche Restaurant, die Tische mit feinem Batist gedeckt, die Schiffskapelle, die alte französische Chansons spielt … das Deck mit den Liegestühlen und darüber der endlos blaue Himmel …»

Sie schlug den dicken Prospekt mit einem lauten Knall zu und warf ihn dann wütend auf das Tischchen. Dann sah sie mich wieder an.

«Und jetzt habe ich genug Geld, sogar mehr als genug, und finde einfach die Energie nicht, mich zu entscheiden, auf welches Schiff ich gehen soll. Finden Sie auch, dass mit mir etwas nicht stimmt?»

Es widerstrebte mir, dieser trauernden Frau nun auch noch Ratschläge zu geben, nachdem ich mich unter einem Vorwand hier eingeschlichen hatte. Aber Frau Poloni sah mich so flehentlich an, dass ich antworten musste.

«Nein, das finde ich nicht. Und auch wenn die Beziehung zu Ihrem Mann nicht einfach war, müssen Sie doch Abschied nehmen von einem Menschen, mit dem Sie mehr als fünfzig Jahre zusammengelebt haben. Das braucht Kraft.»

Sie nickte nachdrücklich, als wenn sie auf diese Antwort schon lange gewartet hätte.

Ihre Augen wurden etwas wacher, ihre Stimme kräftiger, und ich bekam einen Eindruck von ihrer früheren Lebhaftigkeit und Schönheit.

«Wissen Sie, ich würde gerne wieder in Bümpliz wohnen. Ich

vermisse meine Frauenturngruppe ... Aber ich kann jetzt nicht einfach von hier weggehen. Meine Tochter gibt sich solche Mühe, mir zu helfen.»

Ich dachte kurz darüber nach, wie viele Katastrophen wohl schon aus falsch verstandener Rücksichtnahme über die Menschheit hereingebrochen waren. Dann wandte ich mich entschieden wieder meinem eigentlichen Thema zu. Frau Poloni erzählte vom Tod ihres Mannes, der mit einem gebrochenen Arm in das Walmont kam und vier Tage später an einem Hirninfarkt gestorben war. Wieder fielen mir Ungereimtheiten auf. Da waren Details, die mit der Krankengeschichte nicht übereinstimmten. Und da war die Information, dass Herr Poloni während der letzten drei Jahre an der Arctix-Studie teilgenommen hatte.

«Deshalb sind wir bei seinem Unfall auch ins Walmont gegangen, obwohl mein Schwiegersohn ihn ins Universitätsspital bringen wollte. Mein Mann hat im Walmont immer ein Einzelzimmer bekommen, obwohl er nur halbprivat versichert war.»

«Wie ist es denn dazu gekommen, dass er an der Studie teilnahm?»

«Im Herbst 2001 bekam er Magenprobleme, wohl weil er damals so viel getrunken hat. Er musste einige Tage im Spital bleiben und sie haben ihn gründlich untersucht. Dann haben sie ihm anscheinend gesagt, dass sie genau ihn für eine Studie brauchen würden. Alles hat gepasst, sein Alter, dass er aus Italien kommt und solche Dinge. Er kam sich sehr wichtig vor, dass sie gerade ihn ausgesucht hatten. Er musste dann in den letzten zwei Jahren für einige Tage ins Walmont, um sich untersuchen zu lassen, und bekam jedes Mal ein Einzelzimmer. Mehr weiß ich auch nicht.»

***

Zur Mittagszeit war ich wieder im Walmont und ging das Gespräch mit Frau Poloni in Gedanken nochmals durch. Danach war ich auch nicht weiter.

Meine Gedanken drehten sich im Kreis. Zu viele Fragen, zu wenig Antworten. Wer hatte mich im Archiv niedergeschlagen und warum? Wer hatte versucht, mich umzubringen, indem er mich unter einen Lastwagen stieß? Falls es sich nicht doch um einen Zufall handelte. Wer hatte ein Interesse daran, mich vor weiteren Nachforschungen abzuhalten? Diese Frage konnte ich nun eindeutig beantworten: Alexander F. Sutter. Aber warum? Der Grund dafür konnte jedenfalls nicht allein diese Publikation in einer Fachzeitschrift sein. Es musste um Geld gehen. Viel Geld, sonst würde unser Vizedirektor nicht das Risiko eingehen, die Daten in Krankengeschichten zu fälschen. Sutter hatte als einer der wenigen Personen im Walmont den Schlüssel zum Archiv. Hat er mich niedergeschlagen, weil ich ihn bei einem Vergehen ertappt hatte?

Mein Blick fiel voller Unbehagen auf mein Postfach, in dem sich seit Tagen Briefe, Zeitschriften und Rundschreiben häuften. Lustlos blätterte ich in dem Stapel Papier herum. In diesem Moment unterbrach mich das Telefon.

«Reinhard hier.» Im Hintergrund hörte ich das Rauschen einer Autobahn. Die Anruferin befand sich offenbar in einer Raststätte.

«Ja?»

«Reinhard von der Orthopädie.»

Die Studie in Schwarzweiß, dachte ich etwas verwirrt.

«Ich muss Sie unbedingt sprechen. Sobald wie möglich. Es ist sehr wichtig.» Ihre Stimme klang gehetzt und abgehackt.

«Worum geht es denn?»

«Es ist dringend.»

«Das habe ich verstanden, Frau Reinhard. Ich möchte gerne wissen, was so dringend ist.»

«Ich habe Informationen über Sutter, die Sie interessieren dürften.»

Ich wollte nochmals nachfragen, aber das Dröhnen eines schweren Lastwagens unterbrach uns.

«Kommen Sie morgen, Punkt halb vier, auf den Münsterturm. Ich warte dort.» Und damit beendete sie das Gespräch. Ihr

Kommandoton ärgerte mich, aber meine Neugier war geweckt. Die Reinhard wusste über meine Auseinandersetzung mit Sutter Bescheid. Interessant war, woher sie dieses Wissen hatte. Und sie arbeitete immerhin auf der Orthopädie, vielleicht konnte sie mir Informationen über die Arctix-Studie geben. Ich würde auf jeden Fall hingehen.

***

Es war Zeit für meine Besprechung mit Max. Als ich an den Türrahmen klopfte, war Max gerade damit beschäftigt, einen Stapel Dokumente in den bereits gefährlich überladenen Papierkorb zu stopfen.

«Hallo Max. Störe ich?»

«Ah, da bist du ja. Setz dich, ich habe dir etwas Wichtiges mitzuteilen.»

Schwungvoll kam er mit einigen Schritten zum Besprechungstisch und lächelte mich strahlend an. Wieder fiel mir die große Veränderung auf, die in ihm vorgegangen war.

«Ich habe eben meine Stelle gekündet», sagte er dann.

«Was? Aber weshalb denn?»

«Ich will den Spitalbau verfolgen und dafür sorgen, dass alles richtig gemacht wird. Bereits am 1. Januar soll der Grundstein gelegt werden. Alles ist sehr knapp.»

«Aber musst du denn deswegen deine Stelle künden? Wie soll es denn hier weitergehen ohne dich?»

«Ich habe dich bereits als meine Nachfolgerin vorgeschlagen. Es ist alles bestens geregelt.»

Ich war wie vor den Kopf gestoßen. Max würde für immer weggehen.

«Nach all diesen sinnlosen Jahren werde ich endlich wieder arbeiten, helfen, etwas aufbauen.»

Ich wollte etwas entgegnen, aber Max nahm mich kaum wahr, erhob sich geschmeidig und holte ein Skizzenbuch.

«Sieh dir das an. Mein Spital! Das Abéché Centre de Santé. So wird es einmal aussehen.»

Er strich vorsichtig über die Baupläne und erklärte mir alle Details, begleitet von energischen Handbewegungen: hier das Hauptgebäude mit einem Operationsflügel, dort das Schulgebäude, in der Senke die Wasseraufbereitungsanlage … Hightech in der Savanne, Air-Conditioning, Nakamura, der Architekt aus Japan, Solarzellen über dem Schulhaus …
Max sah mich strahlend an.
So muss er in seiner Jugend ausgesehen haben, dachte ich, als die Zukunft ihre Arme noch weit ausgebreitet hatte für den glänzenden Chirurgen. Alles ist möglich, schienen seine Augen in diesem Moment auszudrücken.
Vor mir stand ein völlig fremder Mensch.

***

Ich musste mich hinsetzen. «All diese Jahre …», begann ich mit leiser Stimme.
Max verstand mich sofort. Er zumindest kannte mich durch und durch. Er lächelte mich etwas traurig an.
«Ich habe dich nie belogen, Lou, das musst du mir glauben. Ich habe sehr gerne mit dir zusammengearbeitet.»
Ich schwieg.
«Aber … bei Gott. Ich glaube, ich habe die letzten dreißig Jahre meines Lebens verschlafen! Und jetzt bin ich wach. Ich lebe wieder!»
Er lachte triumphierend. Dann schaute er auf seine Uhr.
«Und jetzt habe ich zu tun. Ich muss tausend Dinge erledigen.»
Er erhob sich und wollte mich offensichtlich loswerden.
«Max, du musst mir helfen», bat ich ihn.
«Ach ja, diese Geschichte mit den Todesfällen. Also zeig mir, was du hast.»
Wir gingen das Ganze durch, Punkt für Punkt. Wie immer fragte Max präzise nach und machte mich auf mögliche Schwachpunkte meiner Analysen aufmerksam.
«Wenn ich nur wüsste, wie das alles zusammenhängt.»
«Lass uns nochmals zusammenfassen, Lou. Was haben wir für

Fakten? Du hast bei der Datenanalyse eine erhöhte Mortalität in der Inneren und der Orthopädie gefunden. Wir haben bei den Toten keine besonderen Diagnosen. Die Todesfälle scheinen gehäuft in bestimmten Zeitfenstern aufzutreten. Und es gibt diesen Georg Maurer, bei dem in der Krankengeschichte falsche Informationen enthalten sind. Dann meinst du noch Nachkorrekturen bei den Diagnosen gefunden zu haben. Nicht bei allen, aber bei einigen der Toten. Hast du sonst noch etwas entdeckt?»

«Nein, sonst nichts», antwortete ich dann und war selbst erstaunt darüber, dass ich Max anlog. Aber er hatte selbst gesagt, er wolle die Fakten hören. Ich hatte bisher keine plausible Verbindung mit der Arctix-Studie gefunden. Dass viele Patienten des Walmont als Teilnehmer in der Kontrollgruppe der Studie teilnahmen, war zu erwarten gewesen. Schon jetzt befürchtete ich allmählich, dass mich einige Leute für paranoid halten würden.

Max starrte weiter auf meine Tabellen und murmelte leise vor sich hin. Als er aufblickte, hatte er wieder eine zuversichtliche Miene aufgesetzt.

«Als erstes werde ich deine Analysen wiederholen und schauen, ob ich auf das gleiche Resultat komme. Es ist ja nicht auszuschließen, dass du doch irgendwo einen Fehler gemacht hast.»

«Ich wäre sogar verdammt froh, wenn du mein Resultat nicht replizieren kannst und das Ganze sich als Auswertungsfehler herausstellen sollte.»

Max versprach mir, die Analysen am Dienstagmorgen als Erstes vorzunehmen, und wir verabschiedeten uns.

Als ich wieder in meinem Büro saß, konnte ich keinen klaren Gedanken mehr fassen. In den letzten Tagen war einfach zu viel passiert und jetzt würde ich auch noch Max verlieren.

«Mein Spital ...», hatte er gesagt. Es ging ihm bei diesem Projekt offensichtlich um mehr als eine wohltätige Nebenbeschäftigung. Seine Zukunft war in Afrika. Und ich? Warum reagierte ich so bestürzt auf seinen Entscheid? Hatte ich etwa Angst, zum zweiten Mal einen Vater zu verlieren?

Ich raffte mich auf und griff zum Telefonhörer, um weitere Trauerfamilien zu befragen. Ich hatte Glück, eine Frau Althaus bestätigte mir den Todesfall ihres Mannes und lud mich ein, sie heute noch zu besuchen, da sie das bisschen Hausarbeit bereits erledigt habe.
Ich packte rasch meinen Rucksack. Das Meteo hatte Temperaturen über 37 Grad angekündet, also hielt ich meinen Kopf im Lavabo unter das kalte Wasser, um mich präventiv abzukühlen, und eilte das Treppenhaus hinunter in der Hoffnung, dass mich niemand mit meinen pudelnassen, angeklatschten Haaren und dem ebenfalls nassen T-Shirt sehen würde. Auf dem zweiten Stockwerk traf ich Sutter. Ich nickte ihm zu, während er mich entgeistert anstarrte. Hundert Punkte Abzug für die Kandidatin. Was solls? Sutter hielt sowieso nichts von mir.
Als ich kurz nach vier im Wohnquartier von Frau Althaus ankam, waren Haare und T-Shirt wieder vollkommen trocken und ich einem Sonnenstich nahe.

***

«Ich mache Ihnen keinen Vorwurf. Es musste so kommen. Wenn jemand schuld am Tod meines Mannes ist, dann sind es meine Kinder.»
Ich starrte Frau Althaus erstaunt an. Wir saßen am Esstisch in ihrer kleinen, aber sehr sauberen Küche im unteren Lorrainequartier.
Sie saß mir mit kerzengeradem Rücken gegenüber, ihr Haar war streng zurückgebunden und seitlich zu Schnecken gedreht, was ich seit Urzeiten nicht mehr gesehen hatte. Aber ihre Augen waren klar und ihre Haltung zeugte von einem eisernen Willen. Durch das geöffnete Fenster hörte man die schrillen Pfiffe der Mauersegler, die jedes Jahr aus Afrikas Süden nach Bern zurückkamen, um hier den Sommer über ihre Jungen aufzuziehen.
«Wissen Sie, mein Mann war ein Gelenktyp. Er war unglaublich unruhig und nervös, konnte einfach nie zu Hause bleiben. Er

war regelrecht getrieben von Unruhe. Jedes Wochenende musste er mit seinen Kollegen unterwegs sein. Und dann seine Fernreisen! Dreimal war er in Schweden, einmal in Kanada und sogar in Alaska. In Ägypten war er nur ein Jahr, bevor Luxor passiert ist. Sie können sich ja vorstellen, welche Ängste ich auszustehen hatte!»

Das konnte ich eigentlich nicht, schließlich war der Terroranschlag auf die Schweizer Touristen eben erst ein Jahr nach dem Besuch ihres Gatten passiert, aber ich nickte, um ihren Redefluss nicht zu unterbrechen.

«Im Winter hat er sich oft im Turnvereinshaus im Gantrisch einquartiert, um die Langlaufloipe zu kontrollieren, wie er behauptet hat. Ha!» Frau Althaus schnaubte verächtlich.

«Aber was hat das mit seinem Tod zu tun?», versuchte ich sie wieder auf das Thema zu bringen. «Und was ist eigentlich ein Gelenktyp?»

«Ja, verstehen Sie denn nicht? Kennen Sie etwa die Theorie von Haffersthal nicht?»

Ich schüttelte verneinend den Kopf und sie setzte ihren Redeschwall fort, scheinbar ohne je Luft zu holen. Langsam begann ich zu verstehen, warum der Mann so viel unterwegs gewesen war.

«Haffersthal hat herausgefunden, weshalb wir krank werden und vor allem ...», sie machte eine Pause, hob den Zeigefinger der rechten Hand triumphierend und sah mich aus ihren strahlend blauen Augen eindringlich an, « ... vor allem, warum wir welche Krankheit bekommen. Nehmen Sie meinen Mann. Der Gelenktyp kann nie ruhig sitzen, ist immer unterwegs, überaktiv und nicht bereit, sich mit sich selbst auseinanderzusetzen. Und dieser Typ bekommt Arthrose und Rheuma. Das ist ja gerade das Fantastische daran! Er bekommt Arthrose, damit er endlich einmal ruhig ist und nicht mehr andauernd herumrennt.»

Sie starrte mich voller Begeisterung an, und ich fragte mich langsam, ob die Frau noch bei klarem Verstand war.

«Aber dann haben ihn meine Kinder davon überzeugt, sich operieren zu lassen. Und kaum hatte er sein neues Hüftgelenk, ist er wieder in der Weltgeschichte herumgerast. Das konnte einfach nicht gut gehen.»

Im Verlauf der nächsten halben Stunde konnte ich immerhin herausfinden, dass Herr Althaus zwei Jahre nach der Operation verstorben war. Er hatte ein herkömmliches Hüftgelenk erhalten. In diesen zwei Jahren ging es ihm sehr gut und er hatte sogar am berühmten Engadiner Skimarathon teilgenommen, wie seine Frau anklagend berichtete. Dann habe ihn aber die Krankheit eingeholt und er sei an einer Herzschwäche gestorben.

Frau Althaus musste schließlich zugeben, dass sein plötzlicher Tod nicht während einer seiner Reisen oder sportlichen Aktivitäten eingetreten war, sondern während einer dreitägigen Kontrolluntersuchung im Walmont. Vor seinem Eintritt war Herr Althaus bei bester Gesundheit gewesen und hatte die letzten Details für seine Afrikareise inklusive der Besteigung des Kilimandscharo geplant.

Ich machte mich voller Sorgen auf den Weg zurück ins Spital. Als ich meine Bürotüre öffnete, stockte mir der Atem und ich musste mich einen Moment am Türrahmen festhalten.

Vor mir lag das absolute Chaos.

***

Auf dem Boden lagen wild durcheinander tausende von Seiten, meine Bücher waren ebenfalls überall verstreut, brutal herumgeworfen, zerfleddert; der Hängekorpus war aufgebrochen worden, die Schubladen und ihr Inhalt ringsherum verteilt, meine geliebte Zimmerlinde ermordet, das ‹Tim-und-Struppi-in-Tibet›-Poster, das mir Gian vor vielen Jahren geschenkt hatte, in der Mitte durchgerissen.

Ich schob die Türe wieder zu, lehnte meinen Kopf gegen das warme Holz und schloss die Augen. Wer konnte mir so was nur antun? All diese bösartige Zerstörung. Einen Moment fühlte ich nur noch den Drang zu fliehen, das Walmont hinter mir zu lassen.

Irgendwann ging ich mit schweren Schritten zum Wandtelefon

und informierte die Security des Walmont. Dann setzte ich mich im Gang auf den Boden und wartete. Die Security kam in Gestalt einer stattlichen Frau in Uniform. Sie verschwand kurz in meinem Büro und kam dann mit großen Augen wieder raus.

«Irgendjemand scheint sie auf dem Kieker zu haben», war ihr ganzer Kommentar. «Ich muss die Direktion und die Polizei informieren. Es wurden Wertgegenstände des Spitals beschädigt. Ist etwas gestohlen worden?»

«Keine Ahnung.»

Sie sah mich einen Moment mitfühlend an. «Hat niemand etwas gehört? Das muss doch Lärm gemacht haben.»

Ich zuckte nur mit den Schultern.

«Holen Sie sich einen Kaffee und kommen Sie in einer halben Stunde wieder.»

Ein guter Rat. Alle Vorschläge waren gut, solange ich mich der Verwüstung dieses Raums nicht stellen musste. Später wurde ich durch einen jungen Polizisten befragt, konnte aber kaum relevante Auskünfte geben. Nein, ich hatte keinen Verdacht. Nein, ich hatte mit niemandem im Spital einen Streit. Nein, ich hatte keine Ahnung, ob etwas gestohlen worden war, und nein, es war nichts Wertvolles in meinem Büro gewesen.

Über mein Problem mit der Mortalitätsanalyse wollte ich ihn nicht informieren. Er kam zwingend zum Schluss, dass es sich wohl um einen unmotivierten Akt von Vandalismus handle, dem ich zufällig zum Opfer gefallen sei. Vielleicht ein unzufriedener Patient? Ich solle ihn informieren, falls etwas gestohlen worden sei, und damit war er wieder weg.

Die Security-Frau war so nett und organisierte Personal, das mir beim Aufräumen half. Es ging nicht lange und Frau Men, die Kung-Fu-Putzfrau, stand vor mir.

Auch das noch, dachte ich, heute bleibt mir wirklich nichts erspart.

Ihre dunklen Augen schweiften zunächst durch das Chaos, dann sah sie mich einen Moment streng an, seufzte und begann mit der Arbeit. Wir kamen gut voran, was vor allem daran lag, dass Frau Men erstaunlich schnell System in unsere Aufräumarbeiten brachte. Nach neunzig Minuten Schufterei schmerzte mein Rücken, aber meine Papiere lagen thematisch geordnet auf dem aufgeräumten Pult, meine Bücher, teilweise geflickt, standen wieder im Gestell, die Zimmerlinde war entsorgt und das Tim-und-Struppi-Plakat notdürftig zusammengeklebt worden.

«Vielen Dank. Ich kann gar nicht sagen, wie froh ich bin, dass sie mir geholfen haben, Frau Men.»

Frau Mens Gesicht verzog sich zu einem winzigen Lächeln. Dann nickte sie mir zu und ging. Ich setzte mich an mein Pult und streckte vorsichtig meine Rückenwirbel. Dann begann ich meine Papiere durchzuforsten. Nach zehn Minuten stand fest, was ich von Anfang an befürchtet hatte: Sämtliche Krankengeschichten der Toten waren verschwunden.

***

Zuhause angekommen schleppte ich mich zum Kühlschrank und betrachtete den wenig appetitlichen Inhalt: Butter, ein Rest Risotto, von dem ich nicht mehr wusste, wann ich ihn gekocht hatte, zwei schrumpelige Karotten und eine halbe Salami. Kein Brot. Mein Leben war eindeutig aus dem Gleichgewicht.

Es war bereits nach zwanzig Uhr, zu spät, um noch etwas einkaufen zu gehen. Ich machte mir eine Flasche Dézaley auf und begann, mich systematisch zu besaufen.

Als mich das Telefon störte, war ich bereits bei der zweiten Flasche angelangt.

«Wer'n da?»

«Lou, bist du das?»

«Mmmh ...»

«Du tönst komisch ..., bist du etwa besoffen? Ursula hat gesagt, bei dir im Büro sei eingebrochen worden. Stimmt das?»

«Helga?»

«Hör mir jetzt genau zu, Lou: Lass die Flasche in Ruhe, trink Wasser. Ich bin sofort bei dir.» Und damit war die Leitung tot.

Ich seufzte und stellte mich dann unter die kalte Dusche. Als ich fertig war, stand Helga schon vor der Türe, beladen mit einer großen Tüte. Sie umarmte mich, sorgte dafür, dass ich einige der Leckereien aus ihrer Tüte aß, viel Wasser trank und begleitete mich dann zum Bett.

«Irgendjemand will mich fertig machen, Helga.»

«Du musst von jetzt an sehr vorsichtig sein. Aber wir werden diesen Kerl schon finden, verlass dich drauf.» Ihren zuversichtlichen Worten zum Trotz sah sie besorgt aus. Mit mehr Energie als nötig drückte sie die Bettdecke um mich fest.

In solchen Momenten erschien sie mir wie die ältere Schwester, die ich nie gehabt habe. Kurz darauf musste ich eingeschlafen sein.

9 *Dienstag · 11. August · 9.00 Uhr · 33,2 °C*

Trotz des nächtlichen Absturzes war ich sehr früh mit erstaunlich klarem Kopf, einem gewaltigen Durst und einer eklig pelzigen Zunge erwacht. Max hatte versprochen, um zehn Uhr die Ergebnisse seiner Nachkontrolle mit mir zu besprechen. Ungeduldig wartete ich in meinem Büro auf ihn. Um 9.50 Uhr klingelte mein Telefon und ich riss den Hörer von der Gabel.

«Louisa Amalia, wie geht es dir?», dröhnte es mir entgegen, so dass ich den Hörer rasch in einen Sicherheitsabstand zu meinem Ohr brachte.

Meine Mutter war die Einzige, die darauf bestand, mich bei meinem zweiten Vornamen zu nennen.

«Mama, hallo. Wie geht es dir?»

«Mir ist schlecht von dieser verdammten Zigarre.»

«Ich wusste gar nicht, dass du rauchst.»

«Ich spiele die Wahrsagerin im Hotzenplotz. Sag mal, kannst du nicht mal bei einem deiner Ärzte fragen, was man dagegen machen kann?»

Meine Mutter hatte schon während meiner Kindheit so viele Abende wie möglich auf der Bühne verbracht und nun lebte sie nur noch für die Schauspielerei. Seit mehr als 15 Jahren war sie Mitglied der «comedia basilea», einer Laiengruppe, die aber immer wieder mit Erfolg anspruchsvolle Stücke aufführte: Ibsen, Frisch, Dürrenmatt, Shakespeare.

«Louisa Amalia, bist du noch da? Kannst du mir bis morgen Bescheid geben, ich muss es unbedingt wissen.»

«Ich werde es versuchen, aber ich habe im Moment viel zu tun.»

«Du hast nie Zeit, wenn ich dich mal brauche und –».

«Kandierter Ingwer!»

«Was ist los?»

«Du musst kandierten Ingwer nehmen, das hilft garantiert gegen die Übelkeit. Unser Chefinternist hat kürzlich einen Vortrag darüber gehalten.»

Von der anderen Seite kam ein zufriedenes Murmeln. Zum Glück war mir das mit dem Ingwer wieder eingefallen. Bei der Quelle hatte ich zwar etwas geschummelt, denn die Information stammte aus einer ganz ordinären Frauenzeitschrift. Erleichtert legte ich den Hörer auf. Sofort klingelte es erneut. Es war Max. Ich sprang auf und eilte die wenigen Meter zu seinem Büro.

«Alles in Ordnung», begrüßte er mich bereits unter der Türe mit zufriedenem Lächeln.

«Was heißt das?»

«Ich habe die Analysen heute Morgen nochmals gemacht. Hier sind die Ergebnisse!»

Er streckte mir einige Blätter mit Tabellen entgegen.

«Ich komme auf die übliche Sterblichkeit von 2,5 Prozent in der Inneren Medizin. Ich weiß zwar nicht genau, was du falsch gemacht hast, aber jetzt ist es jedenfalls klar, dass wir im Walmont kein Problem haben.»

Ich war völlig baff.

«Schau mich nicht so erstaunt an. Sei doch froh, dass das Problem damit gelöst ist».

«Das kann doch fast nicht sein, Max. Ich habe die Analysen drei Tage lang Punkt für Punkt kontrolliert und keinen einzigen Fehler gefunden.»

«Jetzt hör mir mal zu, Lou. Ich bin schon lange in diesem Geschäft, das weißt du.»

Ich nickte.

«All die bekannten Namen Katz, Kleinbaum, Hill, Oleckno, Morgenstern, Paradis, Antonovsky, Snow, Rose …, es gibt nicht einen darunter, der nicht auch mal einen Fehler gemacht hätte.»

Ein Fehler in meiner Syntax? Ich konnte es einfach nicht glauben. So einfach sollte das sein? Ich bat Max mir zu erklären, wie er bei seinen Analysen genau vorgegangen war. Wir gingen das Ganze nochmals durch.

Dann stutzte ich.

Mit wenigen unbedeutenden Unterschieden in der Syntax war

Max genau gleich vorgegangen wie ich …, und war zu einem völlig anderen Ergebnis gekommen. Das konnte doch nicht möglich sein! Oder wurden wir etwa beide manipuliert, ohne es zu wissen?

«Irgendwas stimmt da ganz und gar nicht, Max! Außerdem ist an den Krankengeschichten nachträglich herummanipuliert worden. Das habe ich mir nicht nur eingebildet! Es gibt Stellen, da wurde eindeutig nachkorrigiert.»

«Jetzt hör aber auf mit dieser Verschwörungstheorie!»

«Nein, du musst dir das jetzt anhören. Ich habe mit den Angehörigen der Toten gesprochen. Da stimmt einfach was nicht.»

«Du hast was? Bist du denn völlig durchgedreht? Du hast keinerlei Recht, so was zu tun. Wenn Sutter das erfährt …!»

Max starrte mich wütend an.

Ich fuhr hastig fort: «Über Georg Maurer haben wir ja schon gesprochen. Ich habe mich in der Zwischenzeit mit zwei weiteren Frauen getroffen, deren Männer letztes Jahr bei uns gestorben sind. In allen drei Fällen stimmen die effektiven Beschwerden und Symptome der Gestorbenen nicht mit den Angaben in den Krankengeschichten überein.»

«Ich will davon nichts wissen! Du machst einen Fehler bei deinen Analysen, nun gut, das kann passieren. Das Problem ist, dass du dir das nicht eingestehen willst! Also wühlst du und wühlst, verstößt gegen alle Regeln und machst alles nur noch schlimmer.»

«Es geht nicht darum, ob ich einen Fehler gemacht habe oder nicht. Ich will wissen, was hier im Walmont läuft.»

«Das weißt du jetzt: nichts. Gar nichts. Ich habe die Daten überprüft: Wir haben im Walmont eine völlig normale Sterblichkeitsrate, nicht besser und nicht schlechter als andere Spitäler. Schluss, Ende der Diskussion.» Max hatte sich erhoben und wollte sich an seinen Computer setzen.

«Warte, Max!» Ich war jetzt ebenfalls aufgesprungen. «Was ist mit den Informationen, die ich von den Familien erhalten habe?»

«Seit wann glaubst du den Auskünften irgendwelcher Laien mehr als wissenschaftlichen Analysen! Und dann noch Personen, die eben erst einen ihnen nahestehenden Menschen verloren haben. Du weißt doch, dass die meisten Patienten ihre Diagnose schon nach wenigen Wochen nicht mehr korrekt wiedergeben können.»

«Gib mir noch bis heute Abend Zeit, um etwas zu überprüfen. Danach sollte klar sein, ob ich wirklich einen Fehler in der Datenanalyse gemacht habe. Falls ja, werde ich das Ganze vergessen und kein Wort mehr darüber verlieren!»

Max schüttelte irritiert den Kopf, gab dann aber schließlich nach und wir verabredeten uns für fünf Uhr. Ich packte meine Sachen, fuhr, so schnell es die Hitze erlaubte, nach Hause, nahm eine lange kalte Dusche und startete dann meinen Rechner.

Mein kleines Speichermedium lag immer noch gut versteckt zwischen den Suppenbeuteln im Vorratsschrank. Was für ein Glück, dass ich nach dem Gespräch mit Sutter heimlich eine Kopie der Datei gemacht hatte. Sorgfältig darauf bedacht, keine Fehler zu machen, begann ich die Analysen, benutzte die Analysesyntax von Max …, und kam auf das genau gleiche Resultat wie bis anhin: insgesamt 25 Tote mehr, als zu erwarten gewesen wären, und eine Sterblichkeitsrate, die fast viermal so hoch war wie in den Vergleichsspitälern.

Ich lachte erleichtert auf und machte einen kleinen Freudentanz. Mitten in meinem Triumphgeheul blieb ich abrupt stehen. Es wurde mir gerade erst klar, was für eine Ungeheuerlichkeit ich entdeckt hatte.

Es gab nur eine Erklärung für die Differenz zwischen den Ergebnissen von Max und mir: Die Datei des Walmont mit den Austrittsberichten der Patienten war in der Zwischenzeit gelöscht und durch eine andere Version ersetzt worden. Das wiederum bedeutete, dass ein überaus intelligenter Gegner am Werk war, der alle Spuren zu verwischen suchte.

Dieser Gegner war mir bisher immer eine Nasenlänge voraus gewesen. Und er war über meine Fortschritte erschreckend gut orientiert.

***

Ich nahm nochmals eine lange kalte Dusche, one for the road sozusagen, zog mir eine frische Bluse an und war rechtzeitig fürs Mittagessen zurück im Walmont. Beim Eingang zur Cafeteria traf ich auf Holger, der eben zur Arbeit zurückwollte. Er streckte den Daumen nach oben, und als ich ihn verständnislos anstarrte, grinste er mich an.

«Die DRGs, Lou! Alles im grünen Bereich, genau wie du gesagt hast.»

An der Selbstbedienungsbar stellte ich mir einen Salatteller zusammen, nahm mir noch einen Schnitz Wassermelone, bezahlte und suchte mir einen freien Platz.

Einige Tische weiter rechts entdeckte ich Laval, der sich mit einer attraktiven dunkelhaarigen Frau unterhielt, und ich registrierte erstaunt einen Stich der Eifersucht. Ich wollte mich gerade unauffällig in die gegenüberliegende Ecke verdrücken, als er aufblickte, mich erkannte und mir mit weitausholenden Gesten zu verstehen gab, ich solle mich zu ihm setzen. Ich starrte peinlich berührt auf mein Tablett, das ich um die eng gestellten Tische und Stühle balancieren musste, während ich das Gefühl hatte, von tausenden Augenpaaren beobachtet zu werden. Als ich Lavals Tisch erreicht hatte, war die dunkelhaarige Frau verschwunden.

Ich setzte mich und wir übten uns im Smalltalk. Ich versuchte, geistreich zu sein und gleichzeitig all die Themen zu vermeiden, die mir wirklich wichtig waren. Mein Kopf war schon nach wenigen Minuten völlig leer.

Ich schwitzte. Salatsauce spritzte auf meine Bluse und hinterließ einen hässlichen Fleck.

Ein Nilpferd, das den Spitzentanz versucht …

Laval erkundigte sich mit besorgter Miene, ob es mir nicht gut ginge. Als ich Kopfschmerzen erwähnte, nickte er abwesend, während er einen Kollegen grüßte. Wir tauschten noch einige Belanglosigkeiten aus und trennten uns bald. Es war, als ob es nie eine besondere Nähe zwischen uns gegeben hätte.

Was war ich doch für ein Trampel!

Wieder im Büro angekommen begann ich die längst fällige Post

durchzugehen. Plötzlich merkte ich erschrocken, dass es schon fast zu spät war für mein Rendezvous auf dem Münsterturm.
Ich hatte nicht die geringste Lust, mich bei dieser Hitze auf das Fahrrad zu setzen und die drei Kilometer bis zur Altstadt zu fahren. Die Reinhard muss unter ihrer schwarzen Helmfrisur wahnsinnig geworden sein, dachte ich verärgert.

Die Straßen waren leergefegt und auch der Münsterplatz, üblicherweise von kulturbeflissenen Touristen bevölkert, war wie ausgestorben. Es war einfach zu heiß für eine Auseinandersetzung mit spätgotischer Architektur. Verunsichert von meiner Unwissenheit, was religiöse Riten anbelangte, betrat ich das sakrale Monument. Erfrischende Kühle umgab mich und ich brauchte einen Moment, um mich im gedämpften Licht zu orientieren. Das riesige Gebäude schien vollkommen leer zu sein. In den von oben einfallenden Lichtstrahlen drehten sich Staubpartikel träge im Tanz. Von außen hörte man gedämpfte Stimmen und das Bellen eines Hundes.

Ein leises Rascheln führte mich zur Kasse, hinter der eine ältere Dame Broschüren einsortierte. Sie trug eine riesige Brille, die mit Strass verziert war und mich an die Eule aus meinem liebsten Bilderbuch erinnerte. Als ich das Ticket für den Turm lösen wollte, sah sie mich zweifelnd an.

«Gestern ist mir ein Italiener auf der oberen Plattform zusammengeklappt. Er war über hundert Kilo schwer. Und mein Chiro ist in den Ferien. Sie sind ja eher eine halbe Portion, so gesehen … Aber wenn Sie sich beim Aufstieg nicht wohlfühlen sollten, kehren Sie lieber wieder um. Sie können gerne auch später nochmals kommen, der Turm ist die ganze Woche bis elf Uhr nachts geöffnet.»

Ich dankte ihr und machte mich an den Aufstieg. Die Wendeltreppe im Turm war eng und steil, die Luft heiß und stickig. Es roch nach dem Staub von Jahrhunderten. Nach gut hundert Treppenstufen nahm ich erleichtert Licht und einen frischen Luftzug wahr: ein Fenster! Ich blieb stehen, holte Luft und schaute über die Weite der Stadt. Ich war jetzt etwa auf halber Höhe angelangt und konnte bereits das Naturhistorische Museum sehen, das mit seinen Türmchen aussah wie ein verwunschenes Schloss. Dahinter erhob sich die massige Gestalt des Hausbergs von Bern, der Gurten. Etwas weiter links erkannte ich das neue, schicke Schwellenmätteli-Restaurant. Dort unten müsste ich jetzt sein, dachte ich, ausgestreckt auf einer der bequemen Chaiselongues, mit direktem Blick auf die Gischt der Aare, in der Hand ein eiskaltes Bier.

Mein Blick schweifte nach unten in die Altstadtgassen, was mir einen heftigen Schwindel bescherte. Ich hatte plötzlich Angst herunterzustürzen. Einen Moment klammerte ich mich verzweifelt am Eisengeländer vor der Fensteröffnung fest. Da fiel mein Blick auf eine rätselhafte Skulptur, die direkt über dem Fenster an der Fassade hing: eine Art Greif, mit scharfem Schnabel und riesigen Klauen, bereit, vom Dach des Münsters herabzustoßen.

Keuchend stieg ich langsam höher und höher und dachte kurz an Ceccarelli. Diese sechzig Höhenmeter mussten mindestens doppelt gezählt werden. Was hatte sich die Reinhard nur gedacht?

Obwohl ich nun schon seit bald zehn Jahren in Bern lebte, war ich vorher noch nie auf dem Münsterturm gewesen. Schließlich war ich nicht als Touristin in diese Stadt gekommen. Während ich mich also mit langsamen Schritten das erste Mal die unzähligen Stufen hinaufschleppte, versuchte ich mich zu erinnern, was ich über das Münster wusste.

Der Staat Bern brauchte fast 500 Jahre, um das Münster mit seinem hundert Meter hohen Turm fertigzustellen. Das versöhnte einen doch geradezu mit dem Skandal um unser neues Frauenspital, an dem nur gerade 15 Jahre geplant und sieben Jahre gebaut worden war.

Und bitte schön! Das Berner Münster war der höchste Sakralbau der Schweiz, mit der größten Glocke unseres Landes. Über zehn Tonnen schwer war dieses Monstrum, das irgendwann im Mittelalter auf den Turm geschleppt worden war. Keine Ahnung, wie man das fertiggebracht hatte. Immerhin damit konnte Bern aufwarten. Es war ja sonst nicht gerade eine typische Hauptstadt. Zürich war protziger, Genf internationaler, Basel

lebendiger. Und alle diese Städte zusammen konnte man bequem in einem Vorort von Paris unterbringen.
Auf das Münster hatten sich vor der Reformation alle wirtschaftlichen Kräfte der Stadt Bern gebündelt. Jede der vermögenden Familien, von Wattenwyl, Erlach, Steiger, May und wie sie alle hießen, wollte sich mit einem privaten Anbau an die Kirche Ansehen verschaffen und sich gleichzeitig das persönliche Eintrittsticket in den Himmel sichern. Auf diese Weise wurde das Münster größer und größer: ein aus grauen Sandsteinblöcken errichtetes Statussymbol der VIPs von Bern.
Wer genug reich war, konnte im späten Mittelalter sogar das Sponsoring für einen bestimmten Heiligen übernehmen und stand dann unter dessen besonderem Schutz.
Beim nächsten Fenster hatte ich Sicht auf einen kleinen Drachen, der sich scheinbar verzweifelt an eine Zinne klammerte, um nicht in den Abgrund zu stürzen. Ich konnte mich sehr gut in das arme Kerlchen einfühlen. Einige Windungen weiter oben starrte mich das zähnefletschende Gesicht eines Schimpansen an.
Als ich endlich oben ankam, war mir immer noch schwindlig und ich richtete meinen Blick auf den wolkenlosen Horizont. Dann blickte ich nach unten.
Die Aussicht auf die Altstadt von Bern war atemberaubend. Auf Bodenhöhe schien der historische Kern von Bern in ein eintöniges Sandsteingrau gehüllt. Von hier oben sah ich nur ein fröhliches Rotbraun der Dächer, einen Wald von Kaminen und unzählige Dachterrassen voller Pflanzenkübel, zum Trocknen aufgehängter farbiger Wäsche und Sonnenschirmchen.
Aber ich war ja nicht hier, um die Aussicht zu genießen.
Auf der Aussichtsplattform war nur noch eine andere Person anwesend, eine Frau mit knallrotem kurz geschnittenem Haarschopf und türkisfarbenem langem Rock, die mir den Rücken zugedreht hatte, um die Aussicht Richtung Osten zu genießen.
Wenn die Reinhard nicht erscheint, bringe ich sie um, dachte ich. Als ob sie meine Gedanken gehört hätte, drehte sich die Frau um, und ich erkannte mit einiger Mühe die Arztsekretärin der Orthopädie. Sie sah mich ernst an.

«Was ist mit Ihren Haaren passiert?», fragte ich unhöflich, aber sie schien mir die Frage nicht übelzunehmen.
«Es war Zeit für eine Veränderung», war alles, was sie dazu sagte.
Und was für eine Veränderung! Sie sah aus wie ein frisch aus dem Ei geschlüpfter Paradiesvogel. Erst nach ihrer Verwandlung konnte ich erkennen, wie maskenhaft sie in ihrem früheren immerweißen Outfit gewirkt hatte.
«Sieht gut aus … Wirklich, gefällt mir.»
Elisabeth Reinhard sah weiblicher aus und lebendiger. Da war Farbe und Energie und Emotionen. Ihre Augen blitzten mutwillig, als sie fortfuhr: «Ich habe auch sonst Lust auf einige Veränderungen. Zunächst einmal muss ich einen Stall voller Lügen und Betrügereien ausmisten. Und deshalb will ich mit Ihnen sprechen.»
«Wie meinen Sie das?»
«Das meiste haben Sie ja selbst herausgefunden mit ihrer Rumschnüffelei, aber ich bin sicher, dass sie die Details nicht durchschauen. Alexander Sutter ist sehr clever. Und Sie sind nur ein kleines, unwichtiges Element in seinem Spiel. Er zieht die Fäden, und Sie sind einer seiner Hampelmänner oder Hampelfrauen, wenn Ihnen das lieber ist. Aber ich habe beschlossen, seine Fäden zu kappen.»
Ich hatte also recht. Sutter steckte hinter dieser Geschichte.
«Aber woher wissen Sie, was gespielt wird?», wollte ich wissen.
«Später. Ich kann Ihnen noch nicht alles sagen, aber ich will Ihnen helfen.»
In der folgenden Viertelstunde erzählte mir Elisabeth Reinhard in knapper Sprache die Fakten eines ungeheuerlichen Betrugs, in den die Firma Arctix und Sutter verwickelt waren.
«In diesem Geschäft zählt jeder Tag. Wenn Arctix mit Hilfe von Sutter das neue Hüftgelenk einige Jahre früher auf den Markt bringen kann, werden sie einen zusätzlichen Gewinn im zweistelligen Millionenbereich erzielen. Die Kombination von Medikament und Gelenk ist eine der ganz großen Innovationen der letzten Jahre. Aber die Konkurrenz schläft nicht.»

«Aber das Gelenk muss doch in einer klinischen Studie geprüft werden. Und die Dauer solcher Studien sind doch bis ins Detail gesetzlich vorgeschrieben.»
Elisabeth Reinhard zuckte desinteressiert mit den Schultern.
«Jedenfalls haben sie irgendeinen Dreh gefunden, wie die Studie in deutlich kürzerer Zeit abgeschlossen werden kann. Dafür mussten lediglich die Krankengeschichten der Studienteilnehmer gefälscht werden.»
Obwohl ich nicht verstand, wie dieser Betrug funktionieren konnte, glaubte ich ihr. Für Sutter stand demnach viel auf dem Spiel: nicht nur der Verlust seiner fetten Einkommensquelle, sondern auch ein Betrugsverfahren, das ihm eine Gefängnisstrafe einbringen konnte und dafür sorgen würde, dass er nie mehr eine vergleichbare Stellung erhalten würde. Mich schauderte bei dem Gedanken, dass ich unwissentlich, als reichlich verletzliche letzte Bastion, zwischen Sutter und seinem seit Jahren vorbereiteten Millionencoup gekommen war.
«Das neue Gelenk von Arctix ist effektiv besser als die alten Modelle. Es ging also nur darum, die Studie etwas schneller zu einem Ende zu bringen. Keine große Sache, eigentlich.»
Elisabeth Reinhard sah mich eindringlich an. Ich nickte leicht, obwohl ich absolut nicht ihrer Meinung war. Wer konnte schon wissen, wie das Gelenk sich tatsächlich auf die Gesundheit der Patienten auswirkte, wenn die Daten systematisch gefälscht wurden? Aber ich wollte meine Informationsquelle bei guter Laune halten.
«Und wie hat Sutter die Krankengeschichten effektiv gefälscht, ohne dass es jemandem auffiel?»
«Aber das wissen Sie doch schon, nicht? Das habe ich für ihn getan.»
«Aber weshalb sollten Sie das tun?», fragte ich verwirrt.
«Ich war acht Jahre lang seine Geliebte. Letzten Freitag habe ich mich getrennt.»
Ich brauchte einige Momente, um diese Neuigkeit zu verdauen.
Die Reinhard und der Sutter.
Natürlich, das passte! Mit ihrem unterkühlten, selbstbewussten

Stil und ihrem Aussehen war sie die perfekte Partnerin des ambitionierten Vizedirektors mit seinen lässig um sich gestreuten Giacomettis.
Ganz im Gegensatz zu seiner Ehefrau, die ich einmal an einem offiziellen Anlass kennen gelernt hatte. Eine hypernervöse, als Gastgeberin völlig überforderte und unsichere Frau.
«Es war ganz einfach. In meiner Funktion als Chefsekretärin der Orthopädie habe ich das Recht, die Krankengeschichten im Archiv einzusehen», fuhr die Reinhard mit einem gewissen Stolz in der Stimme fort.
«Und was den Passwortschutz zur Bearbeitung der Austrittsberichte betrifft: jeder mit ein bisschen Verstand kann den knacken. Das Sicherheitssystem des Walmont ist diesbezüglich eine Katastrophe.»
«Was soll das heißen? Wie sind Sie an die Passwörter gekommen, und was haben Sie mit den Krankengeschichten gemacht?»
«Darüber will ich nicht reden. Wichtig für Sie ist doch nur, dass Sutter Geld kassiert hat, um die Studie zu frisieren. Das Geld ist auf einem Nummernkonto bei der Credit Suisse. Ich kenne sogar die Nummer.»
Sie lachte schadenfroh auf. «Diese Informationen sollten genügen, um ihm das Genick zu brechen. Und mir kann man nichts nachweisen. Dafür habe ich gesorgt.»
Ein leichter Wind war aufgekommen und plötzlich roch ich es. Das war doch eindeutig der Duft, den ich im Archiv wahrgenommen hatte. Der mich an Weihrauch erinnert hatte. Elisabeth Reinhards Parfüm!
«Waren Sie das im Archiv? Haben Sie mich niedergeschlagen?», fragte ich sie empört.
«Warum schnüffeln Sie auch im Archiv herum? Sie hätten mich früher oder später entdeckt, ich hatte keine Zeit, mich zu verstecken …, und dann sind Sie auf diese Schachtel zugesteuert, da musste ich Sie stoppen.»
«Sie hätten mich umbringen können mit diesem Infusionsständer!»

«Ach was, man sieht Ihnen an, dass Sie einiges aushalten können.»
«Ich hatte zwei Tage lang Kopfschmerzen», grummelte ich, aber die Reinhard wischte mein Gejammer mit einer Handbewegung vom Tisch.
Ein Moment lang war es still.
«Aber was ist mit den Toten?», fragte ich Sie dann.
«Mit welchen Toten?»
«Hat Sutter Patienten umgebracht?»
«Sind Sie wahnsinnig? Natürlich nicht. Wie sollte er das auch anstellen? Außerdem war das gar nicht notwendig. Die Fälschung der Krankengeschichten genügte für unsere Zwecke und ist auch viel weniger gefährlich.»
Ich hatte Elisabeth Reinhard genau beobachtet, sie schien wirklich entsetzt über meine Frage.
«Und was passiert jetzt mit Ihnen?»
«Ach, ich habe meine Stelle letzten Freitag gekündigt.»
Elisabeth Reinhard zündete sich mit eleganten, ruhigen Handbewegungen eine Zigarette an, inhalierte tief und voller Genuss. Sie schien völlig entspannt in den Anblick der sanften grünen Hügel vertieft, die sich in Richtung Osten scheinbar endlos erstreckten, und ich bewunderte sie für ihre Nonchalance in einem Moment, in dem ihr bisheriges Leben in Trümmern lag. Aber sie schien sich selbst, die Gegenwart und die Zukunft unter Kontrolle zu haben. Zumindest strahlte sie diese Selbstsicherheit aus.
»Sie haben mich gezwungen, mein Leben zu ändern, Frau Beck, wissen Sie das eigentlich?», fragte sie dann, während sie immer noch in die Weite blickte. «Sie sind der Auslöser, dass ich endlich einen Schlussstrich ziehen konnte unter diese Lügengeschichte mit Sutter. Nachdem Sie angefangen haben, herumzuschnüffeln und mir ins Archiv gefolgt sind, ist mir das Ganze zu heiß geworden.»
Ich starrte sie verdutzt an, hatte ich bis zum heutigen Tag doch nicht den geringsten Verdacht gehabt, dass sie etwas mit dem Betrug zu tun haben könnte.

«Jedenfalls habe ich letzte Woche beschlossen, Schluss zu machen. Wenn es darauf ankommt, werde ich aussagen, dass Sutter mir gedroht hat, meine Stelle zu künden, wenn ich nicht tue, was er verlangt, und dass ich sexuell hörig war, oder so. Außerdem habe ich nie direkt Geld von Arctix erhalten.»

Aber ohne Zögern alle Geschenke aus Sutters kriminellen Einkünften akzeptiert, dachte ich für mich.

«Warum haben Sie mir das alles erzählt?», wollte ich wissen.

«Ich will Ihnen helfen. Vielleicht war es ein Fehler, Sie einzuweihen, aber ich habe genug von Sutters Spielen und seinen Manipulationen.»

Ich dachte mir, dass ihre Motivation wohl weniger altruistisch als rachsüchtig motiviert war, aber das konnte mir ja egal sein.

«Sutter hat genügend Leute betrogen und manipuliert. Ich werde mich heute und morgen noch mit anderen … Hampelmännern treffen», sie sah mich bei dieser Bezeichnung mit einem schiefen Lächeln an, «und dann kann ich dieses Kapitel meines Lebens endlich abschließen und neu anfangen.»

Sie wandte sich zur Treppe um.

«Warten Sie: eine letzte Frage. Warum mussten wir uns ausgerechnet auf dem Münsterturm treffen?»

«Ich war noch nie hier oben!»

«Und das ist alles?»

Sie lachte übermütig: «So ist es.»

«Seien Sie vorsichtig.»

Ich wusste selbst nicht, warum ich das sagte.

Sie drehte sich nochmals zu mir um und lächelte zufrieden: «Ich habe noch eine Versicherung für alle Fälle eingebaut und sie an einem Ort versteckt, an dem sie garantiert niemand suchen wird.»

«Sie haben die Krankengeschichten?»

Ein kurzes Nicken und dann war sie weg. Ich wusste nicht, ob ich lachen oder weinen sollte. Also hatte die Reinhard mein Büro verwüstet, diese Hexe, um wieder an die Krankengeschichten zu kommen und etwas gegen Sutter in der Hand zu haben.

Dafür hatte sie mir jetzt geholfen.

Ich versuchte, die Informationen, die ich erhalten hatte, zu verarbeiten. Immer noch blieben viele Fragen ungeklärt: Warum hatten wir im letzten Jahr so viele Todesfälle gehabt? War das doch Sutter gewesen, ohne dass die Reinhard etwas davon wusste? Hatte er ihr die weniger appetitlichen Details des Betrugs verschwiegen?

Ich lehnte mich übers Geländer und spähte nach unten auf den Platz. Dort, beim Brunnen vor der Finanzdirektion, konnte ich einen winzigen knallig türkisfarbenen Farbfleck erkennen, der in scharfem Kontrast zu dem grauen Stein ringsherum stand. Elisabeth Reinhards rote Haare leuchteten im Sonnenlicht grell auf. Sie schienen einen Moment lang aufzulodern. Dann lag der Platz wieder grau und menschenleer da.

Mein Blick fiel auf die rätselhaften Ornamente und unheimlichen Fratzen des Münsters, in Stein gehauene Dämonen aus alten Zeiten. Sollten sie das Gebäude vor Gefahren beschützen oder die Menschen einschüchtern? Es fröstelte mich trotz der Hitze. Einem Vexierbild ähnlich wechselte das Gebäude seine Ausstrahlung. Unvermittelt hatte es etwas Düsteres und Bedrohliches an sich. Eine in Stein gehauene Drohung.

Ein mächtiges Gefühl der Angst um Elisabeth Reinhard erfasste mich. Ich war mir auf einmal sicher, dass sie in höchster Gefahr schwebte.

Ich machte mich an den mühseligen Abstieg in die hitzeschwangeren Gassen der Altstadt. Sollte ich sie warnen? Aber vor wem oder was? Ich wusste selbst nicht, warum ich plötzlich so unruhig war. Elisabeth Reinhard hatte alles unter Kontrolle, sie war eine intelligente Frau und sie hatte sich abgesichert, beruhigte ich mich.

Und so unternahm ich nichts.

***

Zurück im Walmont warf ich einen Blick ins Arbeitszimmer von Max, der erstaunlicherweise nicht nur anwesend war, sondern offensichtlich sogar begonnen hatte, die Papierberge aufzuräumen, die sich seit Jahren in seinem Büro angesammelt hatten. Er war gerade dabei, ein Bündel Papiere zusammenzuschnüren, richtete sich stöhnend vor Anstrengung auf und wischte sich mit einem Taschentuch über sein verschwitztes Gesicht.

«Endlich kommst du! Merian ist eben aus Paris zurück. Und Sutter hat uns um sechs zu einer Aussprache aufgeboten.»

Furcht stieg in mir auf und umklammerte meine Brust. Jetzt geht es hart auf hart, dachte ich.

«Warum eine Aussprache?»

«Offiziell will er dein Memo über die Todesrate mit dem Direktor besprechen und die Sache abschließen.»

«Abschließen?»

«Ich habe ihn über die Ergebnisse meiner Analyse bereits unterrichtet.»

«Du hast doch versprochen, damit bis heute Abend zu warten.»

Max gab keine Antwort und meine Furcht verwandelte sich schlagartig in heiße Wut.

«Sutter hat die Arctix-Studie manipuliert, er hat Daten gefälscht und er hat Geld dafür kassiert», schrie ich ihm ins Gesicht.

«Woher willst du das wissen, Lou?»

«Ich kann dir nur sagen, dass ich einen Zeugen habe.»

«Hörensagen! Hast du auch nur ein Zipfelchen eines Beweises für diese ungeheuerliche Behauptung?»

Als ich mit der Antwort zögerte, fuhr Max fort: «Lou, du bringst dich mit solchen Anschuldigungen in Teufels Küche. Das solltest du doch langsam wissen. Wir sprechen hier von Rufmord, von Ehrverleumdung.»

«Mir ist das alles klar, verdammt noch mal. Aber sollen wir einfach zusehen, wie der Vizedirektor unserer Klinik einen Betrug durchzieht, vielleicht sogar Patienten umbringt, und nichts dagegen unternehmen?»

«Sutter soll Patienten umbringen? Diese Geschichte wird immer besser! Lou, jetzt schalt mal für eine Sekunde dein Hirn an. Sutter hat als Verwaltungsmensch weder das Fachwissen noch die Gelegenheit, um so etwas unbemerkt duchzuziehen.

Im Gegensatz zu einem Pfleger oder Arzt hat er keinen Vorwand, um zu einem Kranken ins Zimmer zu gehen.»
Ich musste ihm Recht geben.
«Hör zu, Lou. Du weißt, dass ich dich sehr schätze. Ich werde versuchen, dir heute Abend aus diesem Schlamassel rauszuhelfen.»
Seine Stimme klang ruhig und bestimmt, aber er wich meinem Blick aus. Er will mir nicht wirklich helfen, dachte ich, seine Seele ist bereits in Afrika.

***

Ich konnte nicht stillsitzen und tigerte in meinem Büro hin und her. Drei Meter bis zum Fenster, ein Blick raus in den Park, Drehung, drei Meter zurück bis zur Türe, Drehung. Meine Gedanken drehten sich genauso im Kreis wie meine Füße. Was bezweckte Sutter mit dieser Aussprache? Vielleicht konnte ich Merian mit dem Argument der Patientensicherheit auf meine Seite ziehen? Wie sollte ich weiter im Walmont arbeiten, wenn es mir nicht gelingen sollte, ihn von meiner Glaubwürdigkeit zu überzeugen? Hier drinnen hielt ich es nicht mehr länger aus. Ich machte mich auf den Weg in den Park. Ich hatte noch Zeit.
Im Foyer winkte mir Ursula zu, aber ich hatte jetzt keine Lust auf einen Schwatz. Ich nahm den Kiesweg Richtung Süden, weg von Parkplatz, Cafeteria, Teich und Kollegen. Als ich um die erste Hecke bog, erblickte ich Holger, der auf einem aus dem Café entführten Plastikstuhl saß, Zeitung las, eine Zigarette im Mund. Mein Gott, war denn eigentlich niemand am Arbeiten! Schnell verschwand ich um die nächste Ecke und fand endlich eine ruhige Bank.
Ich hatte eben die Augen geschlossen, da schreckte mich eine verärgerte Altmännerstimme auf.
«Da sind Sie ja endlich! Ich suche Sie seit Tagen.»
Ich öffnete müde die Augen. Vor mir stand Herr Martin, immer noch schmerzschief, aber mit strahlendem Gesicht.
«Ich habe mich für die Operation entschlossen.»
«Haben Sie sich das auch gut überlegt?»

«Diese Frage aus Ihrem Mund?»
Sollte ich ihm etwa sagen, dass ich Angst hatte, er würde in unserem Spital umgebracht? Selbst ich zweifelte ja an meinen Vermutungen. Das Ganze war doch nur ein übles Hirngespinst.
«Nun, es ist immerhin ein ernsthafter Eingriff», erwiderte ich.
«Routine, reine Routine! Ich habe in der Zwischenzeit einige Langzeitstudien gelesen. Es ist genau, wie Sie gesagt haben: hohe Wirkung, wenig Komplikationen. Auf dieses neuartige Gelenk will ich mich allerdings nicht einlassen. Ich habe keine Lust, mein Leben lang Medikamente zu schlucken, um die Aktionäre der Pharmaindustrie reich zu machen.»
Trotz meiner Anspannung musste ich lächeln. Herr Martin hatte also seine kämpferischen Töne trotz der Aussicht auf ein neues Leben nicht ganz aufgegeben.
«Ich muss mich bei Ihnen entschuldigen», fuhr er dann überaus fröhlich fort. «Ich werde auch nicht bei der Hüftgelenkstudie des Spitals teilnehmen. Nicht einmal in der Kontrollgruppe. Ich habe keine Lust, Versuchskaninchen zu spielen.»
«Das ist Ihr gutes Recht», sagte ich erleichtert.
«Routine, reine Routine diese Operation», wiederholte er noch einmal fröhlich. Dann bedankte er sich artig für meine Hilfe und ging langsam davon.
Ein Blick auf die Uhr zeigte mir, dass mir nur noch wenige Minuten blieben und ich beeilte mich, ins Spital zurückzukehren.

***

Das Schreiben war eine halbe Seite lang und trug den offiziellen Briefkopf des Walmont. Unten waren vier Unterschriftenblöcke angefügt, bei dreien waren bereits Signaturen vorhanden, die ich nur allzu gut kannte: Merian, Sutter und LeBlond. Es fehlte nur noch eine Unterschrift: meine.
Ich las den Text Wort für Wort durch, mir wohl bewusst, dass sich hier an diesem Tisch meine berufliche Zukunft entscheiden würde.
Im ersten Abschnitt folgte eine chronologisch geordnete Auf-

zählung der Fakten, die zu diesem Gespräch geführt hatten. Dann wurde festgehalten, dass meine Beobachtung einer Anormalität in den Mortalitätsdaten des Walmont der nochmaligen Überprüfung der Daten durch PD Dr. med. Max LeBlond nicht standgehalten habe. Die unterzeichnenden Personen seien sich einig, dass das erste Ergebnis aufgrund eines Fehlers in der Datenanalyse durch Frau Dr. L. Beck entstanden sei. Damit könne geschlossen werden, dass kein Grund vorliege, um weitere Schritte in dieser Hinsicht vorzunehmen. Die Sicherheit der Patientenversorgung im Walmont sei auf höchstem Niveau gewährleistet, blablabla.

Im letzten Abschnitt verpflichteten sich die unterzeichnenden Personen, diesen Vorfall im Hinblick auf eine mögliche Beunruhigung der Patienten oder weiterer Kreise vertraulich zu behandeln und Dritten gegenüber nicht zu erwähnen.

Ich schaute auf. Merian hatte sein Jackett ausgezogen und die Hemdsärmel aufgekrempelt. Sein Hemd war völlig nassgeschwitzt. Er nickte mir aufmunternd zu, in Gedanken wohl schon bei seiner nächsten Sitzung mit dem Krankenkassenverband. Sutter, wie immer korrekt gekleidet, streckte mir ungeduldig seinen goldenen Füllfederhalter entgegen. Max, ausnahmsweise auch einmal in Anzug und Krawatte, beobachtete mich stirnrunzelnd und nickte mir dann aufmunternd zu.

Ich nahm zögernd den Füllfederhalter entgegen. Ich spürte, wie mir der Schweiß ausbrach, und sah, dass sich das Papier unter meinen Fingern bereits zu wellen begann. Ich musste nur meinen Namen unter dieses Stück Papier kritzeln und konnte wie gewohnt im Walmont meine Arbeit tun, im Vertrauen darauf, dass Max die Daten geprüft hatte und mit seinem Namen dafür bürgte, dass alles in Ordnung war.

«Es tut mir leid, ich kann das nicht unterschreiben.»

Einen Moment schien es, als hätte ich Nepalesisch oder Aramäisch gesprochen. Die drei Männer sahen mich an, als ob sie meine Worte nicht verstehen könnten. Dann fingen alle drei gleichzeitig an, mich zu beschwören oder im Fall von Sutter anzuschreien. Nach einigem unverständlichem Hin und Her setzte sich Sutter durch und sagte in kaltem, entschlossenem Ton: «In diesem Fall haben Sie sich ab sofort als suspendiert zu betrachten. Sie haben eine halbe Stunde Zeit, um Ihre persönlichen Sachen aus dem Büro zu entfernen. Ich werde sofort einen Securitas-Wächter anfordern, der Sie begleitet.»

Mit Schwung stand er auf und griff zum Telefon, das auf dem Nebentisch stand.

«Moment, Alexander, nicht so schnell», mischte sich Merian ein. «Zunächst möchte ich hören, warum Frau Doktor Beck das Schreiben nicht unterzeichnen will.»

Der Direktor des Walmont wandte sich mir fragend zu, und ich überlegte fieberhaft, was ich in dieser Runde sagen durfte und was nicht. Merian hatte ich bisher immer als integer eingeschätzt. Die Stille dehnte sich aus und ich gab mir einen Ruck. Es war vielleicht die einzige Chance, die ich hatte, dem Direktor meine Sicht der Dinge mitzuteilen.

«Ich arbeite seit vielen Jahren mit den Patientendaten des Walmont. Niemand kennt diese Daten so gut wie ich.»

Ich sah Max fragend an und er bestätigte meine Feststellung mit einem Nicken.

«Ich kann mittlerweile die Muster lesen, die sich in den 10 000 Patientenrecords pro Jahr verbergen. Ich erkenne die Spezialgebiete der einzelnen Ärzte im Patienten-Mix des Walmont. Ich kann an den Daten erkennen, ob beispielsweise ein Arzt vom Walmont weggegangen ist und ob er seine Patienten in sein neues Spital mitgenommen hat oder nicht.»

Ich zögerte einen Moment, und die drei Männer sahen mich gespannt an.

«Ich habe die Daten des letzten Jahres insgesamt fünfmal analysiert und vergeblich nach dem Fehler gesucht, der die überzähligen Toten erklären könnte. Ich habe die Records einzeln mit den elektronischen Austrittsberichten und sogar mit den Krankengeschichten aus dem Archiv verglichen.»

«Sie hatten gar nicht das Recht dazu, in den Krankengeschichten herumzuwühlen», fuhr mich Sutter an, aber Merian unterbrach ihn mit einer knappen Handbewegung.

Ich holte tief Luft.
«Ich bin sicher, dass sowohl die Krankengeschichten wie auch die statistischen Informationen systematisch gefälscht wurden», hier unterbrach mich erneut ein Ausruf von Sutter, aber Merian mahnte seinen Vize mit einer energischen Handbewegung zur Ruhe.
«Bevor Max LeBlond meine Analysen nochmals wiederholen konnte, wurde das Datenfile durch eine neue Version ersetzt, so dass er zu einem anderen Ergebnis kommen musste als ich.»
«Das ist ein ungeheuerlicher Vorwurf, Frau Beck. Haben Sie Beweise dafür?», fragte mich Merian.
«Nein, bisher nicht.»
Dass mit der Zerstörung meines Büros auch ein Großteil meiner Beweise verschwunden war, konnte ich hier nicht vorbringen. Auch nicht, dass ich eigenhändig Patientendaten aus dem Walmont mit nach Hause genommen hatte. Und das Zeugnis der Reinhard war wertlos, ohne dass ich die Quelle angeben konnte, woher mein Wissen stammte. Ihren Namen konnte und wollte ich aber nicht preisgeben.
«Es tut mir leid, Frau Beck, aber mir scheint das alles extrem unwahrscheinlich. Und wenn Sie Ihre Behauptungen nicht belegen können, frage ich mich, weshalb wir überhaupt diesen Aufstand machen.»
Warum *ich* diesen Aufstand mache, meinte er wohl, war aber zu höflich, es so auszudrücken. Merian wurde nun sichtlich ungeduldig. Er wollte die Sache zu einem Ende bringen.
«Um meine Behauptungen belegen zu können, brauche ich mehr Zeit, Herr Merian. Diese Sache ist so wichtig, dass wir sie einfach sorgfältig prüfen müssen. Stellen Sie sich vor, Sie müssten sich später einmal vorwerfen, nicht zum Wohl der Patienten interveniert zu haben.»
«Aber wenn das stimmen würde, was Sie behaupten, müssten ja Personen aus dem Kader des Walmont in die Sache verwickelt sein. Sie müssen doch etwas Konkretes wissen. Legen Sie Ihre Karten jetzt auf den Tisch oder schweigen Sie über diese Sache.»

Mein Blick schwenkte gegen meinen Willen zu Sutter hinüber und einen beklemmenden Moment lang versank ich in seinen farblosen Augen wie in einem bodenlosen Brunnen. Ich versuchte, zu einem Entschluss zu kommen, fühlte mich aber wie gelähmt.

Schließlich brach Sutter den Augenkontakt ab und sagte: «Das ist doch alles ein Hirngespinst einer überforderten Akademikerin. Fakt ist hingegen, dass Frau Beck entgegen meiner Weisung und entgegen den Vorschriften vertrauliche Patientendaten eingesehen hat. Es bleibt uns gar nichts anderes übrig, als sie zu suspendieren, und streng genommen müssen wir auch die Staatsanwaltschaft einschalten.»

Merian sah Sutter nachdenklich an, dann bat er mich höflich, meinen Schlüssel abzugeben und bis auf weiteres dem Walmont fern zu bleiben.

Ich blieb einen Augenblick wie gelähmt sitzen. Das Blut rauschte in meinen Ohren und mir wurde schwindlig. Merians Urteil war gefällt ... zu meinen Ungunsten! Wie sollte ich nun den Betrug nachweisen können, wenn ich das Walmont nicht mehr betreten durfte? Hatte ich damit auch meine Stelle verloren?

Verlier jetzt nicht die Fassung! Diesen Triumph soll Sutter nicht haben!

Mit starrem Gesicht, aber ohne Tränen verließ ich das Büro des Direktors. Im Vorzimmer blieb ich kurz stehen, um durchzuatmen und mir zu überlegen, was ich jetzt tun sollte. Da hörte ich ein leises Geräusch und drehte mich erschrocken um.

Frau Men, die gerade dabei war, das Pult der persönlichen Assistentin des Direktors zu reinigen, sah mich mit forschenden Augen an. In diesem Moment öffnete sich die Türe zum Büro des Direktors, Sutter trat heraus und pflanzte sich unangenehm nahe vor mich hin.

«Ich nehme an, wir verstehen uns richtig und Sie sind sich im Klaren darüber, dass kein Wort, das hier gesprochen wurde, nach außen dringen darf.»

Ich sah ihm direkt in seine farblosen Augen. «Wenn es kein Problem im Walmont gibt, sehe ich die Notwendigkeit dieser Geheimnistuerei nicht ein.»

«Wo sind Sie eigentlich zur Schule gegangen?», blaffte er mich an, und ich hätte sein arrogantes Gesicht am liebsten zu Brei geschlagen.
«Haben Sie schon einmal etwas von Marktstellung und Kundenbindung gehört?», fuhr er fort.
«Und haben Sie schon einmal etwas von Sorgfaltspflicht und Ehrlichkeit gehört?»
«Sie naive, verbohrte Kuh. Ich sorge dafür, dass Sie gefeuert werden, noch bevor dieser Monat um ist. Und rechnen Sie nicht mit LeBlond …»
In diesem Moment wurde er abrupt unterbrochen, da Frau Men ihm von hinten mit ihrem Besen in die Beine gefahren war.
«Oh, sorry, so sorry. Ich nicht achten. Big boss, oh, oh.»
Und dann wischte sie mit ihrem ziemlich dreckigen Staublumpen an seinen Hosenbeinen herum, kam dabei gefährlich nahe an sein Allerheiligstes, während sie sich pausenlos entschuldigte. Sutter zappelte nervös herum, um sich vor dem zudringlichen Herumgefummel in Sicherheit zu bringen.
Trotz meiner Wut spürte ich von weit unten ein hysterisches Kichern aufsteigen.
«Sie werden noch von mir hören, Frau Beck», beendete er seinen Auftritt, bevor er sich eilig wieder ins Büro des Direktors flüchtete. Frau Men lächelte mich an und dann …, nein, es gab keinen Zweifel …, blinzelte sie mir tatsächlich kurz zu und machte sich wieder an die Arbeit am Pult der Assistentin. Ich fragte mich, was sie bei ihrer Arbeit eigentlich so alles von den Kämpfen hinter den Kulissen des Walmont mitbekam.
Seltsam getröstet ging ich weiter. Wenn Frau Men sich nicht von Sutter einschüchtern ließ, würde ich das auch nicht tun. Nach Hause gehen und Däumchen drehen schien mir keine gute Strategie zu sein. Merian hatte mir nicht ausdrücklich verboten, meine Nachforschungen weiterzuführen.
Ich ging langsam zurück in mein Büro, packte das Nötigste zusammen, schaute mich noch einmal voller Wehmut in diesem Raum um, in dem ich die letzten Jahre nachgedacht, diskutiert, geschwitzt, geflucht und gelacht hatte, und gab dann meinen

Schlüssel an der Pforte ab. Ich begegnete niemandem, den ich kannte, hatte aber das Gefühl von Hunderten von neugierigen Augenpaaren verfolgt zu werden.

***

Zu Hause fühlte ich mich wie in einer Falle. Ich war wütend auf Max, enttäuscht von unserem Direktor und voller Hass, wenn ich an Sutter dachte. Aber so leicht würde ich es diesem feinen Herrn nicht machen! Er hatte mich als durchgeknallten Störenfried hingestellt, eine Forscherin, die nicht mehr klar denken konnte.

Und recht hatte er, verdammt noch mal! In den letzten Tagen hatte ich nichts anderes getan, als mich zu fürchten, zu spekulieren, mich mit diesem oder jenem zu unterhalten und in der Gegend umherzurennen. Aber nachgedacht? Ernsthaft gearbeitet an dem Problem? Nein.

Ich musste mich jetzt auf meine Stärken besinnen. Denken, analysieren, schlussfolgern. Konsequenzen ziehen.

Ich dachte nach.

Da war diese zeitliche Häufung der Todesfälle. Ich hatte ein Muster vermutet, war mir aber nicht sicher, ob es sich um Zufall handelte. Dem musste ich nachgehen.

In den nächsten zwei Stunden entwickelte ich ein Modell, um die erwartete Sterblichkeit der Patienten des Walmont für je eine Kalenderwoche zu berechnen. Ich nahm die Daten der vorangehenden fünf Jahre, berechnete die mittlere Anzahl Sterbefälle pro Woche, korrigierte diesen Wert mit dem Alter und Geschlecht der im Walmont anwesenden Patienten in jeder Woche des letzten Jahres und berechnete daraus die zu erwartende Sterblichkeit.

Ich erhielt wie erwartet eine flache U-förmige Kurve. Im Januar und Februar waren aufgrund der Grippesaison am meisten Tote zu erwarten. Im Sommer gab es je nach Hitzeperioden einen kleineren Peak, von Ende November an stieg der Wert wieder langsam.

Jetzt kam der entscheidende Schritt: Ich musste die tatsächlich beobachteten Todesfälle mit dieser Kurve vergleichen und die Unterschiede auf ihre Signifikanz testen. Waren die Unterschiede signifikant, musste man davon ausgehen, dass sie eine Bedeutung hatten, nicht zufällig entstanden waren. Ich wartete müde auf die Berechnung.

Sieben von den acht zeitlichen Peaks waren signifikant. Ich hatte also recht gehabt. Diese zeitliche Häufung der Todesfälle war kein Zufall.

Nach zwei Stunden konzentrierter Arbeit fühlte ich mich völlig ausgelaugt. Ich spürte nichts außer einer großen Leere in mir und eine abgrundtiefe Müdigkeit.

Vor zwei Wochen war ich noch glücklich gewesen. Zufrieden mit meinem Leben hatte ich mich von Freunden und guten Arbeitskollegen gestützt gefühlt. Stark und sicher in dem, was ich tat.

In der Zwischenzeit hatte sich ein Abgrund aufgetan. Ich glich einer Billardkugel, die sich verzweifelt bemühte, im Spiel zu bleiben, und weder wusste, woher der nächste Stoß kam, noch, wo das tödliche Loch war.

Ich konnte, ich wollte nicht mehr über die Geschehnisse im Walmont nachdenken. Müde erhob ich mich und ging zu meiner CD-Sammlung, um etwas Passendes zu suchen. Ich griff mir das Requiem von Mozart, machte das Licht aus und legte mich wieder auf das Sofa.

Es verging eine halbe Stunde bis Mozart zu mir durchdrang, irgendwann hörte ich nicht nur wohlklingende Geräusche, sondern konnte diese wunderbare Musik wieder fühlen. Meine Brust krampfte sich schmerzhaft zusammen und meine Kehle wurde ganz eng. Für den Rest des Requiems weinte ich.

10 *Mittwoch · 12. August · 7.50 Uhr · 31,3 °C*

Ich schlief wie ein Stein und erwachte dennoch müde und verspannt. Die Ereignisse der letzten Tage forderten ihren Tribut. Langsam, aber sicher kam ich an meine körperlichen und geistigen Grenzen. Ich fühlte mich, als ob ich gestern verprügelt worden wäre. Und wenn ich an den heutigen Tag dachte, dehnte sich eine endlose öde Weite vor mir aus.
Ich duschte und zog mich an. Dann verließ ich das Haus, um meinen Kopf auszulüften und nachzudenken. Es war erst acht Uhr und bereits unerträglich heiß.
Ich übersprang den kleinen Bach vor unserer Siedlung und wandte mich dann nach Westen, Richtung Felder und Wiesen. Trotz der Hitze schritt ich kräftig aus und kam allmählich in einen guten Rhythmus. Nach einer halben Stunde kehrte ich um und kam mit deutlich mehr Zuversicht wieder nach Hause. Ich wusste jetzt, wie ich weiter vorgehen wollte: Ich musste nochmals ins Archiv des Walmont, um mehr über die Arctix-Studie in Erfahrung zu bringen.
Erst nachdem ich über den Bach gesprungen war und mir beinahe nasse Schuhe geholt hatte, fiel mir der Mann auf, der vor meinem Haus auf einem ‹Bänkli› saß.
Es war Philipp Laval.
Mein Herz machte einen kleinen Hüpfer. Ich fuhr mir mit der Hand durch die Haare. Hatte ich mich heute morgen überhaupt gekämmt?
«Entschuldigen Sie die Störung. Ich wollte mich nur schnell erkundigen, wie es Ihnen am Tag eins Ihres Ruhestands so geht. Und ich habe ‹Gipfeli› mitgebracht.»
Zum Beweis schwenkte er eine große Papiertüte.
«Wie Sie sehen, verbringe ich meine Frühpension, wie es sich gehört: mit Spazieren. Bitte kommen Sie rein.»

Aus der Nähe realisierte ich, wie müde und erschöpft Laval aussah. Da waren dunkle Schatten und Falten in seinem Gesicht, die ich noch nicht kannte.
«Kommen Sie direkt von der Arbeit?»
«Sieht man mir das an? Ich hatte drei Nachtschichten und dazwischen musste ich noch einen Notfalldienst übernehmen.»
Ich nahm ihm die Tüte mit den Gipfeli ab und deponierte sie auf dem Küchentisch, räumte schnell den Stapel mit Zeitungen und Zeitschriften vom Tisch, putzte einen Konfitürenrest weg, angelte die Kaffeedose vom Gestell, füllte den Espresso-Kocher und stellte ihn auf die Herdplatte.
«Hey, das ist ja von Swarovski, wie der Schmuck, nicht?», fragte mich Laval, als ich zurückkam, und hantierte dabei ungeschickt mit meiner ATS 60. Hastig nahm ich ihm das Fernrohr aus den Händen – das Ding hatte mich über 2000 Franken gekostet.
«Beobachten Sie damit etwa Ihre armen Nachbarn?»
«Ich kann nichts dafür. Das ist eine erbliche Veranlagung.»
Er starrte mich an, als ob er gerade eine tote Ratte entdeckt hätte.
«Meine Großmutter Olga war Ehrenmitglied bei der ALA Kleinbasel; ich musste schon Vögel beringen, bevor ich zehn Jahre alt war. Das wird man nie mehr los.»
«Ah … Sie sollten mich nicht verarschen, ich bin zu müde dafür.»
«Wollen Sie sich einen Moment auf das Sofa legen, bis der Kaffee fertig ist?»
«Ich bin eigentlich nicht gekommen, um …» Ich ließ ihn mitten in seiner zögerlichen Erklärung stehen, ging in mein Schlafzimmer und holte eine leichte Baumwolldecke. Er streckte die Arme aus, um mir die Bettdecke abzunehmen, umfasste dann aber anstelle der Decke meine Arme direkt über den Ellenbogen. Ganz sachte strichen seine Daumen über meine bloße Haut und ein wohliges Schaudern lief über meinen Rücken. Dann ließ er meine Arme abrupt los, murmelte verlegen irgendeine Entschuldigung und nahm mir endlich die Decke ab.
Ich verzog mich mit Herzklopfen in die Küche, um nach dem Kaffee zu schauen. Als ich die Milch aus dem Kühlschrank

nahm, fiel mir auf, wie dreckig er innen war. Schnell putzte ich an den schlimmsten Stellen etwas herum. Als ich nach wenigen Minuten zurückkam, war Laval eingeschlafen.
Nachdem ich mir das zweite Gipfeli genehmigt hatte, rief Helga an.
«Kommst du am Samstag an die Vernissage?»
«Welche Vernissage?»
«In der Matte ist eine neue Galerie aufgegangen, die Kunst-Bar neben der Cinématte. Der Besitzer ist ein Freund von Johann. Den kennst du doch? Der Mann von Pauls Cousine. Jedenfalls: Paul kann auch eine Wand bespielen.»
«Das freut mich für Paul, wirklich, aber …», versuchte ich Helgas Begeisterungssturm zu unterbrechen. Vergeblich.
«Komm schon, Lou. So kommst du ein wenig unter die Leute. Das wird dich aufmuntern.»
Ich machte eine vage Zusage.
«Woher weißt du eigentlich, dass ich zu Hause bin?», wollte ich wissen.
«Ursula hat es mir gesagt. Und die weiß es von Heike, der neuen Controllerin. Du weißt ja, wie das geht im Walmont.»
Danach wollte Helga wissen, wie es mir ginge, und berichtete mit vergnügter Stimme, dass die Gerüchte über meine Suspension wild wucherten.
«Es wird vermutet, dass du vertrauliche Patientendaten an die Konkurrenz verkauft hast oder dass du eine Affäre mit dem Direktor hattest und seine Frau ihm nun die Hölle heiß macht.»
Helga lachte, aber mir war nicht danach zumute. Sie versuchte, mich mit irgendwelchen Gemeinplätzen («bezahlter Urlaub und das bei diesem Wetter und was für ein Glück manche doch haben») zu trösten, was mich total nervte, und so wechselte sie abrupt das Thema. «Was macht eigentlich dein Franzose mitten in der Nacht auf der Chirurgie?», fragte sie mich.
«Er ist Kanadier, nicht Franzose», antwortete ich und lächelte bei der Vorstellung, wie wohl Helga reagieren würde, wenn sie wüsste, dass dieser Kanadier gerade in diesem Moment auf meinem Sofa lag.

«Außerdem ist er nicht *mein* Franzose. Und was meinst du überhaupt mit: in der Nacht?»
«Ich habe ihn während meiner letzten Nachtwache um ein Uhr früh auf der Station 2 der Chirurgie angetroffen. Ein komischer Anblick. Zu seinem Arztkittel hat er ein schwarzes Beret getragen. Er hat keinerlei Erklärungen abgegeben, was er mitten in der Nacht dort wollte.»
«Er hatte eine Nachtschicht. Ich habe keine Ahnung, warum er auf der Chirurgie war, aber irgendeinen Grund wird es wohl geben für seinen nächtlichen Besuch.»
Ich versuchte, mir Laval mit Baskenmütze auf seinem dunklen Haar vorzustellen. Zumindest in meiner Phantasie sah das sehr attraktiv aus …
«Was hast du jetzt vor?», wollte Helga dann wissen.
«Keine Ahnung. Entlassen haben sie mich ja noch nicht …»
«Mach dir keine Sorgen. Sie haben nicht den geringsten Grund, dich zu entlassen. Diese Schweine haben dich aus dem Walmont verbannt, damit sie freie Bahn für ihre Machenschaften haben.»
«Ich weiß nicht Helga, bisher habe ich Merian eigentlich nicht so eingeschätzt. Und Max …».
«Ja, was ist denn eigentlich mit deinem Chef los? Hat der dir denn gar nicht geholfen?»
«Ich glaube, was im Walmont geschieht, ist ihm schlicht gleichgültig, er interessiert sich nur noch für sein Spital in Afrika.»
Wir sprachen die Möglichkeiten durch, die ich jetzt noch hatte, um Merian auf meine Seite zu ziehen, kamen jedoch auf keinen grünen Zweig. Ich erzählte Helga von meiner Absicht, nochmals ins Archiv zu gehen.
«Soll ich mitkommen?», fragte Helga.
«Nein, das muss ich allein machen.»
«Nein, das muss ich allein machen», äffte sie mich mit übertrieben tiefer Stimme nach. «Weißt du, wie arrogant du manchmal bist? Musst du eigentlich alles als Ein-Frau-Kriegszug sehen?»
So sah sie mich also?
«Ich weiß wirklich nicht, wie du mir helfen könntest, Helga.

Außerdem könnte ich erwischt werden.»
«Ja, ja. Du bist eben Rumbo und ich bin bloß eine trottelige Freundin.»
«Rambo, nicht Rumbo.»
«Ach, leck mich doch!» Und nach ein paar Sekunden: «Lou? Pass auf dich auf, Schätzchen.»
Als nächstes rief ich Ceccarelli an. Er erwartete mich um ein Uhr nachts, kein Problem. Erleichtert seufzte ich auf. So weit, so gut. Es blieb noch die Reinhard, die den Hörer aber sofort wieder aufhängen wollte, als sie meinen Namen hörte. Mit einer Mischung aus Druck, Andeutungen und Bitten erreichte ich ihre Zusage, sich am nächsten Tag mit mir zu treffen. Wir verabredeten uns für elf Uhr, diesmal vor und nicht auf dem Münster.
Danach packte ich entschlossen meinen Badesack. Ich stellte mir Sutter vor, wie er in seinem protzigen Büro saß und vor Hitze fast verging. *Soll er doch an seiner edlen Kravatte ersticken!*
Ich jedenfalls würde ihm den Gefallen nicht tun und Trübsal blasen, nur weil ich freigestellt worden war.
Es schien mir grausam, Laval aus dem viel zu kurzen Schlaf zu wecken, und so schrieb ich ihm nur eine kurze Notiz, dankte ihm für das Frühstück und bat ihn, beim Verlassen der Wohnung die Türe von außen fest ins Schloss zu ziehen. Nachdenklich betrachtete ich sein im Schlaf entspanntes Gesicht, seine dunklen, etwas verstrubbelten Haare.
Wenn dieser Alptraum endlich vorbei ist, wer weiß? Ich riss mich von dem Anblick los und machte mich auf den Weg.

***

Rosa Ludovic-Camenzind war die Nächste auf meiner Liste von Angehörigen, die ich befragen wollte. Ich hatte den Termin bereits gestern ausgemacht und wollte ihn nicht absagen. Der Direktor hatte mich nur gebeten, meinen Schlüssel abzugeben, aber kein Wort davon gesagt, dass ich außerhalb des Walmont keine weiteren Nachforschungen betreiben dürfe. Also würde ich damit weiterfahren, so gut es unter diesen Bedingungen eben noch möglich war.

«Mein Vater ist eben aufgewacht», meinte Frau Ludovic, als sie mich in das kleine Einfamilienhaus im Weißensteinquartier bat. «Aber wie ich Ihnen bereits am Telefon gesagt habe, ist er seit dem Tod meiner Mutter nicht mehr ganz klar im Kopf. Ich weiß nicht, ob er Ihnen helfen kann. Meine Schwester wird vielleicht noch schnell vorbeischauen. Sie weiß am besten Bescheid.»

Frau Ludovic führte mich zu einem kleinen Esstisch, auf dem ein bunter Strauß mit Sommerblumen stand, und bot mir Mineralwasser an, das ich dankend annahm.

«Sieben Jahre lang bin ich nie verreist. Ich konnte das doch nicht ahnen.»

Sie sah mich traurig an.

«Ich war in Sizilien. Meine Mutter ist so schnell und unerwartet gestorben, dass ich nicht mehr rechtzeitig zurück war.»

«Das ist für Sie sicher auch nicht einfach gewesen.»

«Wissen Sie, eigentlich sollte ich dankbar sein, dass sie einen schnellen und schmerzfreien Tod hatte … Aber ich kann es immer noch nicht fassen, dass ich mich nicht von ihr verabschieden konnte. Wir standen uns nahe …, und als ich sie das letzte Mal sprach, war sie noch ganz im Hier und Jetzt.»

Und nach einer langen Pause: «Sie hatte ein gutes Leben und einen schnellen Tod, was will man mehr.»

Aber es klang nicht so, als ob sie wirklich glaubte, was sie da sagte. Sie seufzte bekümmert, ging dann in eines der angrenzenden Zimmer und kam in Begleitung ihres Vaters zurück. Herr Camenzind ging gebückt und unsicher. Trotz des dicken Hausmantels, den er trug, konnte man erkennen, dass er extrem dünn, ja fast ausgemergelt war. Er glich einer windzerzausten Vogelscheuche mit steckenähnlichen Armen, die aus zu kurzen Ärmeln baumelten, und riesengroßen, knochigen Händen. Mit diesen Händen krallte er sich am Tischblatt fest, während seine Tochter ihm half, sich hinzusetzen. Er saß mit stark gekrümmtem Rücken da und war gezwungen, den Kopf zu heben, um mich von unten betrachten zu können. Aber seine Augen waren klar und neugierig.

«Sie können meine Frau heute nicht sprechen, Frau Beck. Sie ist verreist», teilte er mir dann mit einer erstaunlich kräftigen Stimme mit. Ich wusste nicht, wie ich reagieren sollte, dann schaltete sich seine Tochter ein.

«Frau Beck möchte gerne wissen, weshalb Mutter letzten Februar ins Spital musste. Kannst du dich erinnern?»

«Weshalb sollte ich mich nicht erinnern können? Ich bin alt, aber nicht blöd», gab er gereizt zurück. «Letzten Februar …, mmh, sie hatte wieder einmal Probleme mit ihrem Herzen. Sie hat schon seit Jahren ein schwaches Herz und nimmt Medikamente gegen Bluthochdruck. Und dann musste sie einige Tage zur Kontrolle bleiben. Ich habe sie besucht …»

In diesem Moment wurden seine Augen unvermittelt trübe und er sackte noch etwas tiefer in sich zusammen. Er begann leise zu summen und schien nichts mehr um sich wahrzunehmen. Frau Ludovic flüsterte mir zu, dass er sich bald wieder erholen würde. Sie erhob sich und winkte mir, ihr zum Balkon zu folgen. Herr Camenzind summte immer noch und wiegte sich dazu ganz leicht hin und her.

«Das hat er immer wieder zwischendurch, dann ist er in einer anderen Welt und man kann nicht mit ihm sprechen.»

Nur um überhaupt etwas zu sagen, fragte ich sie: «Was summt er denn da? Irgendwie kommt mir die Melodie bekannt vor.»

Frau Ludovic stiegen Tränen in die Augen. Dann sagte sie mit belegter Stimme: «Es ist aus einem Oratorium von Dvorak, das ‹Stabat mater dolorosa›, ein Lieblingsstück meiner Mutter. Mein Vater hat immer gesagt, dass klassische Musik nur etwas für reiche Bonzen sei, und hat meine Mutter stets gehänselt, wenn sie sich wieder eine Aufnahme anhörte. Er hat sie in all diesen Jahren nicht ein einziges Mal in ein Konzert begleitet, obwohl sie ihn jedes Mal darum gebeten hat. Seit sie tot ist, summt er dieses Stück. Ich …, ich hätte mir nie vorstellen können, dass er diese Musik überhaupt wahrgenommen hat, aber er kennt sogar die Worte dazu. In Lateinisch …»

Sie begann zu weinen. Ich drückte kurz ihren Arm und ließ sie dann allein auf dem Balkon. So viel Schmerz um mich herum, dachte ich.

Herr Camenzind hatte in der Zwischenzeit damit begonnen, eine Zeitung zu lesen. Seine abwesende Phase war offensichtlich vorbei. Ich setzte mich wieder an den Tisch und er lächelte mich freundlich an.

«Meine Tochter denkt, ich sollte in ein Altersheim, weil ich nicht mehr für mich selbst sorgen kann. Aber wenn Elsa endlich zurück ist, geht es mir besser. Ich bin ganz sicher.»

«Herr Camenzind, wissen Sie noch, weshalb die Ärzte Ihre Frau einige Tage im Walmont behalten haben?»

«Mmmh, wenn nur das Annekäthi da wäre, sie kennt sich besser aus mit solchen Sachen. Ich weiß jedenfalls noch, dass sie neue Medikamente bekommen hat. Ob die noch reichen, wo sie doch jetzt schon so lange unterwegs ist?», fragte er mich mit besorgter Miene.

Glücklicherweise wurde ich einer Antwort enthoben, da es in diesem Moment klopfte und gleichzeitig die Türe aufging. Eine große grauhaarige Frau mit burschikosem Haarschnitt trat ein.

«Ah, da ist sie ja. Annekäthi, da ist eine Frau, die etwas über Elsa wissen will.»

Frau Ludovic machte uns miteinander bekannt und verschwand dann kurz mit ihrer Schwester in die Küche. Ich hörte eine leise gemurmelte Frage, eine Antwort und dann kam Annekäthi Camenzind zurück und setzte sich zu uns an den Tisch.

«Was möchten Sie wissen? Wenn ich Rosa richtig verstanden habe, möchten Sie Informationen zum Tod meiner Mutter.»

Ich hörte Rosas scharfes, erschrockenes Einatmen. Gleichzeitig begann der Alte wieder zu summen. Diesmal bewegte er sich heftiger hin und her und drohte fast vom Stuhl zu fallen.

«Warum musst du ihm das immer wieder antun?», fragte Frau Ludovic in einem wütenden Flüsterton.

«Ich tue ihm nichts an. Ich spreche nur die Wahrheit aus.»

«Aber du siehst doch, dass er es nicht erträgt. Das ist doch grausam.»

«Nein, was du machst, ist grausam. Er glaubt immer noch, dass Mutter wieder zurückkommt.»
Rosa schluchzte auf und verschwand ins Badezimmer. Ich erhob mich rasch, um mich zu verabschieden, ich hatte bereits genug Schaden angerichtet. Als ich mich für die Störung entschuldigen wollte, wurde ich von Frau Camenzind mit einer unwirschen Handbewegung unterbrochen. «Sie haben uns mitgeteilt, dass meine Mutter einen Hirninfarkt gehabt habe und im Schlaf gestorben sei. Es sei zwar selten, dass vorher gar keine Beschwerden oder Vorzeichen aufträten, aber das sei schon möglich in diesem Alter.»
Als sie das Zimmer verlassen hatte, um zu ihrer Schwester zu schauen, sprach mich Herr Camenzind nochmals mit völlig klarer Stimme an: «Ich weiß genau, was ich hier mache. Ich warte darauf, dass Elsa endlich kommt und mich abholt. Das ist alles.» Er nickte mir zufrieden lächelnd zu und ich ging.

***

Es war kurz nach zwölf, als ich im Marzili ankam, aber die Plätze unter den großen Platanen waren bereits restlos belegt. Dicht an dicht lagen hier die Badetücher. Langsam ließ ich meine Augen über die grellbunt gefleckte Liegewiese schweifen. Ich hatte Glück: Eine Mutter packte eben ihren quengelnden Dreikäsehoch und machte sich auf den Heimweg. Ich hüpfte auf Zehenspitzen eilig zwischen den näherliegenden Tüchern hindurch und erreichte die freie Fläche knapp vor einem Mitkonkurrenten, der trotz Schmerbauch eine fast unanständig knappe Badehose im Tiger-Look trug.
Nachdem ich den hart erkämpften Platz ausreichend markiert hatte, machte ich mich auf den Fußweg dem Fluss entlang bis zum Camping Eichholz. Von dort aus konnte man endlos in der Aare treiben, bis man im Marzili wieder aus dem Fluss steigen musste.
Ich verbrachte einige Stunden mit Schwimmen, Beobachten der Badegäste bei ihren Bräunungs- und Balzritualen und Le-

sen. Ich hatte mir einen dieser fantastischen Comics von Jiro Taniguchi geleistet. Leider war ich immer viel zu schnell durch. Ich legte das Buch weg und drehte mich auf den Rücken. Dicke Wolken hatten sich gebildet und zogen langsam über Bern hinweg. Ich beschäftigte mich damit, mir für die sich ständig verändernden Wolkenformationen treffende Bezeichnungen auszudenken. Als sich die Ränder der Wolken langsam rosa verfärbten, war es Zeit zu gehen.

Ich beschloss, den längeren Weg durch das Mattenquartier und die Altstadt zu nehmen. Die Matte war früher der Hafen und Umschlagplatz für die Aareschiffe gewesen. Hier unten hatten jahrhundertelang die Handwerker der niederen Zünfte und die Armen gelebt. Nun wohnte und arbeitete eine bunte Mischung von alteingesessenen Arbeitern, Marktfrauen, Yuppies, Grafikern und jungen Familien in diesem Quartier. Neben einem kleinen Kino, zahlreichen ‹Beizen› und Tanzlokalen war hier auch das Lokal einer einst gefürchteten Motorradgang beheimatet.

Nach der drückenden Hitze des Tages kam nun wieder Leben in die Matte. Die Gartenrestaurants füllten sich langsam und am Mühleplatz spielten ein paar Alte Boule. Ich blieb einen Moment stehen und beobachtete das Spiel, das kurz vor der Entscheidung stand. Ein kleiner hagerer Mann mit stark verkrümmtem Rücken hatte als einziger noch eine Kugel, und Spieler wie Zuschauer diskutierten heftig, ob er sie werfen oder platzieren solle. Ich fragte mich, ob er aus der Haltung, die ihm sein Rücken aufzwang, das Spielfeld überhaupt überblicken konnte. Endlich entschied er sich. Er warf. Die Kugel knallte mit einem metallischen ‹Klack› mitten in die unübersichtliche Kugelansammlung, und das Aufstöhnen der Gegner bestätigte, dass der Alte die richtige Kugel erwischt hatte.

Der Wunsch, mich mit einem Glas Pastis unter einen der Kastanienbäume zu setzen und die Zeit stillstehen zu lassen, war fast unüberwindbar groß. Aber dafür war nicht der richtige Moment. Ich musste weiter. Als ich die Nydegg-Gasse Nummer 6 passierte, glitt mein Blick automatisch in den zweiten Stock, wo

Max seit ein paar Jahren eine Wohnung gemietet hatte. Das Wohnzimmerfenster stand sperrangelweit offen. War Max etwa zu Hause? Mit einem Mal schien es mir von großer Bedeutung, ihn in privater Umgebung sprechen zu können.

***

«Hallo, Lou. Was für eine Überraschung!» Max öffnete die Türe seiner Wohnung, um mich eintreten zu lassen.
«Der Kaffee ist mir ausgegangen. Ich gehe schnell um die Ecke, welchen kaufen. Das dauert nur fünf Minuten.» Und mit einem «Setz dich doch» war er auch schon weg.
Ich schaute mich nachdenklich in seinem Wohnzimmer um. Es war das erste Mal, dass ich allein in seiner Wohnung war, und auch das erste Mal, dass ich mich fragte, was für eine Person hier eigentlich lebte. Ich betrachtete die Bilder an den Wänden, alles Kunstdrucke von Gauguin. Jedes Bild hatte das gleiche Format und war genau gleich gerahmt. Der massive Tisch und die Stühle erinnerten an die Beliebigkeit von Ikea. Dazu ein moderner Wollteppich mit einem abstrakten Farbmuster auf grauem Grund. Das Ganze hatte den Charme eines Hotelzimmers. Wo war der Geist von Max spürbar in dieser Wohnung, fragte ich mich.
Ich hatte noch einige Minuten Zeit, um mich umzusehen, bis Max zurück sein würde. Ich erhob mich und schlich mit schlechtem Gewissen zum Schlafzimmer. Das Bett war gemacht, alles war aufgeräumt. Auf dem Nachttisch lag ein dicker Wälzer: *Tropenkrankheiten. Eine Einführung*. Auch hier hing ein Kunstdruck an der Wand. Diesmal ein Monet, im selben Rahmenmodell wie die anderen Bilder.
Die Küche war zwar erstaunlich gut eingerichtet, wirkte aber ebenfalls völlig unbelebt. Im Kühlschrank fand ich ein Sixpack Bier und einen Sack vergammelter Karotten. Eine einzige Türe der Wohnung war geschlossen. Ich öffnete sie vorsichtig einen Spalt – und da lag sie vor mir: Max‹ Schatzkammer!
Mit offenem Mund starrte ich auf die unerwartete Pracht. Das

Zimmer war bis auf den letzten Zentimeter mit afrikanischer Kunst gefüllt. Ich sah ausdrucksstarke Statuen verschiedenster Machart, geschnitzte Masken, die voller Leben schienen, Felle von Raubtieren, Gazellen und einem Zebra. Da standen mehrere wunderschön verzierte Stühle.

Und Bilder! Eine Unmenge Bilder, deren Farben zu explodieren schienen. Aus einer Kiste lugte eine wunderschöne afrikanische Skulptur aus dunklem, glänzendem Holz hervor: eine Mädchengestalt in abstrakten Formen, etwa 25 cm hoch. Es sah aus wie Modern Art, was es ja vielleicht auch war. Ich hatte keine Ahnung von afrikanischer Kunst.

Darüber hing eine Maske, ein mächtiger Kopf einer Raubkatze mit weit geöffnetem Fang. Ihre Augen glitzerten bedrohlich, die langen Reißzähne sahen echt aus. Leise schloss ich die Zimmertüre hinter mir und ging zurück ins Wohnzimmer, das mir jetzt im Vergleich noch unpersönlicher erschien. Ein Wartezimmer.

Kurz darauf kam Max zurück und machte uns einen Kaffee. Wir setzten uns. Max wirkte irgendwie verlegen.

«Es tut mir leid, dass ich gestern nicht mehr für dich erreichen konnte bei Merian», sagte er endlich.

«Warum hast du dieser Besprechung überhaupt zugestimmt? Du hast mir doch versprochen noch zuzuwarten.» Ich war nicht gekommen, um Max Vorwürfe zu machen, aber jetzt waren wir doch mitten im Thema.

«Sutter hat das in die Wege geleitet, es blieb mir nichts anderes übrig als zuzustimmen. Ich finde es wirklich schade, dass du dich dermaßen in diese Sache hineinsteigerst.»

«Und ich kann nicht verstehen, warum du dermaßen gleichgültig darauf reagierst! Ich glaube, du interessierst dich gar nicht mehr dafür, was hier passiert.»

Max lächelte verlegen und schwieg einen Moment.

«Ich bin gerade daran, mein Leben nochmals völlig auf den Kopf zu stellen», sagte er dann mit leiser Stimme. «Nächstes Jahr werde ich sechzig. Und ich frage mich: Wo sind die Veränderungen, die ich in der Welt bewirkt habe? Was habe ich

zu einer größeren Gerechtigkeit beigetragen? Wie habe ich den Armen dieser Welt geholfen?»
«Du bist ein international anerkannter Epidemiologe. Du hast dich dafür engagiert, dass die erste Welt sich der gesundheitlichen Probleme der dritten Welt bewusst wird.»
«Seit bald zwanzig Jahren halte ich Vorträge zur Gesundheit in der dritten Welt. Seit zwanzig Jahren zeige ich dieselben Grafiken und passe einfach jedes Jahr die Zahlen an. Es ändert sich nichts …»
Ich wollte eben etwas entgegnen, aber er fuhr nun wieder mit entschlossener Stimme fort. «Weißt du eigentlich, dass ich 1968 in Paris war?»
Ich schüttelte den Kopf.
«Ich habe zwei Semester an der Sorbonne studiert. Entwicklungszusammenarbeit, das war damals ein ganz neues Fach. Wir waren 15 Studenten, ausschließlich Männer, zusammengewürfelt aus allen Erdteilen. Ein wilder Haufen, alle unter 25. Wir haben nächtelang diskutiert. Wir waren uns sicher, dass wir die Welt verändern könnten. Es war eine unglaubliche Zeit, die Luft war wie elektrisch aufgeladen, alles schien möglich. Jeden Tag passierten Veränderungen und wir waren mittendrin. Wir fühlten uns berauscht.»
Er lachte leise.
«Am Ende des Wintersemesters haben wir eine Bank ausgeraubt. Wir haben alle geschworen, niemals darüber zu sprechen, aber das ist jetzt schon so lange *her* …»
«Du? Aber …»
«Das hättest du mir nicht zugetraut, was, Lou?»
Er lachte stolz.
«Aber warum? Aus politischen Gründen?»
«Es ging alles ganz einfach. Damals gab es noch nicht diese speziellen Sicherheitssysteme. Drei von uns sind dann mit dem Geld in die Sahelzone gereist und haben das Geld für eine Impfkampagne eingesetzt. Ich war unter den Dreien. Und danach habe ich beschlossen, mein Studienfach zu wechseln und Medizin zu studieren.»

Ich musste unweigerlich grinsen: Ich konnte mir Max einfach nicht als Bankräuber vorstellen. Das Lachen verging mir schlagartig, als mir bewusst wurde, dass es viele Dinge im Leben von Max gab, die ich nicht gewusst hatte und die ich mir nicht vorstellen konnte.

«Ich kann ja verstehen, dass du das Bedürfnis hast, mehr zu machen als bloß deinen Job im Walmont. Aber das heißt doch nicht, dass alles, was du dir hier aufgebaut hast, deine Forschung, dein Unterricht an der Universität, deine Freunde, dein ganzes Leben plötzlich keine Bedeutung mehr haben.»

Aber Max schüttelte starrsinnig den Kopf und entgegnete: «Ich habe meine Zeit vergeudet und nicht das getan, was wirklich wichtig gewesen wäre.»

Ich gab es auf, ernsthaft mit Max diskutieren zu wollen. Er schien sich auf eine einzig gültige Wahrheit zu versteifen und nicht mehr wahrzunehmen, was außerhalb davon existierte und ihm einmal wichtig gewesen war.

Und dazu gehörte auch ich. Von Max würde ich jedenfalls keine Hilfe mehr erwarten können, das war mir jetzt klar. Max war viele Jahre mein Lehrer und dann mein Weggefährte gewesen. Wir hatten gemeinsam etwas aufgebaut, etwas erreicht.

Seine Worte taten mir weh.

11 *Donnerstag · 13. August · 1.00 Uhr · 31,1 °C*

Pünktlich um ein Uhr nachts traf ich am Teich im Walmontpark ein. Man hörte einzig das Zirpen der Grillen und ab und zu ein Quaken der Frösche. Vorsichtshalber war ich ganz in schwarz gekleidet. Ich musste nicht lange auf Ceccarelli warten. Er reichte mir ohne jedes Zögern einen Passepartout.

«Der passt in jedes einzelne Schloss des Spitals. Damit kommst du überall rein», erklärte er mir stolz.

Ich dankte ihm, aber er wehrte ab. «Lass dich nicht erwischen!», und weg war er, schon nach wenigen Metern von der Dunkelheit verschluckt.

Von jetzt an war ich auf mich allein gestellt.

Mit klopfendem Herzen ging ich auf das Spital zu, überquerte den spärlich beleuchteten Parkplatz und näherte mich vorsichtig der Westpforte. Weit und breit war niemand zu sehen und nichts zu hören. In den nächsten Sekunden würde sich zeigen, ob Ceccarelli zu viel versprochen hatte. Während ich mit zitternden Händen den Passepartout ins Schloss zirkelte, brach mir der Schweiß aus.

Ich hielt den Atem an und drehte den Schlüssel.

Die Türe gab nach, die Alarmanlage blieb stumm. Ich machte mich so leise und so rasch wie möglich auf den Weg ins U3. Erst als sich die Türe des Archivs hinter mir geschlossen hatte, beruhigte sich mein Herzschlag wieder. Die Zeit drängte. Ich machte mich sofort auf die Suche.

***

Es dauerte fast zwei Stunden, bis ich endlich fündig wurde: ein unauffälliger grauer Ordner mit der Aufschrift ‹Arctix Clinical Trial: Walmont›.

Ich atmete erleichtert auf: endlich! Der Inhalt des Ordners bestand aus acht Kapiteln und Anhang und war geschätzte 200 Seiten dick. Da ich nicht genau wusste, wonach ich eigentlich suchte, musste ich ihn zumindest querlesen. Erschrocken stellte ich fest, dass drei Uhr bereits verstrichen war. Mit nach Hause nehmen wollte ich den Ordner nicht. Ich hatte bereits zu viele Gesetze und Regeln übertreten. Ich wischte mir den Schweiß aus der Stirne und begann zu lesen.

Im Methodikteil wurden die Fragestellungen der Studie vorgestellt. Es wurden vier Gruppen von Patienten unterschieden: die Interventionsgruppe 1, die das neue Arctix-Gelenk inklusive Medikament bekam, die Interventionsgruppe 2, die das Arctix-Gelenk kombiniert mit einem Placebo erhielt, Kontrollgruppe A mit einem konventionellen Hüftgelenk und Kontrollgruppe B gematcht nach Alter, Geschlecht und allgemeinem Gesundheitszustand, die wegen ganz anderen Beschwerden auf der Inneren Medizin oder Orthopädie behandelt wurden. Genau wie Hans-Ruedi es mir erzählt hatte. Mir fiel nichts Verdächtiges auf.

Als zweites überflog ich das Kapitel mit den Hauptfragestellungen. Dann las ich diesen Teil des Berichts noch einmal, diesmal genauer, langsamer, Satz für Satz.

Überrascht starrte ich auf den Text: Die Sterblichkeit der Patienten war gar keine Variable, die in der Studie untersucht wurde!

Einen Moment schloss ich verwirrt meine Augen und ging dann den Text ein drittes Mal genau durch. Es war kein Versehen: Die Mortalität der Patienten wurde in dieser Studie nicht untersucht. Ich schnappte überrascht nach Luft. Meine Hypothese stürzte in sich zusammen wie ein Kartengebäude. Ich hatte offensichtlich gar nichts verstanden von dem, was hier vor sich ging!

Unvermittelt überwältigte mich ein panikartiges Gefühl und mein Herz klopfte rasend. *Reiß dich zusammen! Angst bringt jetzt gar nichts!*

Das hieß mit anderen Worten: Weder Sutter noch Arctix konn-

ten aufgrund des Studiendesigns irgendein Interesse daran haben, dass die Patienten der Kontrollgruppe verfrüht starben. Meine Annahme, dass die Toten im Walmont mit der Arctix-Studie zu tun hatten, war damit vom Tisch.
Irgendjemand sonst musste von diesen Toten profitieren. Aber wer? Und warum? Es war doch wohl nicht möglich, dass neben Sutter, der Krankengeschichten fälschte, zufälligerweise noch ein zweiter Verrückter im Walmont zugange war? Nein, ich glaube nicht an Zufälle. Vielleicht konnte ich einfach das Muster dahinter noch nicht erkennen …
Entschlossen stoppte ich meinen Gedankengang. Dies war weder Ort noch Zeitpunkt, um an solchen Fragen herumzurätseln. Das letzte Kapitel des Ordners behandelte den Ethikrat der Arctix-Studie. Ich schaute auf die Uhr, es war bereits sehr spät geworden und ich spürte, wie mir der Angstschweiß den Rücken herunterlief. Irgendeine Ahnung drängte mich, auch dieses Kapitel zu lesen, obwohl die Furcht, entdeckt zu werden, immer größer wurde, und ich so schnell wie möglich hier weg wollte.
Rasch ging ich den Inhalt des Kapitels durch: Zweck, Funktion und Kompetenzen des Ethikrats … Ach ja, da war dieser Absatz, der darauf hinwies, dass der Rat die Studie aus wichtigen ethischen Gründen frühzeitig abbrechen konnte. Ich erinnerte mich daran, dass mir Max letztes Jahr von dieser neuen Regelung erzählt hatte, die in den USA schon weit verbreitet sei, und wie verheerend sich dies auf die medizinische Forschung auswirke, wenn Laien aus irgendwelchen ominösen ethischen Gründen in den Ablauf einer klinischen Studie eingreifen könnten.
Auf der letzten Seite waren die Mitglieder des Ethikrats aufgeführt und ich überflog die Namen. Mit einmal klopfte mein Herz bis zum Hals und ich stieß vor Überraschung einen leisen Schrei aus. Zwei Namen aus der Liste von 15 Personen waren mir bekannt. Mir wurde schlagartig übel. Mein Gott, was war ich doch für eine vertrauensselige Idiotin!

***

Ich sah auf die Uhr und erschrak. Es war bereits 6.10 Uhr und damit höchste Zeit zu verschwinden.
Müde rollte ich meine Schultern, versuchte, das steif gewordene Genick wieder in ein bewegliches Gelenk zu verwandeln und streckte dann meinen Rücken, bis die Wirbelsäule knackte. Anschließend räumte ich alles auf und verließ das Archiv. Der Lift zog mich verführerisch an, aber ich entschied mich, die drei Stockwerke zu Fuß hochzusteigen. Im Treppenhaus war die Gefahr geringer, auf jemanden zu treffen. Langsam schleppte ich mich die Treppenstufen hinauf und verfluchte innerlich die feuerpolizeilichen Auflagen, die uns auf jedem Stockwerk eine schwere Schutztüre aus massivem Stahl eingebrockt hatten. Als ich die zweitletzte Türe mühselig aufzerrte, knallte mir diese mit plötzlichem Schwung beinahe ins Gesicht.
Knapp vor mir stand Alexander F. Sutter.
Er trug ein ärmelloses T-Shirt, kurze Jogginghosen, Laufschuhe und war völlig verschwitzt. Befreit von den verhüllenden Geschäftsanzügen präsentierte sich sein Körper als 90 Kilogramm schweres Muskelpaket. Als er mich sah, erstarrte sein Gesicht für einen Moment, bevor sich ein zufriedenes Grinsen darin breitmachte.
«Da hab ich dich ja erwischt, du kleine Ratte!»
Er kam lächelnd auf mich zu. Mein Hirn schaltete ab. Der einzige Gedanke, der noch in mir existierte, war: Nur weg hier, weg von diesem Mörder! Und schon rannte ich, rannte um mein Leben.
Mit einigen Metern Vorsprung erreichte ich die oberste Feuerschutztüre, packte mit all meiner Kraft und Verzweiflung die Klinke und riss daran. Hinter dieser Türe war das Entree des Walmont, dort waren Kollegen, freundliche, schützende, hilfsbereite Menschen, meine Rettung.
Ich schaffte es, die Tür einen Spalt zu öffnen, als mich eine Hand brutal am Genick packte und zurückriss. Ich wehrte mich mit Händen und Füßen, aber voller Panik und ohne jeden Effekt. Sutter drehte mir den rechten Arm auf den Rücken, so hoch, dass mir vor Schmerz Tränen in die Augen schossen. Es

knackte und ich befürchtete, dass etwas in meiner Schulter gerissen war. Mit dem anderen Arm drückte er mich an sich, wobei er mich würgte. Ich fühlte mich einer Ohnmacht nahe, da ließ der brutale Druck endlich etwas nach und Sutter bugsierte mich wieder nach unten. In dem Moment, als er mich mit seiner linken Hand losließ, um die Feuertüre zu öffnen, drehte ich mich und trat ihn ans Schienbein. Der Schlag war nicht sehr hart, da wir zu nahe beieinander standen, aber er genügte. Er ließ mich für eine Sekunde los und ich rannte wieder.

Nach unten!

Es blieb kein anderer Weg. Auf der Ebene des U2 stürzte ich nach rechts, Richtung Tiefgarage des Kaderpersonals. Vielleicht parkierte gerade jemand. Vielleicht kam Philipp … Oder Max …

Hinter mir hörte ich die lauten Schritte von Sutter. Er war größer, schneller und besser trainiert als ich. Und kam unerbittlich näher.

Im vollen Lauf bekam ich einen harten Schlag in die Beine. Ich knallte heftig auf den Bauch und bekam keine Luft mehr. Sutter zog mich weg von der rettenden Tiefgarage, in einen Seitengang des U2, dann in einen weiteren schmalen Gang, der nach rechts abging. Hier konnte uns niemand mehr sehen oder hören. Er packte mich grob an den Schultern, stellte mich auf die Beine und presste dann meine Handgelenke an die Mauer.

«Jetzt sind wir ganz unter uns, Doktor Beck. Was hältst du davon?»

Er presste seinen Körper auf widerliche Weise an mich. «Gar nichts. Lass mich los!»

Sutter lachte. Ich hasste es, dass er zu mir runterschauen, mich festnageln, beherrschen konnte. Ich spannte meine Armmuskeln an und versuchte, meine Handgelenke aus seinen Pranken loszureißen. Vergeblich.

«Ach, die kleine Ratte wehrt sich. Das liebe ich.»

«Du verdammtes Schwein. Ich weiß alles über deinen Betrug mit der Arctix-Studie. Und jetzt mache ich dich fertig. Du gehst ins Gefängnis. Und zwar für lange.»

«Ach komm. Du hast doch keinerlei Beweise für deine Geschichte.»
«Ich habe alle Beweise, die ich brauche. Ich habe eine Kopie der ursprünglichen Daten gesichert. Ich kann alles beweisen.»
Sutter lachte.
«Du hast einen Haufen Scheiße, das ist alles. Kein Richter wird deine Datenanalysen verstehen, geschweige denn, was ich gemacht habe.»
Er presste sich wieder näher an mich. «Und jetzt muss ich mir überlegen, was mit dir geschehen soll.»
Verzweifelt versuchte ich seinem massigen Körper auszuweichen. Ich spürte seinen Herzschlag und roch seinen Schweiß. Instinktiv realisierte ich, dass Sutter meine Unterlegenheit genoss, dass er sich daran aufgeilte.
«Ich habe Zeugen für deinen Betrug», schrie ich ihm als letzten Trumpf in seine widerwärtig grinsende Fratze. Das wirkte. Er erstarrte schlagartig, wich etwas zurück und musterte mich dann forschend. Anscheinend überzeugte ihn das, was er in meinem Gesicht las, denn er kniff seine Augen zu kleinen Schlitzen zusammen und begann dann zu fluchen.
«Diese gottverdammte Schlampe. Dieses fiese Miststück. Setzt sich ab und spielt sofort die Heilige …» Weiter kam er in seiner Hasstirade nicht, denn ich hatte den Moment genutzt: Mein Knie traf ihn mit voller Kraft zwischen die Beine. Die Wirkung war verblüffend. Mit einem erfreulich schmerzhaften Stöhnen klappte Sutter zusammen und rollte sich auf dem Fußboden zu einem jammernden Haufen zusammen.
Ich kniete mich an seine Seite und fragte: «Und wie hast du all die alten Leute umgebracht, du Sauhund?»
Sutter schnappte mühsam nach Luft und konnte offensichtlich nicht antworten. Ich stieß ihn mit der Faust grob in die Seite. «Antworte mir! Wie hast du sie umgebracht?»
Er drehte sich langsam auf die Seite und trotz der offensichtlichen Schmerzen, die er hatte, verzog sich sein Gesicht zu einem triumphierenden Grinsen. «Da fragst du den Falschen, meine Liebe,» keuchte er.

Ich starrte ihn an und verstand nicht, wieso er das mit so offensichtlicher Häme sagen konnte. Dann stand ich mühsam auf. Der ganze Körper schmerzte.
«Du bist geliefert, Sutter.»
Ich drehte mich weg, da packte mich seine Hand von hinten am Knöchel.
«Du hast noch nicht gewonnen, kleine Ratte.»
Ich riss mich los und verschwand so schnell ich konnte, den Kopf voller böser Vorahnungen.

***

Nun, da Sutter mich erwischt hatte, konnte ich das Hausverbot auch offiziell übertreten. Was spielte es noch für eine Rolle! Als erstes ging ich in die Cafeteria und trank in aller Ruhe einen Kaffee. Dann stattete ich Max einen Besuch ab.
«Was machst du denn hier?», wollte er wissen, «du wirst noch mehr Ärger kriegen, als du schon hast.»
«Warum hast du mir nicht gesagt, dass du Mitglied im Ethikrat der Arctix-Studie bist?», fragte ich empört.
«Ich verstehe dich nicht, Lou. Was soll denn das für eine Rolle spielen?»
«Spiel nicht den Doofen, Max. Ich denke seit Tagen über diese Arctix-Studie nach, diskutiere mit dir darüber und du erwähnst mit keinem Wort, dass du aktiv an dieser Forschungsstudie beteiligt bist?»
«Ach, komm, du weisst doch wie ich in solche Sachen gerate, ich kann einfach nicht nein sagen. Und überhaupt, wir haben uns bisher ein einziges Mal in diesem Rat getroffen. Das ist jetzt sicher mehr als ein Jahr her. Seither habe ich nichts mehr davon gehört, ich weiß nicht mal, ob das Gremium überhaupt noch existiert.»
Max war tatsächlich in mehreren Dutzend solcher Kommissionen, Gesellschaften und Arbeitsgruppen. Ich hatte selbst zur Genüge erlebt, dass er schon lange die Übersicht darüber verloren hatte. Er hatte sogar schon Jahresversammlungen von

Gesellschaften verpasst, die er höchstpersönlich präsidierte. Und dennoch … unter diesen Umständen hätte er sich doch daran erinnern müssen. Voller Zweifel verließ ich sein Büro.
Da war noch jemand, den ich sprechen musste.

***

«Haben Sie kurz Zeit für mich, Herr Laval?»
Laval unterhielt sich mit drei Kollegen an einem Tisch nahe beim Teich. Dort hatte es begonnen, mit diesem scheinbar zufälligen Treffen unserer Augen über der Libelle. Er hatte mich von Anfang an reingelegt.
Laval sah mich erschrocken an, erhob sich dann aber und entschuldigte sich bei den anderen. Drei Augenpaare verfolgten uns neugierig, während ich ihn voller Ungeduld in einen entlegenen Teil des Parks lotste.
«Sind Sie etwa wütend auf mich?»
«Ich konnte gestern Nacht die Details der Arctix-Studie durchgehen», antwortete ich mit mühsam beherrschter Stimme. «Seit wann spionieren Sie mir schon im Auftrag Ihres Vaters nach?» Meine Stimme war kalt und flach vor Wut.
«Wie bitte? Was soll diese Frage?»
«Sie haben mich von Anfang an belogen. Sie haben mich reingelegt mit Ihrer Anteilnahme und Ihrem Interesse an meinem Problemchen.»
«Ich verstehe kein Wort.»
«Behaupten Sie etwa, noch nie von der LFRF gehört zu haben?»
Laval starrte mich verblüfft an.
«Die Laval Family Research Foundation, geleitet von Louis Emmanuel Laval. Das ist doch Ihr Vater, oder etwa nicht?»
«Ja und?»
«Sie wollen doch nicht etwa behaupten, Sie hätten nicht gewusst, dass Ihr Vater als Stiftungspräsident der LFRF im Ethikrat der Arctix-Studie sitzt und Ihre Familienstiftung finanziell an der Studie beteiligt ist?»

Einen Moment schaute mich Laval schweigend an, während sein Gesicht zu einer Maske erstarrte.
«Deshalb haben Sie so wütend reagiert, als ich Sie nach Ihrem Vater gefragt habe! Clever gemacht, Laval. Ich habe gemeint, Sie wollen nicht darüber sprechen, weil da eine ungelöste Vater–Sohn-Geschichte dahintersteckt.»
«Sie meinen, ich habe mich an Sie herangemacht, um meinem Vater einen Gefallen zu tun?», fragte er mit tonloser Stimme. «Und was noch? Sie denken, *ich* habe die Daten gefälscht, nicht?»
«Sie haben sich hinterhältig an mich herangeschleimt und so getan, als ob sie mich mögen und mir helfen wollten.»
«Dabei bin ich nur ein elender Betrüger oder sogar ein Mörder. Ist es das, was Sie glauben?»
«Wie konnten Sie nur? Ich verachte Sie!» Bei den letzten Worten war meine Stimme nach oben gekippt und ich konnte die Tränen nur mit Mühe zurückhalten.
Laval gelang es offensichtlich besser als mir, sich zu beherrschen. Seine letzten Worte waren absolut kühl: «Damit ist ja dann wohl alles gesagt.»
Nach wenigen Schritten war er hinter der Hecke verschwunden. Ich ließ mich erschöpft auf den Rasen fallen, vergrub das Gesicht in meinen Händen und fühlte mich todunglücklich.

***

Kurz vor elf brannte die Sonne erbarmungslos auf die Altstadt von Bern. Ich kauerte mich erschöpft in einen kleinen Flecken Schatten, den Rücken an die Sandsteinmauer des riesigen Kirchengebäudes gelehnt und wartete. Wenn ich nur nicht so müde wäre. Nach meinem Kampf mit Sutter im U2 war ich so aufgedreht gewesen, dass ich keinen Schlaf hatte finden können.
Du darfst jetzt nicht einschlafen!
Ich musste unbedingt die Reinhard abpassen. Ich würde nicht noch einmal diese lächerliche Scharade mitmachen und in dieser Hitze auf den Münsterturm steigen. Während unseres Ge-

sprächs wollte ich festen Boden unter meinen Füßen spüren und dann würde ich sie auf der Wahrheit festnageln und nicht mehr lockerlassen, bis ich wusste, was ich zu wissen brauchte.

Ein Mann kam mit raschen Schritten über den Platz auf den Eingang des Münsters zu. Er trug ein Cello auf dem Rücken. Sein hellblaues Hemd hatte große Schweißflecken auf der Brust und unter den Armen. Ein Schwall von Musik und kühler Luft drang nach draußen, als er die Kirche betrat. In seiner Eile ließ der Cellist die Türe einen Spalt offen stehen, so dass ich während der Wartezeit mit einer Orchesterprobe unterhalten wurde. Die Musik wurde von der autoritären Stimme eines Mannes unterbrochen, der etwas zu erklären schien. Dann setzten die Orchestermusiker wieder ein. Abermals wurden sie nach wenigen Takten vom Dirigenten unterbrochen. Der regelmäßige Wechsel von aufwallender Musik und gedämpft hörbaren Anweisungen hatte etwas Beruhigendes.

Endlich schien der Dirigent mit der Interpretation zufrieden und ließ seine Musiker spielen. Einige Minuten später setzte ein Chor ein. Mit vielen Unterbrechungen und Wiederholungen näherten sich die Musiker ganz langsam dem Höhepunkt des Satzes. Das Orchester schwoll immer mehr an, dann setzten die Bass-Stimmen ein, dann der Tenor, schließlich die Frauenstimmen. Über das Orchester und den Chor schwang sich schließlich eine einzelne Männerstimme, strahlend im Klang, unirdisch schön.

Ich spürte, wie sich sämtliche Härchen auf meinen Armen aufrichteten. Orchester, Chor und Solist steigerten sich in ein Crescendo und ich wartete sehnsüchtig auf den Höhepunkt. Da wurde ich jäh aus meiner Versunkenheit gerissen: Eine einsame Gestalt stolperte armeschwenkend von rechts auf den Platz und kreischte mit erstaunlich hoher Stimme etwas Unverständliches.

Die Person näherte sich mir in einem merkwürdig hüpfend-schwankenden Trab und ich konnte erkennen, dass es sich um einen asiatischen Touristen handelte, ausgerüstet mit der obligaten Videokamera und Sonnenhütchen. Endlich konnte ich in seinem Geschrei «Please» und «Help» ausmachen, während er weiter mit seinen Armen herumfuchtelte. Da niemand sonst reagierte, raffte ich mich auf, um nachzusehen, was los war. Der Mann machte eilends ein paar Schritte auf mich zu, packte mich am Arm und zog mich mit erstaunlicher Kraft in die Richtung, aus der er gekommen war. Ich versuchte, mich aus seinem Griff zu befreien, aber das führte nur dazu, dass er mich in höchster Erregung in einer mir unverständlichen Sprache anschrie. Noch nie hatte ich erlebt, dass ein asiatischer Tourist sich so aufführte. Irgendetwas musste ihn vollkommen verstört haben.

Er führte mich zum Münstergässli, das sich als enger Schlund zwischen den Häuserzeilen vom Münsterplatz zur Kramgasse durchzwängt. Der Mann ließ mich los und eilte zu einem kleinen Grüppchen, das ich in der Mitte der dunklen Gasse nur undeutlich ausmachen konnte. Irgendetwas war dort passiert. Die zwei Frauen und Männer, alle mit identischen Sonnenhütchen, wichen ehrerbietig für mich zur Seite. Endlich konnte ich erkennen, was der Anlass der Aufregung war.

Die Frau lag ausgestreckt auf dem dreckigen Boden. Der türkisfarbene Rock war hochgerutscht, die hellen Beine entblößt. Ihre eleganten Sandaletten waren umgeknickt, ein Absatz abgebrochen. Ein Knie war aufgeschlagen. Blut. Die linke Hand direkt neben einer verbeulten Red-Bull-Dose, die rechte verkrampft auf ihrem Bauch. Ein dünner chromstahlglänzender Messergriff ragte aus ihrer Brust. Ein Chirurgenmesser, wie es im Walmont zu Hunderten benutzt wurde.

Einen Moment konnte ich nicht mehr atmen und spürte gleichzeitig, wie mein Mageninhalt sich krampfartig hob. Ich schluckte und schluckte und versuchte gleichzeitig zu atmen. Dann ließ ich mich neben sie auf den Boden gleiten und schloss meine Augen. Als ich wieder aufblickte, sah ich erschrocken, dass die Leiche ihre Augen geöffnet hatte und mich anschaute.

Es vergingen noch einige Sekunden, bis ich endlich realisierte, dass die Frau noch lebte. Elisabeth Reinhard lebte!

***

Ich drehte mich zu den Asiaten um, die mich ängstlich beobachteten, und fragte sie in holprigem Englisch, ob sie den Notarzt gerufen hätten. Ein synchrones Kopfschütteln war die Antwort und ich durchwühlte in rasender Eile meinen Rucksack, fand endlich mein Handy und wählte die Nummer 144. Es klingelte dreimal, bevor jemand abnahm, was mir wie eine Ewigkeit vorkam. Ich gab so ruhig wie möglich meinen Namen, den Ort des Notfalls und eine Beschreibung der Verletzung an. Die Stimme versicherte mir, dass eine Ambulanz unterwegs sei. Dann wurde ich mit dem Notarzt verbunden, der mich nach Details der Verletzung fragte.

«Das Messer steckt immer noch drin, oberhalb ihrer rechten Brust. Der Griff zeigt schräg nach oben.»

«Ist Blut aus dem Mund ausgetreten?», fragte er mich dann.

Ich warf schnell einen Blick zu Elisabeth hinüber. «Ja.»

«Sieht das Blut schaumig aus?»

«Ja!», schrie ich in den Hörer und versuchte dann wieder, mich zu beherrschen.

«Hat sie Mühe mit dem Atmen?»

«Es tönt grauenhaft, wenn sie einatmet. Es rasselt und sie ist blau im Gesicht.»

«Entfernen Sie auf keinen Fall das Messer, niemand soll sie bewegen. Ihre Lunge ist verletzt. Wir sind so schnell wie möglich da.»

Ich ließ das Handy fallen und fasste dann sachte Elisabeths Hand, die sich eiskalt anfühlte.

«Sie sind unterwegs, Elisabeth. Du musst nur noch kurz durchhalten. Die Ärzte werden dir helfen, sobald sie da sind.»

Sie stöhnte. Diesmal trat ein ganzer Schwall schaumiges Blut aus ihrem Mund aus. Es sah grauenhaft aus. Ich wischte mir mit meiner freien Hand die Tränen aus den Augen, damit ich wieder sehen konnte.

«Bitte, Elisabeth. Du musst nur noch eine Minute durchhalten. Sie sind doch schon fast da.»

Ich spürte den federleichten Druck ihrer Hand, ihre geöffneten Augen sahen mich bittend an, als wollte sie mir etwas mitteilen.

«Nicht sprechen, spar deine Kräfte.»
«Alex …», brachte sie mühsam heraus und hustete dann.
«Das weiß ich bereits, Elisabeth. Es war Sutter, der dich angegriffen hat, aber dafür wird er büßen.»
«Nein … Alex …, warne», meinte ich zu verstehen.
Ich neigte mein Ohr ganz nahe an ihren Mund. Aus der Ferne konnte ich endlich die Sirene der Ambulanz hören.
«Beruhige dich. Jetzt ist alles in Ordnung.»
«Bitte …» Ihre Stimme war jetzt kaum mehr als ein Hauch, aber voller Dringlichkeit. Sie keuchte und ihre Brust hob und senkte sich im verzweifelten Bemühen, genug Luft zu bekommen. Mit der ganzen ihr noch verbleibenden Kraft drehte sie ihren Kopf zu mir, schaute mich voller Konzentration an und hob nochmals ihre Stimme. Im gleichen Moment hielt die Ambulanz mit ohrenbetäubendem Sirenengeheul vor der Gasse und übertönte alles andere. Ich sah, wie ihr Mund sich bewegte, und versuchte verzweifelt, sie zu verstehen, aber es war nicht möglich. Ihre Augen trübten sich und dann kippte ihr Kopf seitlich weg. Ich schrie auf und packte sie an ihrer Schulter. Dann hörte ich das Trampeln von rennenden Schritten. Ich wurde grob von Elisabeth weggezerrt, aber ich wusste bereits, dass es zu spät war.
Elisabeth Reinhard war tot.
Und ich war schuld an ihrem Tod.

***

Ich schloss die Augen und bekam nichts mehr mit von dem geschäftigen Totentanz neben mir. Als es irgendwann wieder still wurde, blickte ich auf. Vor mir sah ich verschwommen das Gesicht eines Sanitäters.
«Kannten Sie das Opfer?», fragte er mich. Mein Blick schwenkte zu der Gestalt, die sich schemenhaft unter dem weißen Tuch abzeichnete. Ich nickte benommen.
Ich kannte das Opfer und ich kannte den Täter.
Elisabeth ist tot, Elisabeth ist tot, Elisabeth ist tot.

Diese Worte füllten mein Gehirn wie ein Mantra, dehnten sich dabei immer mehr aus, mein Kopf drohte zu platzen.
Vor einer Stunde war sie noch unversehrt gewesen … Und ich hatte verdammt noch mal gewusst, dass ihr etwas passieren würde. Ich hatte die tödliche Bedrohung schon bei unserem Treffen auf dem Münsterturm geahnt. Ich hatte es gewusst und nichts unternommen. Im Gegenteil! Ich hatte Sutters Wut heute Morgen noch angestachelt. Eine kalte Welle von Schuldgefühlen durchflutete mich. Ich begann zu zittern. Irgendjemand fasste mein Handgelenk, maß meinen Puls und fragte mich dann nach dem Wochentag. Da die Frage höflich gestellt war, versuchte ich höflich zu antworten, konnte mich aber nicht erinnern.
«Können Sie denn nicht jemand anderen fragen?», gab ich dann müde zurück. Als Antwort wurde mein T-Shirt am Arm hochgeschoben und ich bekam eine Spritze verpasst. Dann wurde ich auf die Beine gestellt und aus der Gasse weg hin zu einem in der Nähe abgestellten Einsatzwagen der Polizei geführt. Was hatten sie mir bloß gespritzt? Ich sah alles nur noch verschwommen, mein Körper war nun ganz warm und schwer und schien irgendwie losgelöst von meinem Gehirn.
Als ich auf der schmalen Holzbank im Wagen saß, drückte mir jemand ein Glas Wasser in die Hand. Ich hatte keinen Durst, aber eine hartnäckige Hand hielt mir das Glas so lange an die Lippen, bis es ausgetrunken war.
Jemand anderes schüttelte mich an der Schulter und ich blickte auf. Mir gegenüber saßen zwei Männer. Ihre hellen Gesichter schwebten wie zwei bleiche Monde vor mir hin und her, hin und her. Ich starrte sie an und sah, wie sich ihre Münder bewegten, konnte aber nicht verstehen, was sie sagten.
Am besten erzähle ich ihnen jetzt die ganze Geschichte, dachte ich, und erwähnte das Nummernkonto, die Herzkrankheit von Georg Maurer und die roten Haare von Elisabeth. Die Polizisten starrten mich an, ohne zu reagieren.
Ich versuchte es noch einmal und begann mit den Hüftgelenken, den Kontrollgruppen, dem Licht der Toskana, Frau Poloni

auf ihrem geblümten Sofa in der Loft-Wohnung, dem Lastwagen, der mich beinahe zermalmt hatte … Die Monde sprachen miteinander und schüttelten dann den Kopf.

Wenn ich doch nur den richtigen Anfang der Geschichte finden würde! Aber sobald ich diesen zu packen versuchte, zerrann mir das Ganze wie Sand zwischen meinen Fingern.

Ich hatte mich noch nie so müde gefühlt. Meine Augenlider waren tonnenschwer.

Wieder fühlte ich eine Hand auf meiner Schulter. Als ich aufsah, war eines der Gesichter ganz nahe und schien mich offensichtlich immer wieder das Gleiche zu fragen. Der Polizist sah mich eindringlich an und sprach sehr langsam, und endlich drang die Frage zu mir durch.

«Wer ist Sutter?»

Ich lachte vor Erleichterung fast auf. Eine einfache Frage. Gut.

«Sutter, Alexander Sutter. Mörder und Vizedirektor. Sutter hat Elisabeth umgebracht. Wir arbeiten alle beim Walmont. Sutter, Elisabeth und ich. Ja, alle beim Walmont.»

Meine Zunge schien irgendwie zu stolpern, die Wörter hatten auf dem Weg vom Gehirn zum Mund alle Konsonanten verloren. Aber der Mann nickte zufrieden.

«Und wer ist das Opfer?»

«Hab ich doch gesagt. Elisabeth. Sie war immer schwarz und weiß. Und jetzt ist sie rot und tot. Und ich bin schuld, ich bin schuld, ich bin schuld.»

Am Schluss blieb das, was mit einfachen Worten zu sagen war: Sie hat ihn geliebt. Er hat sie ausgenutzt. Sie hat Schluss gemacht. Er hat sie getötet.

Die Monde notierten sich alles und schienen zufrieden. Ich wurde in ein anderes Fahrzeug verfrachtet und nach Hause gebracht, wo ich sofort in einen komaähnlichen Schlaf fiel.

***

«Du siehst einfach grauenhaft aus, Lou», begrüßte mich Helga. «Ich hatte also recht! Ich wusste, dass etwas nicht stimmt.»

«Und du bist die größte Nervensäge, die ich kenne», entgegnete ich unfreundlich. Sie hatte mich mit ihrem beharrlichen Klingeln aus einem Traum geweckt, der mich einfach nicht aus seinen Klauen hatte lassen wollen. Ich war umgeben von dichtem Nebel, aus dem rätselhafte und bedrohliche Gestalten und Formen erschienen und wieder verschwanden. Immer wieder war ein Chirurgenmesser aufgetaucht, gehalten von einer Hand, von der ich weder den dazugehörenden Körper noch das Gesicht erkennen konnte. Die Hand war hoch erhoben, bereit, auf meinen entblößten, schutzlosen Rücken einzustechen. Dann war da noch ein Mann ohne Gesicht. Irgendetwas stimmte nicht mit seiner Kleidung, war unpassend, aber ich kam nicht drauf, was es war. Im Traum schien es mir von unendlicher Dringlichkeit, dieses Gesicht zu identifizieren. Ich kannte diesen Mann und kannte ihn auch wieder nicht. Wie in einem billigen Horrorfilm. Grauenhaft.

Das Klingeln von Helga hatte diese düsteren Bilder unterbrochen, aber ich brauchte eine kleine Ewigkeit, bis ich endlich zu realisieren begann, wer und wo ich war. Es war fünf Uhr. Ich hatte den ganzen Nachmittag verschlafen.

Die Kopfschmerzen waren schrecklich, mein Mund völlig ausgedörrt. Ich hätte die nächsten drei Monate niemanden sehen wollen, aber Helga hatte sich noch nie um meine Wünsche gekümmert. Sie begann mich sofort vollzulabbern, bis ich abwehrend eine Hand hob und «Dusche» murmeln konnte. Immerhin war der Kaffee fertig, als ich erfrischt und eine Spur wacher zurückkam. Nach den ersten Schlucken des starken Gebräus fühlte ich mich langsam wieder wie ein Mensch.

«Sie haben Sutter verhaftet! Stell dir vor, sie haben ihn in Handschellen aus dem Spital geholt!»

Ich nickte.

«Sein Büro ist versiegelt worden. Deines übrigens auch. Was ist los? Du sagst ja gar nichts.»

«Kopfschmerzen.»

«In den Nachrichten haben sie gemeldet, dass in der Altstadt eine Frau erstochen wurde, und im Generalsekretariat behaup-

ten sie, das Opfer sei die Chefsekretärin der Orthopädie, diese Reinhausen.»
«Reinhard», korrigierte ich automatisch.
«Kanntest du sie?»
Ich schüttelte den Kopf, was keine gute Idee war. Stöhnend griff ich an meine Stirne. Ich brachte es nicht fertig, über den Tod von Elisabeth zu sprechen.
Helga griff nach meiner Hand und drückte sie sanft.
«Auf jeden Fall ist jetzt alles vorbei. Sutter ist verhaftet und du wirst wieder rehabilitiert. Ich freue mich für dich.»
Ich versuchte ein Lächeln, das mir aber kläglich misslang. Helga irrte sich. Nichts war vorbei. Ich war mir dessen jetzt sicher, obwohl mir nicht klar war, woher ich diese Gewissheit hatte.

12 *Freitag · 14. August · 8.15 Uhr · 26 °C*

Ich erwachte voller böser Vorahnungen. Die Luft schien bleischwer in Erwartung des endlich erlösenden Regens. Plötzlich fauchte ein kühler Windstoß um unser Haus, rüttelte an den Jalousien und kündigte einen heftigen Wetterumbruch an.
Mit geschlossenen Augen lauschte ich dem aufgeregten Gezwitscher einiger Meisen, fühlte mich aber von ihrer Leichtigkeit und Fröhlichkeit wie durch eine meterdicke Glaswand isoliert. Ein Gefühl von Einsamkeit und Hoffnungslosigkeit lähmte mich und ich hatte nicht genug Energie, um auch nur die geringste Bewegung zu machen. Es war wieder einmal so weit. Da war er, der abgrundtief schwarze Schatten, der von Zeit zu Zeit mein unwillkommener Begleiter war.
Endlich öffnete ich doch noch die Augen und setzte mich auf, zur Gegenwehr entschlossen. Ich musste hinaus, unter Leute. Die Normalität des Alltags erleben.
Als ich im Schlafzimmer die Jalousien öffnete, sah ich erstaunt, dass der Graureiher zurück war. Seit einigen Jahren verbrachte dieser Vogel die kühlere Jahreszeit am Bach vor unserem Haus. Sein Anblick erfüllte mich mit melancholischer Freude, war er doch ein liebgewonnener Gast, gleichzeitig aber auch der Bote, der mir das Ende des Sommers ankündigte.
Als ich die Zeitung aus dem Briefkasten holen wollte, sah ich erstaunt, dass ein Brief auf meiner Fußmatte lag. Adressiert an ‹Frau Dr. Louisa Beck› in einem mir unbekannten Schriftzug.
Ungeduldig riss ich den Briefumschlag auf. Mehrere Seiten in einer gut lesbaren Handschrift. Unterzeichnet von Laval!
Was hatte er mir geschrieben? Weitere Lügen? Schwache Rechtfertigungen dafür, dass er meine Zuneigung und mein Vertrauen missbraucht hatte?
Ich setzte mich an den Esstisch und begann zu lesen.

Sehr geehrte Frau Beck
Entschuldigen Sie, dass ich Sie mit einer persönlichen Geschichte belästige, aber ich bin sicher, dass es für Sie wichtig ist zu wissen, was geschah und warum. Vielleicht wundern Sie sich darüber, dass ich Sie in dieser altmodischen Form darüber informiere. Vielleicht bin ich ein Feigling. Jedenfalls fällt es mir leichter so.

Am 25. Mai 2000 änderte sich mein Leben auf tragische Weise. An diesem Tag starb eine 62-jährige Frau während einer harmlosen Knieoperation im Unispital Zürich. Es war mein Fehler. Ich arbeitete damals als Assistenzarzt und war nach drei aufeinanderfolgenden Nachtschichten in der Notfallchirurgie völlig übermüdet. Ich konnte kaum noch klar denken. Dennoch wollte ich mir meine Schwäche nicht eingestehen und machte weiter.

Die Frau hatte mir am Tag vor der Operation noch erzählt, wie sehr sie sich freue, in drei Wochen die Geburt ihres ersten Enkelkindes erleben zu dürfen. Es war ein Routine-Eingriff und die Frau war für ihr Alter sehr gesund. Für die Familie war es ein Schock. Niemand hatte mit ihrem Tod gerechnet.

Meine Kollegen deckten mich. Schließlich kannten sie die Umstände und es war ihnen wohl bewusst, dass auch ihnen so etwas hätte passieren können. Auch mein Vater schaltete sich sofort ein.

Mein Vater, die große Koryphäe der Chirurgie, hatte immer seine schützende Hand über meine Karriere gehalten, auch in diesem schwierigen Moment. Eine fahrlässige Tötung – und ich bekam nicht einmal einen Vermerk im Personaldossier. Meiner Karriere als Sohn des berühmten Arztes stand weiterhin nichts im Wege.

Ich war schockiert über den Tod der Frau, den ich verschuldet hatte. Aber noch mehr geschockt war ich über die Leichtigkeit, mit der alle über das Geschehene hinweggehen konnten.

Ich kündigte und verkroch mich für ein Jahr in die kanadischen Wälder. Danach schrieb ich mich in Montréal an der McGill ein und spezialisierte mich auf Geriatrie. Mein Vater konnte und kann meinen Entscheid nicht verstehen und auch nicht akzeptieren. Vom Chirurg zum Geriater, das ist natürlich ein gewaltiger Abstieg. Wir haben uns weder gesehen noch gesprochen, seit ich aus Kanada zurück bin. Ich existiere nicht mehr als sein Sohn.
Ihr Verdacht, ich hätte Sie in seinem Auftrag ausspioniert, ist also falsch. Ich hoffe, dass Ihnen diese Information bei der Suche nach den wahren Zusammenhängen hilft.
Passen Sie gut auf sich auf!

Philipp Laval

***

Nachdem ich den Brief gelesen hatte, musste ich erst einmal tief durchatmen. Mein Wunsch, Laval Glauben zu schenken, war fast übermächtig groß. Falls er tatsächlich schon seit Jahren keinen Kontakt mehr mit seinem Vater hatte, wusste er vielleicht wirklich nichts von der Verbindung zwischen der Laval Foundation und der Arctix.
Andererseits: Warum hatte Philipp Laval ausgerechnet in diesem Moment angefangen, sich für mich zu interessieren? Nach wie vor sagte mir mein Gefühl, dass seine Anfrage wegen der Herzstiftung ein reiner Vorwand gewesen war.
Und: Laval hatte sich in den letzten zwei Wochen auffällig oft bemüht zu erfahren, wie weit ich in meinen Überlegungen gekommen war. Warum diese Neugierde?
Ich schüttelte frustriert den Kopf. So kam ich nicht weiter. Einen Moment dachte ich wieder an den wirren Traum von gestern Nachmittag. Dieser Mann, dessen Gesicht ich nicht erkennen konnte … Tief in mir drin war ich sicher, dass dieser Traum der Schlüssel zum Ganzen war. Ich konzentrierte mich auf jedes Detail, das mir noch in Erinnerung war: die Kleidung,

die Gestalt, die Art der Bewegungen … Nichts. Dann gab ich mir Mühe, meine Gedanken nicht zu fokussieren, sondern ihnen freien Lauf zu lassen. Auch nichts …, außer, dass ich Elisabeth wieder vor mir sah, wie sie in dieser dreckigen Gasse am Boden lag.

Ich packte meinen Rucksack und machte mich auf den Weg. Der Graureiher stand unbeweglich im seichten Wasser.

Er war auf der Jagd.

***

Während ich durch mein Wohnquartier lief, fühlte ich mich, als ob ich auf einer schmalen Planke balancieren würde, schwankend, einzig von dem Gedanken beherrscht, nicht in den Abgrund hinunterzuschauen und abzustürzen. Aus Erfahrung wusste ich, dass diese Stimmung nach wenigen Tagen wieder vergehen würde, dennoch war es jedes Mal beklemmend zu erfahren, wie mächtig die Anziehungskraft dieser Kluft war.

Aufatmend betrat ich den Hof des Könizer Schlosses und steuerte auf das ‹Knut› zu, das vor sechs Jahren in einer umgebauten Vorratsscheune eröffnet worden war. Schloss war zugegebenermaßen eine leichte Übertreibung für diese Ansammlung von zwar alten, aber keineswegs prächtigen Gebäuden. Die meisten Berner ignorierten aber allzu gerne, dass die kleine Kirche einmal weit und breit die einzige gewesen war, gegründet um 1100 vom burgundischen König Rudolf dem II. und seiner Gattin Berta. Und dass die Berner damals die fünf Kilometer nach Köniz unter die Füße nehmen mussten, wenn sie eine Kirche besuchen wollten.

Das ‹Knut› war fast leer, was selten vorkam. Ich setzte mich auf meinen Lieblingsplatz, einen bequemen Sessel mit weiß-türkis gestreiftem Leinenbezug. Der Sessel stand ganz hinten, unter dem Porträt eines Fischadlers, der mit gesträubtem Gefieder und strengem Blick mehr einem Gottwesen als einem Tier glich. Ich hatte mich in diesem Raum mit dem etwas unregelmäßigen Riemenboden, den grob verputzten Wänden und den

vielen Bildern von Anfang an wohl gefühlt. Der Besitzer kam aus der Algarve und hatte rätselhafterweise eine große Liebe für die Nordsee.
Ich hatte mal gezählt: 12 Bilder mit Meeresansichten und beachtliche 31 Wasservögel, darunter natürlich auch Knuts. Alles hübsch gerahmt. Und: Es gab hier ausgezeichnete Moules frites. Ich bestellte einen doppelten Espresso und schlug die bessere der beiden Berner Tageszeitungen auf. Nach einer Weile hörte ich ein Kinderlachen. Im Schlosshof drehte ein kleines Mädchen perfekte Kreise auf seinem Laufrad, die dicken kurzen Beinchen in einem leichtfüßigen Galopp – ganz im Glück des Moments versunken.
Ich zuckte erschreckt zusammen, als mein Handy klingelte. Es war Hans-Ruedi Kummer.
«Ich habe heute morgen bei dir im Spital angerufen und man wollte mich nicht mit dir verbinden. Ich bin unhöflich geworden, damned, und da hat man mir mitgeteilt, dass du nicht mehr im Walmont arbeitest. What the hell? Was ist da los, Lou?»
Ich erzählte ihm das Wichtigste. Danach war er einige Sekunden still und lud mich dann zum Mittagessen ein. Bis dahin hatte ich noch eine Stunde Zeit. Das reichte gerade noch, um auf den Markt zu gehen und endlich wieder mal frische Früchte und Gemüse einzukaufen.
Auf dem Weg zu dem neuen vegetarischen Restaurant beim Helvetiaplatz schob ich die Traumbilder und auch Lavals Brief beiseite und beschäftigte mich mit einer Frage, die seit meinem Einbruch im Archiv auf eine Antwort wartete. War es möglich, dass die Morde im Walmont nichts mit der Arctix-Studie zu tun hatten? Warum waren dann viele der frühzeitig Gestorbenen in der Kontrollgruppe dieser Studie gewesen? Wer hatte überhaupt Zugang zur Information, dass diese Patienten in der Kontrollgruppe waren? Und warum traten die Todesfälle in bestimmten zeitlichen Perioden gehäuft auf?
Hans-Ruedis neue Stammbeiz war bis auf einen einzigen Zweiertisch besetzt, den mein Kollege erfolgreich mit einer großen

Migros-Papiertüte verteidigt hatte. Die erste halbe Stunde sprachen wir über die Verhaftung von Sutter und den Mord an Elisabeth Reinhard. Ganz entgegen seiner Gewohnheit stellte Hans-Ruedi seine Fragen überaus taktvoll. Entweder sah ich aus, als ob ich eben einen Tornado überlebt hätte, oder er war feinfühliger, als ich bisher gedacht hatte.

«Hör mal, du hast dich doch intensiv mit klinischer Forschung beschäftigt, nicht?»

Hans-Ruedi nickte nur, da er sich eben einen großen Happen seiner Gemüseroulade in den Mund gestopft hatte.

«Nehmen wir mal rein theoretisch an, wir haben eine klinische Studie mit einer Experimentalgruppe und einer Kontrollgruppe.»

«Keine Placebos?»

«Nein. In der Experimentalgruppe wird eine neu entwickelte, in der Kontrollgruppe eine bewährte, ältere Behandlungsmethode eingesetzt.»

«Sprechen wir hier von der Arctix-Studie?»

«Ich habe doch gesagt, ein fiktives Beispiel.»

«Also, rein fiktiv können wir ja von der Arctix-Studie sprechen, damit wir etwas schneller zum Kern der Sache kommen.»

Ich zuckte mit den Schultern. Es war schon immer unmöglich gewesen, Hans-Ruedi etwas vorzumachen.

«Nun kommen wir zur Eine-Million-Dollar-Frage: Weshalb sollte jemand die Patienten der Kontrollgruppe umbringen, wenn die Sterblichkeit der Versuchspersonen gar keine abhängige Variable der Studie ist?»

«Are you kidding? Sprichst du von zu Tode bringen, abmurksen, killing somebody?»

Vom Nachbartisch starrten uns zwei ältere Herren vorwurfsvoll an.

«Schscht! Schrei nicht so laut! Ja, davon spreche ich in der Tat.»

Hans-Ruedi saß einen Moment mit offenem Mund da und schaute mich verblüfft an. Er sah komisch aus, aber mir war nicht nach Lachen zumute.

«Deshalb theoretisch, deshalb fiktiv.»

Immer noch stumm nickte er.
«Also. Wir haben da diese fiktive klinische Studie …, bist du wirklich sicher, dass jemand umgebracht wurde?», fragte er dann mit gedämpfter Stimme.
«In der Kontrollgruppe war die altersstandardisierte Sterblichkeit deutlich erhöht. Das ist alles, was ich weiß.»
« … Houston we have a problem, kann ich da nur sagen! Und jetzt fragst du dich, wer davon profitieren könnte?»
«Oder ob wir irgendeinen irren Mörder im Walmont haben.»
«Aber die Sterblichkeit ist nicht allgemein erhöht, sondern nur in der Kontrollgruppe, oder? Das weist nicht auf einen Irren hin, finde ich.» Hans-Ruedi bestätigte meine eigenen Überlegungen. «Ist die Arctix-Studie nicht eine Doppelblindstudie?», fragte er mich dann.
«Ja.»
«Aber dann … Wer konnte denn überhaupt wissen, welche Patienten in der Kontrollgruppe waren?»
«Tja, das habe ich mich auch schon gefragt.»
«Du musst nach einem Insider suchen, Lou. Es muss jemand sein, der sowohl das Walmont wie auch diese Studie sehr gut kennt.»
«Falls das Ganze überhaupt etwas mit der Studie zu tun hat. Die Sterblichkeit ist gar keine abhängige Variable im Studiendesign.»
«So?»
Hans-Ruedi machte sein zerknautschtes Denkergesicht und ich widmete mich wieder meinem Salat, ohne ihn bei seinen Überlegungen zu stören.
«Hast du schon einmal an Person-Time gedacht?», fragte er mich dann.
«Person-Time? Nein, weshalb?»
«Wie wurden die Versuchspersonen rekrutiert, weißt du das?»
«Man weist sie zufällig den verschiedenen Gruppen zu und …»
«Nein, nein, das meine ich nicht. Wurden alle zur gleichen Zeit für die Studie gewonnen, an irgendeinem Stichtag oder so?»
«Nein, das geht ja nicht bei so vielen Personen. Dafür ist das

Walmont zu klein. Sie haben während Monaten immer wieder neue Patienten angefragt, ob sie teilnehmen würden.»

Hans-Ruedi grinste. «But that's it, my love!»

«Was? Ich verstehe nicht …»

«Person-Time ist des Rätsels Lösung, meine Liebe, Person-Time. Grundstudium, viertes Semester».

«Komm zum Punkt», drängte ich ihn ungeduldig.

«Es geht nicht um die Toten an sich. Es geht darum, wie lange sie an der Studie teilnehmen, das heißt, wie viel Beobachtungszeit sie beitragen.»

«Natürlich! Du könntest Recht haben.»

«Lass uns das mal durchdenken: Nehmen wir an, wir testen, ob die neue Behandlung besser gegen Kopfschmerzen wirkt. In dieser Art Studie haben wir das Problem, dass der eine Patient vielleicht nur drei Monate an der Studie teilnimmt, ein anderer aber vielleicht zwei Jahre. Bei der zweiten Versuchsperson ist das Risiko, dass innerhalb der Beobachtungszeit Kopfschmerzen auftreten, natürlich viel höher. Diese Unterschiede müssen kontrolliert werden, indem man nicht nur die Anzahl Personen zusammenzählt, sondern auch die Summe der Jahre, Monate und Tage, während denen sie in der Experimentalgruppe oder der Kontrollgruppe teilnahmen.»

«Mein klinisches Forschungspraktikum ist schon zu lange her.»

«Ganz einfach. Es gibt leider immer wieder Patienten, die frühzeitig aus einer Studie ausscheiden. Der eine hat keine Lust mehr, an die Kontrolluntersuchungen zu kommen, der andere zieht weg oder – er stirbt. Nehmen wir an, dass wir drei Personen in der Experimentalgruppe haben. Ein Patient hat drei Monate teilgenommen, zwei weitere je zwölf Monate. Das rechnest du zusammen. Also 1 mal 3 plus 2 mal 12 ergibt 27 Monate. Das ergibt eine Person–Time von 27. In diesem Modell ist es übrigens gleichbedeutend, ob du 27 Patienten je einen Monat oder einen Patienten 27 Monate beobachtest. Die abhängige Variable ist zum Beispiel die Quote der Beschwerden pro Person-Time. Oder anders gesagt: die Anzahl Fälle mit Beschwerden geteilt durch die 27 Monate, die wir als Beobachtungszeit haben. Verkürzst du jetzt in einer der beiden Studiengruppen die Beobachtungszeit, kommst du automatisch auf eine höhere Beschwerdenquote.»

Ich dachte laut weiter: «Nicht die Toten sind wichtig, sondern die Zeit!»

«You got it! Die Zeit, während der sie in der Studie beobachtet wurden.»

«Das heißt, jemand hat künstlich die Person-Time in der Kontrollgruppe verringert. Aber wozu?»

Wir schauten uns einen Moment nachdenklich an, dann brach Hans-Ruedi aufgeregt das Schweigen. «God damned! Das macht Sinn, Lou! Der Mörder hat auf diese Weise die Ergebnisse der Experimentalgruppe geschönt.»

«Aber – .»

«Überleg doch! Nehmen wir an, du hast die gleiche Anzahl Beschwerden, Krankheiten, unerwünschten Nebenwirkungen in der Experimental- wie in der Kontrollgruppe. Jetzt verringerst du künstlich die Person-Time in der Kontrollgruppe, indem du die dort zugeordneten Patienten umbringst. Und zack, schon hast du die Beschwerdenquote in den Kontrollgruppen erhöht und die Experimentalgruppe steht besser da. Gesünder, weniger Schmerzen, weniger Nebenwirkungen. Very clever, indeed!»

«Aber das geht doch nicht auf... Wenn die Versuchspersonen tot sind, dann können sie auch keine Beschwerden mehr haben, die gemessen werden können.»

Aber auch für diesen Einwand hatte Hans-Ruedi eine logische Erklärung: «Das stimmt zwar ganz allgemein. Aber nehmen wir an, dass wir es mit einer Studie zu tun haben, bei der es um die Erprobung eines neuen Hüftgelenks geht.»

Ich nickte und wartete voller Spannung.

«Die Beschwerdenkurve bei solchen Eingriffen verändert sich dem natürlichen Heilungsprozess entsprechend über die Zeit. Stell dir eine Kurve vor, die am Anfang hoch ist und dann immer weiter sinkt. Direkt nach der Operation haben die Patienten am meisten Beschwerden. In einzelnen Fällen kann es sogar sein, dass in den ersten Monaten noch ein kleiner Eingriff vorgenommen werden muss, um das Gelenk optimal anzupassen.

Danach wird das Risiko von Beschwerden, Schmerzen et cetera immer kleiner. Erst zehn bis 15 Jahre später – und damit lange nach dem Ende deiner Studie – nehmen die Komplikationen wieder zu.»
«Das heißt, durch die künstliche Verringerung der Beobachtungszeit wird die Beschwerdenquote in der Kontrollgruppe erhöht und das neue Hüftgelenk der Arctix schneidet besser ab.»
«Und die Manipulation ist niemandem aufgefallen, da man eben davon ausgeht, dass natürliche Todesfälle bei älteren Versuchsperson vorkommen. Aber das sind alles nur Spekulationen, solange du keine Beweise hast, dass jemand effektiv Hand an Patienten gelegt hat.»
«Das Ganze ist einfach ungeheuerlich. Wer kann sich nur so etwas ausdenken? Menschen umzubringen, um eine abstrakte Messgröße in einer Studie zu manipulieren.»
«Please Lou, don't be naive! This is a story about money, big money! Es geht hier um mehr Geld, als du dir auch nur vorstellen kannst. Viel interessanter ist doch die Frage: Wer hat die fachlichen Kenntnisse, um sich eine solche Manipulation überhaupt ausdenken zu können?»

***

Um halb vier kam ich müde und gedankenverloren nach Hause, verstaute meine Einkäufe in der Küche. Dann machte ich mir einen Drink mit viel Pastis, viel Eis und wenig Wasser und setzte mich ins Wohnzimmer auf meinen alten Schaukelstuhl. Die Gewitterstimmung verdichtete sich. Die Luft um mich war elektrisch aufgeladen.
Riesige Wolken hatten sich aufgetürmt und veränderten langsam ihre Farbe von weiß über rosa zu grau-violett und beinahe schwarz. Der Himmel verdunkelte sich immer mehr und aus der Ferne war bereits ein Grollen zu vernehmen.
Ich schaukelte, nippte an meinem Pastis und wartete.
Der Stimmung nach hätte es das Ende der Welt sein können.
Es klingelte. Draußen stand Max.

Ich wollte die Türe sofort wieder zuschlagen, verriegeln und verrammeln. Stattdessen murmelte ich eine Begrüßung und ließ ihn eintreten.

Mein Chef trug einen dunkelblauen Anzug, ein weißes Hemd und eine blaue Krawatte mit rosa Punkten. Ich hatte ihn noch nie so herausgeputzt gesehen. Das einzige Kleidungsstück, das nicht zu seinem förmlichen Anzug passte, war eine schwarze Baskenmütze.

Eine Baskenmütze …

Erinnerungen, die unterschwellig schon länger vorhanden waren, drangen plötzlich an die Oberfläche: Er sah aus wie ein Franzose mit seiner Mütze, hatten sich die Junkies erinnert …, dein Franzose, hatte Helga gesagt, trug eine Baskenmütze zu seinem Arztkittel. Ich hatte gedacht, sie meine Laval, der damals gerade schlafend auf meinem Sofa gelegen hatte. Helga hatte aber Max gemeint … Es war Max gewesen, nicht Laval, den sie mitten in der Nacht im Arztkittel in der chirurgischen Abteilung gesehen hatte!

Während Max sich in meiner Wohnung umsah, rasten meine Gedanken. Die Puzzlestücke, die ich so lange vergebens hin- und hergeschoben hatte, fügten sich nun wie von allein zusammen.

Die Zeitfenster! Sie passten überein mit den kurzen Aufenthalten von Max im Walmont.

Mir wurde schwindlig und übel angesichts des Verdachts, der da Gestalt annahm.

Und hatte nicht Elisabeth Reinhard gesagt, es gäbe noch mehr Hampelmänner, die Sutter unter Druck gesetzt hatte?

Sutter hatte Max erpresst!

Daher das epidemiologische Fachwissen, mit dem der Betrug vorgenommen worden war. Deshalb auch hatte Max mir in meiner Auseinandersetzung mit Sutter nicht geholfen. Aber welches Druckmittel hatte Sutter gegen Max?

«Kommst du zur Beichte?», fragte ich ihn nach einem langen Schweigen.

«Dann weißt du es also?»

Ich nickte. Er sah müde und besorgt aus.
«Möchtest du etwas trinken, Max?»
Er schüttelte unwillig den Kopf. «Ich habe nur wenig Zeit. Um 22.15 Uhr geht mein Flieger ab Belp nach Lyon, den muss ich unbedingt erreichen.»
«Nach Lyon?»
«Ich habe noch heute Nacht eine Besprechung mit der AHD.»
«AHD?»
«Arctix Health Division. Hör zu, ich brauche jetzt diese Krankengeschichten, die du entwendet hast.»
«Ich kann sie dir nicht geben, weil ich sie nicht mehr habe. Sie wurden mir geklaut», sagte ich mit langsamer, deutlicher Stimme, da ich den Eindruck hatte, dass er mich nicht richtig wahrnahm.
«Und das soll ich dir glauben?»
Langsam machte mich sein rechthaberischer Ton wütend. «Wenn ich diese verdammten Berichte noch hätte, hätte ich längst beweisen können, dass du mich reingelegt hast. Denk doch mal nach!»
Max musste wohl aus dem Klang meiner Stimme meine Wut und Bitterkeit herausgehört haben, denn er sah mich einen Moment schuldbewusst an.
«Ich habe meine Stelle verloren und werde der Datenmanipulation verdächtigt. Die Staatsanwaltschaft ermittelt wohl schon längst gegen mich. Denkst du wirklich, ich würde die Gelegenheit nicht nützen, meine Unschuld und meine wissenschaftliche Reputation zu retten, wenn ich nur könnte.»
«Epidemiologie ist dein Leben», ergänzte Max nachdenklich. Immerhin schien er mir zuzuhören. Ich nutzte die Chance.
«Max, hör mir zu, ich bitte dich! Du wirst keine allzu schwere Strafe bekommen, wenn du zeigen kannst, dass Sutter dich erpresst hat. Er hat das Ganze dirigiert, du warst nur sein wissenschaftlicher Berater, so ist es doch gewesen, oder?»
Und da passierte es.
In Max‹ Mimik zeigte sich nur eine minimale Veränderung, aber ich kannte ihn nun schon seit fast zehn Jahren. Während

einer knappen Sekunde hatte sein Gesicht einen perplexen Ausdruck gehabt.
Die Härchen in meinem Genick stellten sich auf, während ich ihn weiterhin gebannt beobachtete. An seinen Augenbewegungen konnte ich erkennen, dass er gerade im Begriff war, sich eine Geschichte zusammenzubasteln. Zu oft hatte ich ebendiesen Ausdruck schon an ihm gesehen, wenn er unvorbereitet an eine Sitzung kam und sich irgendwie herausreden musste.
Dieses Schwein!

***

Von einer Sekunde zur anderen erfasste mich rasende Wut. Mit zwei Schritten war ich bei ihm, packte ihn an seinem Veston und schüttelte ihn.
«Du wurdest gar nicht erpresst! Du warst es selbst! Du allein! *Du* hast Georg Maurer umgebracht, du Schwein! Du Mörder!»
Max versuchte, sich meinem Griff zu entwinden, aber die Wut hatte meine Kräfte verdoppelt. Da traf mich plötzlich ein harter Schlag in den Magen und ich klappte zusammen. Als ich mich langsam und mühsam nach Atem ringend wieder aufrichtete, blickte ich in den Lauf einer Pistole. Ich hatte keine Ahnung von Waffen, aber das Ding sah tödlich echt aus. Ein Adrenalinstoß ging durch meinen Körper und ich spürte, wie mir am ganzen Körper der Angstschweiß ausbrach.
«Bist du wahnsinnig geworden? Max, tu das Ding weg.»
Max‹ Hand zitterte leicht, aber seine Stimme klang fest: «Ich brauche die Krankengeschichten.»
«Ich kann das einfach nicht glauben. Das bist doch nicht du.»
In diesem Moment erhellte ein greller Blitz den dunklen Himmel, nur einen Bruchteil später knallte der erste Donner. Vor Schreck schrie ich laut auf. Mein Herz wummerte. Mir war schwindlig und elend.
«Max, leg endlich diese Waffe weg! Du machst mir Angst.»
Als Antwort entsicherte er das Ding. Ich starrte auf seine zitternde Hand und die todbringende Waffe … Alles außer Max‹

Gesicht verschwamm vor meinen Augen und meine Knie fingen an zu schlottern. Ich klammerte mich mit beiden Händen am Tisch fest. Was auch immer geschah, ich wollte aufrecht stehenbleiben, um Max ins Gesicht sehen zu können. Endlich fand ich meine Kraft und meine Stimme wieder.

«Weißt du eigentlich, was du getan hast? Du hast Gott gespielt! Du hast entschieden, welches Leben lebenswert oder unwert ist. Und wozu? Sag es mir.»

Max schwieg weiterhin. Sein Gesicht sah bleich, aber verbissen aus im hellen Licht der Blitze, die nun in kurzen Abständen aufeinander folgten. Langsam hob er seine Waffe höher, so dass sie genau auf meine Stirne gerichtet war. So standen wir eine Ewigkeit, während ich überlegte, ob ich den Schuss noch spüren würde. Da sprach Max wieder.

«Ja, du hast Recht. Ich habe einigen alten Menschen ein paar Monate ihrer Lebenserwartung gestohlen», sagte er mit gleichgültiger Stimme. Vor meinem inneren Auge blitzte Georg Maurers freundliches Gesicht auf.

«Wir reden hier nicht über Lebenserwartungen», schrie ich ihn an. «Du hast Menschen getötet, verdammt noch mal. Du bist Arzt. Du hast einen Eid abgelegt. Nil nocere. Niemals Schaden zufügen, erinnerst du dich noch? Begreifst du eigentlich, was du gemacht hast?»

In diesem Moment schlug ein Blitz ganz in der Nähe ein. Das Krachen war ohrenbetäubend, die Erde vibrierte unter dem Schlag.

Einen Augenblick lang schien Max zur Besinnung zu kommen. Er blinzelte, als ob er aus einem Traum erwachen würde. Aber dann fasste seine Hand die Waffe nur noch fester und sein Körper straffte sich. «Es ist zu spät, Lou. Es tut mir Leid, aber es gibt für mich keinen Weg zurück.»

Todesangst war offensichtlich das beste Medikament gegen Depressionen. Jedenfalls fühlte ich einen glühenden Lebenswillen in mir.

Das hier darf nicht das Ende sein! Es gibt noch so vieles, was ich nicht gelebt habe.

Meine Gedanken rasten auf der Suche nach einem Ausweg.
«Warte! Ich weiß, wo sie versteckt sind.»
Max sah mich ungläubig an. «Was soll das heißen?»
«Es war Elisabeth Reinhard. Sie hat die Krankengeschichten versteckt. Irgendwo im Archiv. Sie hat es mir selbst gesagt», erzählte ich hastig.
«Warum hast du das bisher nie gesagt?»
«Ich wollte ihr nicht schaden.»
«Das glaube ich dir nicht, Lou.»
«Es ist aber so, verdammt noch mal. Ich hatte Angst, dass Sutter ihr etwas antun würde. Und überhaupt: Was hast du zu verlieren, wenn wir zusammen ins Archiv gehen? Ohne die Krankengeschichten ist der Deal mit der Arctix eh futsch.»
Das war eine reine Vermutung, aber der verkniffene Gesichtsausdruck von Max bestätigte meine Annahme. Ich schaute auf meine Wanduhr. Es war Viertel nach sechs. Mit festerer Stimme fuhr ich fort: «Wenn wir sofort aufbrechen, hast du immer noch genug Zeit, um deinen Flieger zu erreichen.»
Es funktionierte. Max hatte angebissen.

***

Ausgerechnet in dem Moment, als wir das Haus verließen, begann es heftig zu schütten. Max‹ Wagen, ein alter Peugeot, stand nur wenige Schritte entfernt, dennoch waren wir klatschnass, bis wir ihn erreicht hatten.
«Du fährst!» Max hatte seine Waffe immer noch auf mich gerichtet, also gehorchte ich. Er setzte sich auf den Rücksitz direkt hinter mich. Während ich versuchte, in dem fremden Fahrzeug Blinker, Lichtanlage und Scheibenwischer zu finden, überlegte ich mir krampfhaft, wie ich heil dieser Situation entkommen konnte. Mich bei einem Rotlicht aus dem Wagen fallen lassen? Max würde wohl kaum auf einer belebten Kreuzung auf mich schießen. Ich warf einen verstohlenen Blick auf den Türgriff, um mir seine Funktionsweise einzuprägen.
«Denk gar nicht erst dran, Lou! Bis du aus dem Wagen bist,

habe ich dich längst erwischt. Und versuch nicht, irgendeinen Unfall zu bauen, ich warne dich.»

Mist! Max durchschaute mich offensichtlich besser als ich ihn. Ich startete den Motor und fuhr langsam an. Ich war keine geübte Fahrerin und musste mich voll auf die Straße konzentrieren. Meine Hände waren rutschig vor Schweiß, draußen wurde der Regen von Windböen hin- und hergeklatscht und der Scheibenwischer war völlig überfordert. Die Sicht betrug nur wenige Meter. Am Ende meiner Wohnstraße war bereits ein kleiner Baum umgefegt worden und blockierte die halbe Straßenbreite. Überall lagen Äste und Blätter. Nur wenige Fahrzeuge und kein einziger Fußgänger waren zu sehen. Nachdem ich auf die Hauptstraße eingebogen war, beschleunigte ich vorsichtig auf die erlaubten fünfzig Stundenkilometer. Max‹ alter Peugeot war wirklich sehr laut.

«Jetzt schalt doch endlich in einen höheren Gang!», schnauzte mich Max an. Erst da merkte ich, dass ich immer noch im zweiten Gang fuhr.

Verdammt, verdammt, lass dir etwas einfallen!

Ich ahnte zwar, wo Elisabeth die Dokumente versteckt hatte. Max würde mich aber so oder so töten, das war mir in der Zwischenzeit klar geworden. Vielleicht konnte ich ihm im Archiv entwischen oder wir trafen auf dem Weg dahin jemanden, den ich in ein Gespräch verwickeln konnte.

«Du hast also gedacht, ich werde von Sutter erpresst? Dabei war es genau umgekehrt.» Max kicherte boshaft und ich fragte mich zum ersten Mal, ob er vielleicht wahnsinnig geworden war.

«Ich bin vor einem Jahr per Zufall darauf gestoßen, dass Sutter die Daten in den Krankengeschichten und Austrittsberichten fälschen ließ. Als ich ihn damit konfrontiert habe, ist er sehr nervös geworden, und ich wusste, dass er da was Großes am Laufen hat.»

Seinem Gerede nach war er offensichtlich sogar noch stolz auf sich. Wenn die Waffe nicht gewesen wäre, hätte ich ihn windelweich prügeln können.

«Ich habe ihm dann 85 Prozent der Summe abgeknöpft, die er von Arctix erhalten sollte, und die Methode so verbessert, dass die Studie noch einige Jahre früher zum Abschluss kommen wird.»

Ich konnte fast nicht glauben, dass es Max war, der da sprach. Er, der für mich immer ein Vorbild gewesen war, nicht nur als Forscher, sondern auch als Mensch. Mit ‹die Methode verbessern› umschrieb Max das Töten von hilflosen Patienten!

«Du musst zugeben, dass es eine geniale Idee war, mich in den Ethikrat der Studie wählen zu lassen. An der nächsten Sitzung, am 12. September, werde ich vorschlagen, dass die Studie aus ethischen Gründen vorzeitig abgeschlossen wird. Aus ethischen Gründen …, das finde ich das Beste an der ganzen Geschichte», ergänzte er mit sarkastischer Stimme.

«Ich werde ihnen zeigen, dass die Beschwerdenrate in beiden Kontrollgruppen deutlich höher ist als in den Experimentalgruppen. Wir können es doch nicht verantworten, dass Tausende von Patienten leiden müssen, nur weil das Gelenk der Arctix noch nicht zugelassen ist.»

Um links abbiegen zu können, musste ich die Spur wechseln, vermochte aber aufgrund des Regens nicht zu erkennen, ob hinter uns jemand fuhr.

«Wann bist du so zynisch geworden, Max?»

«Weißt du eigentlich, dass du es warst, die mich auf die Idee gebracht hat, diese Chance für mein Spital zu nutzen?»

«Was?»

Ich drehte mich jäh zu Max um. Ein Hupen ließ mich erschreckt wieder nach vorne blicken. Ich hatte einen heftigen Schlenker gemacht und wäre um ein Haar mit einem anderen Fahrzeug kollidiert.

«Du hast doch vorletztes Jahr diesen Artikel über ‹Years of Potential Life Lost› geschrieben und berechnet, wie viele Lebensjahre die Schweiz wegen Rauchen und Verkehrsunfällen verliert.»

«Ja und? Was hat das damit zu tun?», entgegnete ich ungehalten. Ich hatte – die Waffe war immer noch auf mich gerichtet – verständlicherweise keine Lust auf eine ausgedehnte Diskussion der epidemiologischen Methodik.

«Was hast du da genau berechnet? Erkläre es mir.»
«Spielen wir jetzt ‹Lehrerlis›, verdammt noch mal?»
«Mach vorwärts, Lou. Erklär es mir.»
Max hatte die Waffe. Er saß definitiv am längeren Hebel. Ich gehorchte.
«Die ‹Years of Potential Life Lost› sind die Summe der Lebensjahre, die wir als Gesellschaft theoretisch wegen Todesfällen aufgrund von Krankheiten oder Unfällen verlieren. Man nimmt dabei die Anzahl Jahre, welche der Verstorbene bis zum Erreichen der durchschnittlichen Lebenserwartung seiner Kohorte noch vor sich hatte.»
«Und was macht man dann mit dieser Zahl?», fragte Max.
«Verdammt noch mal, Max, was soll das alles?», fuhr ich ihn an.
«Beantworte meine Frage.»
«Nun …, das ist eine der Kennzahlen, um zu identifizieren, was die bedeutendsten Gesundheitsprobleme einer Bevölkerung sind und …», ich hatte Mühe, mich zu konzentrieren, und fühlte mich mit einem Mal todmüde.
«Weiter.»
«Dann kann man die Ressourcen für Prävention oder Behandlung gezielter einsetzen.»
«Ist das ein wissenschaftlich sinnvolles Vorgehen?»
«Ja …, es ist immerhin rational und transparent.»
«Siehst du, genau das habe ich auch getan. Nur nicht für den Kanton Bern oder für die Schweiz. Ich habe die Grenze etwas weitergezogen. Viel weiter. Meine Überlegungen betreffen die gesamte Menschheit. Und nun sag mir: Wie viele Jahre solchen potenziellen Lebens gewinnst du, wenn du einem sechzigjährigen Schweizer Raucher eine Lunge transplantierst? Und wie viele, wenn du mit demselben Geld Neugeborenen in Zentralafrika über die ersten Tage hinweghilfst, damit sie nicht elendiglich an Durchfall verrecken?»
«Max, das ist ein reines Gedankenspiel. Das darfst du so nicht vergleichen.»
«Doch, genau so muss ich das vergleichen. Wie du selbst gesagt hast, ist es eine rationale Vorgehensweise.»

Ich hatte weder Energie noch Lust auf eine solche Rechenübung.

«Ich habe es berechnet, Lou. Es sind rund 100 000 Lebensjahre im Vergleich zu den etwa zwei Lebensjahren, die ein mitteleuropäischer Raucher mit transplantierter Lunge noch zu leben hat.»

Ich blickte in den Rückspiegel und sah, dass Max sich entspannt zurückgelehnt hatte und mich triumphierend anlächelte. Wieder ging mir der Gedanke durch den Kopf, dass Max wahnsinnig geworden war.

Wenige Minuten später kamen wir im Walmont an. Ich parkte neben einem Lieferwagen und stieg langsam aus dem Peugeot. Der Parkplatz war menschenleer. Es war zu stürmisch und definitiv zu nass für Spaziergänge. Max packte mich am Arm, während er mir seine Waffe in die Seite stieß. Die Geschichte mit dem Banküberfall ging mir durch den Kopf. Ob er schon mal jemanden erschossen hatte?

Wir betraten das Gebäude durch einen Seiteneingang. Verzweifelt schaute ich mich nach irgendwelchen bekannten Gesichtern um. Irgendwo hörte ich das Brummen eines Staubsaugers, aber niemand war zu sehen. Wir gingen den ganzen Weg ins Archiv, ohne irgendeiner Menschenseele zu begegnen. Mein Mut sank. Wenn nur die Krankengeschichten dort waren, wo ich sie vermutete. Das würde mir wenigstens einen kleinen zeitlichen Aufschub geben.

Max stieß mich grob ins Archiv hinein und schloss die Türe wieder hinter uns ab.

«Also los! Hol sie schon.»

Ich ging den gleichen Weg wie schon einmal vor zwei Wochen, hin zu der Kartonschachtel mit dem Atari-Signet. Genau an dieser Stelle war ich von Elisabeth niedergeschlagen worden. Und zwar, weil ich drauf und dran gewesen war, das Versteck der Unterlagen zu entdecken, die sie für ihren Betrug benötigte. Das Versteck – so hoffte ich wenigstens inbrünstig –, in welchem sie die Krankengeschichten nach der Zerstörung meines Büros erneut versteckt hatte.

Ich öffnete die Schachtel und griff hinein. Meine Finger fühlten die leicht raue Oberfläche von Hängemappen aus verstärktem Papier. Ich hob etwa zehn der Dossiers vorsichtig heraus und atmete erleichtert auf.

«Da sind sie.»

Ich legte sie vor mir auf den Boden und wich einen Schritt zurück. Max kam vorsichtig näher, aber mit jedem Schritt wandelte sich sein misstrauischer Blick mehr und mehr in reine Gier, nun da das Ziel all seiner Wünsche in Reichweite war.

Er sah in diesem Moment regelrecht besessen aus. Wie hatte ich diesem Mann je Vertrauen schenken können? Er bückte sich, um die Angaben auf den Dossiers zu prüfen.

Jetzt!

Ich warf mich seitlich zwischen die Archivregale und rannte los, so schnell ich konnte.

Rechts um das Gestell, schnell weiter, jetzt links. Und stopp.

Ich lauschte. Es schien mir, dass mein stoßweiser Atem auch aus kilometerweiter Entfernung zu hören sein musste. Mein Herz schlug so heftig, dass es mich in der Brust schmerzte. In meiner Panik kroch ich in ein leeres Gestell, um mich zu verstecken. Eine schlechte Idee, wie mir Minuten später klar wurde, als ich Max‹ Schritte näherkommen hörte. Ich fühlte mich wie ein Kaninchen in der Falle. Es war zu spät, um zu fliehen. Ich konnte nur hoffen, dass er mich nicht sah. Ich schloss meine Augen und machte keine Bewegung.

«Da bist du ja. Komm da raus, sofort!»

Ich öffnete die Augen. Keine dreißig Zentimeter vor mir sah ich die Hosenbeine von Max aufragen. Zu seinem Anzug trug er elegante italienische Slipper mit Perforationsmuster. Sie sahen handgenäht aus. Weshalb auch immer – dieser Anblick weckte meine Wut erneut. Ich warf mich gegen Max‹ Beine und versuchte das Unmögliche: ihn zu Fall zu bringen und ihm die Waffe zu entringen.

Der Schuss war ohrenbetäubend laut und der Schlag, der mich traf, so heftig, dass ich nach hinten auf den Boden geworfen wurde.

***

Anscheinend lebte ich noch, denn ich fühlte, dass etwas mit meiner rechten Schulter nicht stimmen konnte. Sie war völlig gefühllos und der Arm hing nutzlos herunter. Ich blutete, aber nicht sehr heftig. Schmerzen hatte ich keine.
Mühsam rappelte ich mich auf, zuerst auf meine Knie und dann auf die Füße. Max stand zwei Meter vor mir, mit bleichem, verzerrtem Gesicht. Die Waffe zeigte jetzt gegen Boden.
«Ich habe dir vertraut wie einem Vater.»
«Ich lasse es nicht zu, dass du mir jetzt, so kurz vor dem Ziel, noch alles zerstörst. Ich kann es nicht zulassen! So viele Leben stehen auf dem Spiel.»
Max schien über Begriffe wie Freundschaft und Vertrauen hinweg zu sein.
«Weißt du, wie lange ich Spenden gesammelt habe für das Spital in Yatenga?»
Ich schwieg erschöpft. Ich spürte, wie Blut an meinem Arm herunterlief und von der Hand auf den Boden tropfte.
«Über zwölf Jahre. Und weißt du, wie viel ich auf diese Weise zusammengekratzt habe: 250 000 Dollar. Das ist nicht genug für ein Spital, nicht einmal für eines in der dritten Welt. Mit dem Arctix-Deal werde ich endlich zu genügend Kapital kommen. Bedingung dafür ist, dass ihre Studie nur drei Jahre dauert», erklärte er mir. «Damit kann ich das Spital in Betrieb nehmen. Ich kann endlich helfen.»
Versuchshalber bewegte ich meine Schulter, ließ es aber sofort wieder bleiben, als dies einen stechenden Schmerz auslöste. Ich musste Zeit gewinnen, ihn am Reden halten.
«Und was machst du mit den Alten in deinem Spital in Afrika? Lässt du die auch über die Klinge springen, damit Jüngere eine bessere Chance haben?»
«Willst du mir etwa sagen, was richtig und was falsch ist?»
«Nein. Aber ich weiß, was böse ist: Menschen zu töten, um seine Pläne zu verwirklichen.»
Irgendwo hatte ich eine Saite in Max zum Klingen gebracht. Er sah aus, als ob er weit weg wäre, in einer anderen Zeit, einem anderen Leben.

«Wir müssen jetzt gehen. Komm», sagte er mit sanfter Stimme nach einem langen Schweigen.

Er deutete mir mit seiner Waffe, voranzugehen. Ich spürte, dass ich nun stärker blutete, und fühlte mich so müde wie noch nie zuvor in meinem Leben. Die Schulter begann zu klopfen und schmerzte bei der kleinsten Bewegung des Armes. Ich biss meine Zähne zusammen, um nicht aufzuschluchzen. Mühsam schleppte ich mich vorwärts. Wir gingen langsam zurück zum Eingang des Archivs.

In diesem Moment hörte ich, wie ein Schlüssel ins Schloss gesteckt und gedreht wurde. Max packte mich und zog mich grob hinter eine Wand von leeren Druckerschachteln. Die Waffe war nun direkt auf meinen Kopf gerichtet. Ich war starr vor Angst.

Jemand trat mit leisen Schritten ein. Dann war es wieder ruhig. Die Person bewegte sich anscheinend nicht und lauschte. Genau wie wir.

Max hob einen Finger vor seinen Mund und schob sich dann leise und vorsichtig nach vorne, um einen Blick um die Ecke werfen zu können.

Ich wollte schreien, die Person warnen, aber es kam nur ein leises Krächzen aus meiner Kehle. Max drehte sich rasch zu mir um, warf mir einen wütenden Blick zu und fuchtelte wieder mit seiner verdammten Waffe herum. Mittlerweile war mir alles gleichgültig. Ich wollte mich nur noch hinlegen und schlafen …

Wieder versuchte ich, mich bemerkbar zu machen, und brachte ein etwas lauteres Krächzen zustande.

Da sah ich eine kleine Gestalt in rasend schnellen Trippelschritten um die Ecke kommen, zischend wie eine angreifende Schlange. Max drehte sich blitzartig in Richtung des Geräusches, aber es war zu spät. Der Putzkessel donnerte mit voller Wucht auf seinen Schädel.

Bevor sich gnädige Schwärze um mich legte, sah ich noch, wie Frau Men sich von Max abwandte und hastig auf mich zukam.

Epilog

Als ich wieder zu mir kam, saß Philipp an meinem Bett in der Überwachungsstation des Walmont und hielt meine Hand. Das ‹Du› hörte sich diesmal richtig an und seine Hand war warm und fest.

Er erklärte mir, dass ich viel Blut verloren hätte, aber wieder gesund werden würde. Schonend brachte er mir bei, dass Max tot war. Er gestand mir auch, dass seine Geschichte mit der Herzstiftung eine Erfindung gewesen war, weil er sich nicht getraut habe, mich ohne Vorwand anzusprechen.

Die Schussverletzung an der Schulter heilte tatsächlich gut und hinterließ keinen bleibenden körperlichen Schaden. Meine Seele brauchte allerdings länger, um sich zu erholen.

Später erfuhr ich, dass Merian nach dem Zwischenfall im Archiv, wie er das Ganze nannte, die Dinge sofort in die Hand genommen hatte, um die schwere Krise für das Walmont bewältigen zu können. Er erreichte, dass die Polizei mich erst nach drei Tagen vernehmen konnte. Niemand durfte mich besuchen, außer meiner Familie, Helga, Philipp und – auf meinen dringenden Wunsch – Frau Men.

Max war gemäß offizieller Version an den Folgen einer Kopfverletzung gestorben, die er sich bei einem Sturz im Archiv zugezogen hatte. Meine Verletzung war ebenfalls Folge eines Unfalls, ausgelöst durch Max‹ Versuch, eine Waffe zu sichern, die wir zufällig im Archiv gefunden hatten. Der Halter der Waffe konnte übrigens nie ermittelt werden.

Sutter wurde vom Mord an Elisabeth Reinhard freigesprochen, da er für die Tatzeit ein unwiderlegbares Alibi beibringen konnte. Mein Verdacht erhärtete sich, dass Elisabeths Tod ebenfalls auf das Konto von Max ging. Sie hatte wohl denselben Fehler gemacht wie ich und den Drahtzieher für den Hampelmann gehalten. Nachdem Sutter aus der Untersuchungshaft entlassen worden war, trennten sich das Walmont und sein Vizedirektor in gegenseitigem Einverständnis. Wie ich später hörte, hatte er nach seiner Verhaftung keinen einzigen Schritt mehr ins Walmont gesetzt.

Frau Xiangu Men, die 1975 als einzige ihrer chinesischen Familie den Schlächtern der Roten Khmer in Kambodscha entkommen war, verstand sehr viel besser Deutsch, als sie es sprechen konnte. Sie hatte in ihrer abendlichen Schicht auf der Direktionsetage mehr von dem Arctix-Betrug und den Auseinandersetzungen zwischen Sutter, Reinhard und LeBlond mitbekommen, als irgendjemand sonst.

Einer Putzfrau werde von den meisten Leuten nicht mehr Beachtung geschenkt als einem Möbelstück, sagte sie mir später. Ohne die Intelligenz, das Verantwortungsgefühl und den Mut dieser kleinen kämpferischen Frau wäre ich nicht mehr am Leben.

Merian kam an mehreren Abenden zu mir in mein Krankenzimmer. Er überzeugte mich davon, dass es unrealistisch war, die Arctix für das Geschehen im Walmont vor Gericht zu bringen. Ich war zunächst wütend, dann deprimiert, aber schließlich willigte ich in Merians Plan ein und er packte seinen Koffer und flog nach Lyon.

Einige Tage später meldete die Arctix Health Division, dass die klinische Erprobung ihres neuartigen Hüftgelenks wegen methodischer Mängel abgebrochen werden musste.

Die Börse reagierte prompt und heftig. Die Aktie der Arctix Health Division sank um mehr als 35 Prozent und einige der Börsengurus unkten in der *NZZ* bereits von einer möglichen Trendwende im Geschäftsgang des gesamten Pharmabereichs.

Umso erstaunter war man, als nur wenige Tage nach dem Aktiencrash folgende Pressemitteilung der Arctix erschien:

> «Die Arctix International und Arctix Health Division freuen sich, die Gründung einer Stiftung bekannt geben zu dürfen, die zu Ehren des kürzlich verstorbenen Epidemio-

logen und Gesundheitsforschers Dr. med. Dr. phil. Max LeBlond gegründet wurde. Die Stiftung bezweckt den Bau und Betrieb des ‹Yatenga Max LeBlond Memorial Hospitals› in Ouahigouya, Burkina Faso. Dieses Spital wird Modellcharakter haben, ist es doch im Sinn des Verstorbenen ein nach westlichen Standards voll ausgerüstetes Spital, dem auch ein Schulbetrieb angegliedert sein wird.»

Dass diese Stiftung nur ein einziges zahlendes Mitglied hatte, wussten neben Merian und mir nur eine Handvoll Direktionsmitglieder der Arctix. Das Spital konnte jedenfalls in Rekordzeit fertig gebaut werden.
Merian bot mir die Stelle von Max als Leiterin des Forschungsteams an. Ich zögerte lange. Zu stark war das Gefühl, dass ich mitschuldig war. Im Walmont waren Menschen getötet worden. Max war tot und trotz seiner Taten vermisste ich ihn. Sutter und auch Arctix waren glimpflich davon gekommen und würden für ihre Machenschaften nie vor Gericht stehen.
Ich akzeptierte das Angebot des Direktors dann doch.

Altersstandardisierte Mortalitätsrate: Die Sterberate misst die Anzahl Todesfälle in einer bestimmten Beobachtungsperiode und setzt sie in Bezug zu der gesamten Bevölkerungszahl (in der Regel Todesfälle pro 100'000 Personen). Wenn Sterberaten verschiedener Bevölkerungsgruppen miteinander verglichen werden sollen, müssen sie für unterschiedliche Altersstrukturen statistisch bereinigt werden.
Apéro, der oder das: Aperitif. Die Schweizerdeutsche Sprache ist gespickt mit unzähligen französischen Lehnwörtern. Da der Kanton Bern neben schweizerdeutsch- auch französischsprachige Gebiete umfasst und im Westen an vier französischsprachige Kantone grenzt, finden sich im Berndeutschen noch mehr französische Ausdrücke als in anderen Dialekten.
Bänkli, das: Verkleinerungsform für ‹Sitzbank›. Das mit -li gebildete Diminutiv hat in der Schweiz eine lange und unverrückbare Tradition. Es steht längst nicht immer für die tatsächliche Größe respektive Kleinheit einer Sache, sondern ist meist eine Folge des kunstvollen Understatements, das die Schweizer eifrig zelebrieren.
Baselbiet, das: umgangssprachliche Bezeichnung für den Halbkanton Basel-Landschaft. Die Stadt Basel und das umliegende Gebiet sind politisch in zwei Halbkantone unterteilt: Basel-Stadt und Basel-Landschaft.
Beiz, die: Kneipe
Berner Rosen: Apfelsorte; mittelgroße, mit leuchtend roter Farbe überzogene Früchte von angenehm süßweinigem Geschmack. Der Berner Rosenapfel wurde um 1870 als Sämling in einem Wald bei Oppingen, Kanton Bern, gefunden. Die Früchte werden Ende September geerntet und bleiben bis im März genussreif.
Bingo!: Ausruf der Erleichterung und Freude, nachdem der Geistesblitz erfolgt oder der Groschen gefallen ist.
Boule: Spiel mit Metallkugeln aus Südfrankreich, das auf einem Kiesplatz oder auf einer Sandbahn gespielt wird (ähnlich wie Boccia in Italien). Pétanque ist eine Boule-Spielvariante.

Bümpliz: Quartier im Westen von Bern

Confoederatio Helvetica: offizielle Bezeichnung für die Schweizerische Eidgenossenschaft, von der sich auch das Autokennzeichen CH herleitet.

Dächlikappe: Schirmmütze

Diagnosis-Related-Groups: (kurz: DRG, deutsch: Diagnosebezogene Fallgruppen) bezeichnen ein Klassifikationssystem, bei dem Patienten anhand ihrer Diagnosen, der durchgeführten Behandlungen, ihrem Alter und einigen weiteren Faktoren in Fallgruppen klassifiziert werden, die nach dem für die Behandlung erforderlichen ökonomischen Aufwand unterteilt und bewertet sind. DRGs werden in verschiedenen Ländern zur Finanzierung von Krankenhausbehandlungen verwendet. Das System AP-DRG wird im Kanton Bern seit einigen Jahren dazu benutzt, die Höhe der Beiträge der öffentlichen Hand an die Spitäler festzulegen.

Doppelblind-Studie: Eine experimentelle Studie, in welcher weder die Versuchspersonen noch die Personen, welche die Daten erheben, darüber informiert werden, was die zentralen Punkte des Experiments sind. Diese Versuchsanordnung wird vor allem in pharmazeutischen Studien verwendet, wobei weder die Patienten noch die Personen, welche die Effekte erheben, wissen, wer das zu testende Medikament oder das Placebo erhalten hat.

Duzis machen: jemanden das Du anbieten

Epidemiologie: (von griech. epi «auf, über», demos «Volk», logos «Lehre») ist die Lehre von der Verbreitung von Gesundheit und Krankheit sowie deren Ursachen und Folgen in der Bevölkerung. Die Epidemiologie untersucht jene Faktoren, die zu Gesundheit und Krankheit von Individuen und Populationen beitragen und ist deshalb die Basis aller Maßnahmen, die im Interesse der Gesundheit der Bevölkerung unternommen werden.

Gastroenterologie: Die Gastroenterologie befasst sich mit Diagnostik, Therapie und Prävention von Erkrankungen des Magen-Darm-Trakts sowie der mit diesem Trakt verbundenen Organe Leber, Gallenblase und Bauchspeicheldrüse.

Geläuf, das: Unruhe, hektisches Hin- und Hergehen

Gipfeli, die (Plural): Croissants (siehe Hinweis zu Diminutiv → Bänkli)

Grisgris: Französisch für ‹Grau-grau›; Sicherungsgerät zum Klettern, wird hauptsächlich zum Abseilen eingesetzt; Glücksbringer der Tuareg. Die heiligen Schutz- und Glücksamulette sollen vor Unglück jeglicher Art bewahren und Glück in der Liebe oder im Geschäft bringen.

Kohortenstudie: In einer Kohortenstudie wird eine Gruppe von Individuen über einen bestimmten Zeitraum beobachtet (prospektiv oder retrospektiv).

krampfen: schuften

Lädeli, das: kleiner Einkaufsladen. Im Fall des Lädeli weist das Diminutiv ausnahmsweise auf die Größe des Geschäfts hin (siehe Hinweis zu Diminutiv → Bänkli).

Lehrerlis spielen: Schüler und Lehrer spielen (siehe Hinweis zu Diminutiv → Bänkli)

Meteo, das: französisches Lehnwort für ‹Wettervorhersage›

Migros: einer der beiden Schweizer Großverteiler, dessen Grundstein 1925 Gottlieb Duttweiler mit fünf Verkaufswagen legte. Da er den Zwischenhandel ausschaltete, um den Endverbraucher direkt zu erreichen, wurde das Unternehmen von vielen Produzenten boykottiert. Deshalb stellte die Migros einen großen Teil ihrer Waren selbst her und kopierte Produkte der Konkurrenz erfolgreich und schamlos (aus Kaffee Hag wurde beispielsweise Kaffee Zaun). Aufgrund seines sozialen Engagements verfügte Duttweiler, dass das ab 1941 als Genossenschaft organisierte Unternehmen einen festen Teil seines Umsatzes in kulturelle, sportliche und gesellschaftliche Aktivitäten investieren musste. So entstanden im Bildungsbereich die Klubschule Migros, im Kultursektor das Migros-Kulturprozent. Zeitlebens setzte sich ‹Dutti› dafür ein, dass die Migros weder Alkohol noch Tabakwaren verkaufte.

Heute zählt der orange Gigant über 80 000 Angestellte und besitzt u. a. zahlreiche Industriebetriebe, ein Reisebüro mit eigener Fluglinie, die größte private Volkshochschule sowie die sechstgrößte Bank des Landes.

NZZ: Abkürzung für *Neue Zürcher Zeitung*, eine traditionelle überregionale Deutschschweizer Tageszeitung.

Passepartout, der: französisches Lehnwort für ‹Hauptschlüssel›

Placebo: Ein Präparat ohne medizinischen Wert oder pharmazeutischen Effekt. Placebos werden vor allem in Medikamentenstudien verwendet, um den echten pharmazeutischen Effekt eines Medikaments mit dem psychologischen Erwartungseffekt der Versuchsperson vergleichen zu können.

Säli: kleiner Saal (siehe Hinweis zu Diminutiv → Bänkli). Ein Nebenraum in einer → Beiz oder einem Restaurant, der für spezielle Anlässe (Geburtstage, Vereinsversammlungen etc.) benutzt werden kann.

Samplingverfahren: Unter Sampling versteht man die Durchführung eines bestimmten Verfahrens zur Ziehung einer adäquaten Stichprobe aus einer Population.

Schweizerische Kreditanstalt: kurz SKA, heutige Credit Suisse. In den achtziger Jahren verteilte die SKA Gratiswollmützen in den Firmenfarben an große Teile der Bevölkerung. Die damals als spießig empfundene SKA-Mütze hat längst Kultstatus erreicht und gehört zur kollektiven Erinnerung an jene Zeit.

Spitex: spitalexterne Hilfe. Es gibt sowohl gemeinnützige wie auch kommerzielle Spitex-Angebote. Dank Spitex-Leistungen können Betroffene trotz persönlicher Einschränkungen zu Hause in ihrer gewohnten Umgebung bleiben oder früher von einem stationären Aufenthalt nach Hause zurückkehren. Ziel der Spitex ist es, die Selbständigkeit der Patienten zu erhalten und zu fördern.

Velo: Fahrrad

Verdingbub: Verdingbuben und -mädchen waren Waisen- und Scheidungskinder oder Kinder, aus armen, sozial geächteten Familien, welche zwischen 1800 und 1950 von den Behörden den Eltern weggenommen und zur Arbeit in landwirtschaftlichen Gütern gezwungen («verdingt») wurden. Diese Unterbringungsform war für die öffentliche Hand günstiger als der Unterhalt in einer Armenanstalt. Für die meist bäuerlichen Pflegefamilien bedeutete der Kostgeldbeitrag sowie die Arbeitsleistung der Kinder ein willkommenes Nebeneinkommen. An vielen Orten fanden regelmässige Verdingmärkte statt, bei denen die zu verdingenden Kinder in einer öffentlichen Versteigerung angeboten wurden. Im Kanton Bern waren im Jahre 1870 über 7800 Kinder verdingt.

«Dem familiären Umfeld entrissen und damit recht- und schutzlos geworden, dienten sie als billigste Arbeitskraft und fristeten ein Dasein unter teils erbärmlichen Bedingungen.» (Rauber, 2007).

Zolli Basel: Basler Dialekt für den Zoo in Basel

Für Andy

Ich danke

Salima Bachmann-Hoecker, Ronny Bachmann, Mathis Bachmann und allen weiteren LeserInnen, die mich mit kritischen und aufmunternden Kommentaren unterstützt haben.

... den schreibenden KollegInnen Manfred Züfle †, Evelyne Roth und Silvano Cerrutti für die grosszügige Hilfe.

... Tinu Maurer von der Cantina Mulino für die Tips zum Wein.

... den Gesundheitswissenschaftlern und Epidemiologen Prof. Horst Noack, Graz; Dr. Gilles Paradis, McGill University Montreal und Prof. John Kelvin, University of Portsmouth, GB für ihre ansteckende Begeisterung und Lehrtätigkeit.

... dem Café Scherz in Köniz für die Möglichkeit, zum Gegenwert von ein, zwei Espressi stundenlang schreiben zu dürfen.

... ganz besonders meiner Lektorin Marion Elmer und meinem Verleger André Gstettenhofer.

... und den Hebammen, Pflegerinnen und ÄrztInnen der Stationen B1 und B2 der Frauenklinik des Inselspitals Bern. Wie es so schön heisst: Ohne sie hätte dieses Buch nicht fertig geschrieben werden können.

Nicole Bachmann

sel noir KRIMI